日知文丛

冰壶秋月

吴承学 著

浙江古籍出版社

图书在版编目(CIP)数据

冰壶秋月 / 吴承学著. -- 杭州 : 浙江古籍出版社, 2021.1

ISBN 978-7-5540-1857-6

Ⅰ. ①冰… Ⅱ. ①吴… Ⅲ. ①随笔—作品集—中国—当代 Ⅳ. ①I267.1

中国版本图书馆CIP数据核字（2020）第229347号

冰壶秋月

吴承学 著

出版发行 浙江古籍出版社
（杭州市体育场路347号 邮编：310006）
网　　址 http://zjgj.zjcbcm.com
责任编辑 刘　蔚
封面设计 吴思璐
责任校对 吴颖胤
责任印务 楼浩凯
照　　排 浙江时代出版服务有限公司
印　　刷 浙江海虹彩色印务有限公司
开　　本 889 mm × 1194 mm　1/32
印　　张 10.375
字　　数 216千字
版　　次 2021年1月第1版
印　　次 2021年1月第1次印刷
书　　号 ISBN 978-7-5540-1857-6
定　　价 55.00元

目　录

札　记 / 117

序 跋 / 199

序

书生本色

江艺平

1987 年，我和吴承学结婚第五年，他去了上海读博士，我在广州当记者，我们住报社宿舍，家中别无长物，惟书多。那时日子清贫，聚少离多，心中却充满希望。

一转眼，我们结婚已经 38 年，承学也已经是大学教授，读书依旧是最大癖好，终日手不释卷，却偏偏惜墨如金，一辈子做学问，出版专著屈指可数。我笑他无望“著作等身”，他告诉我，他的导师王运熙先生，年轻时写论文篇幅并不长，提出的观点至今无人超越。有先生榜样在，承学写论文轻易不敢动笔，思虑至极辄如老僧入定，待初稿既成，修改更费工夫，他希望多听不同意见，学生常常参与其中，有弟子指出可改处，为师的必喜不自胜，时时说与我听。

虽然和承学是大学同学，对他的研究领域我却不甚了然。他读博士就选定尚属冷门的中国古代文体学，直至把冷门做成热门，自己也成为学科带头人，个中甘苦却很少说起。我们夫妻之间，更多的分享还是来自我所从事的媒体行业。亦缘于此，他的随笔写作更得我心。

承学写随笔往往缘事而发，性情文字，少见清词丽句，却显朴茂深挚。1989 年，他的导师黄海章先生去世，他在复旦读博，无法送别恩师，写下《冰壶秋月》发表在羊城晚报。当年读这些文字，远隔千里，也能触摸他痛彻心底的悲伤，从此一袭黑衫一身清气的海老形神毕肖镌刻在我的心底。而海老耳提面命的古训“无望其速成，无诱于势利”，也镌刻在承学心中，成为他一辈子的座右铭。

漫漫求学路上，上苍对承学何其眷顾，一路走来，总能遇见最好的老师——黄海章先生超迈脱俗的淡泊，邱世友先生古风犹存的正直，王运熙先生温润如玉的良善，傅璇琮先生宅心仁厚的宽容……透过承学的笔端跃然纸上，栩栩如生。他们为师为人的纯粹，一直影响着承学。所谓润物无声，莫过于此吧。

承学从 1992 年开始招研究生。弟子们脾性禀赋各异，家境学识不一，在承学眼里，他们都是独一无二的，这也意味着“因材施教”需要投入更多时间，花费更多心血。承学并不吝惜于此，每有弟子学成，专著出版，请导师写序，他都务求写出每本专著、每个作者的独特之处。写序之难，难在知人论世，我读承学为弟子作的序，犹见弟子性情模样，想起师生之间的趣事往事，不禁莞尔。平心而论，承学要求学生其实颇严，甚至近乎严苛，尤其见不得对学问轻慢敷衍。我理解他良苦用心，惟求学生学有所成，不虚度人生，不泯然众人。

人生在世，要做到不泯然众人委实很难。承学用一辈子的努力做学问，也用一辈子的努力做自己，一辈子的努力悟透一句话：“我与我周旋久，宁做我。”他把这句话用作一本学术专著序文的标题，也融化在平日的所思所行之中，包括各种场合的言辞里。

“宁作我”就是做自我独立的人。一个人在社会上立足，总免不了要作这样那样的发言，张口就说冠冕堂皇的话，说“政治正确”的话，是不少人的“明智”选择。然而言者滔滔，能让听者入耳入心，又有几何？想独抒己见，说点逆耳忠言，且做到一针见血，就需要一点勇气，一点襟怀，一点见识。承学出生于20世纪50年代，家世坎坷，际遇沉浮；受益于80年代，得遇良师，终成学业，独特的人生经历，严格的学术训练，培养了独立的价值判断，凡事经过自己大脑思考，而非人云亦云。所谓“我口写我心”，最有代表性的就是他在北京“长江学者论坛”的发言《长江之水清兮，可以濯吾缨》，对“长江学者”这一光环日渐变味乃至名利叠加的社会现象坦率直言，有反思反讽，更有自责自省。按世俗眼光，在此场合，作此发言，显然不合时宜，承学却心怀坦荡，丝毫不以为忤。

有独立思考的真诚之言，自有其价值。承学随笔之深得我心，亦基于此——对现实勤于思考，勇于批判，写作才有存在的意义和价值。

我们夫妻相伴走过大半辈子，回想起来，我这辈子做传媒，也得到过承学不少帮助，虽然他从未对此写过片言只语，我们之间却拥有弥足珍贵的共同记忆。这记忆关乎我们的理念，关乎彼此的师友，即使从不提起，永远也不会忘记。

我知道，承学内心深处一直有一个遗憾，就是在儿子年幼时没能陪伴更多。生而为80后独生子女，儿子的童年是孤独的，承学在上海读博士，每次送他离家，在开往广州火车站的公交站前分别，年幼儿子都免不了嚎啕大哭：“我要爸爸！”5岁那年，寄宿幼儿园的儿子思家心切，约了一个小朋友，白天侦察地形，半夜爬树翻墙，穿越大街小巷逃回家。幸亏那天我没出差，听到儿子拍门叫嚷还以为做梦。天亮后，急忙用自行车把两个“小逃犯”送回幼儿园，那边已乱作一团。现在回想起来，后怕之余，也着实感激80年代的良好治安。

承学的遗憾其来有自——他有六个兄弟姐妹，虽然家境贫寒，且因“家庭出身”饱受白眼，幸有国学功底深厚的父亲，还有父亲收藏的许多古籍，承学对古典文学的热爱发端于此，亦由此奠定了他日后的学业根基和事业根基。三十多年前，我随承学回潮州省亲，曾记下一个小片断：“丈夫的兄弟姐妹多，一屋人围炉拥坐，盈耳都是年轻人的说笑。公公总是眯起一千多度的近视眼，把笑意藏在厚厚的镜片后面，守住陶壶茶盅，终日一语不发。公公的头发稀短斑白，一副木讷守拙的模样。正在攻读博士学位的丈夫，探身过去，躬低了宽的肩，垂下一头浓密的黑发，向老人讨教，常常寥寥数语就点破迷津。”

这样的家学渊源和父子学缘，在承学和儿子之间已经难以延续。上小学就熟读《三国》《水浒》《西游记》，参加全国小学生作文竞赛拿过奖的儿子，不知从何时起，对枯燥刻板的语文教育生出厌恶，最终高考选择了生命科学专业。今年春节我们到波士顿探亲，除夕之夜，儿子郑重告诉小孙子：“小时候，爷爷让爸爸长大了当医生，爸爸现在就做了和医生有关系的工作，能够帮助到生病的人。”80年代出生的孩子，常常被父母告知长大了要当医生，这是那个年代特有的情怀和情形。儿子并没有辜负父亲期望。至于小孙子，在他心目中，认得许多汉字，会打“中国功夫”（太极拳），会写毛笔字的爷爷，更让他着迷。

人生就是这样，岂能事事如意。当你生出一种遗憾，没准会收获另一种满足。就像儿子，虽然未能延续家学，却拥有自己热爱的事业。就像我，虽然看不懂承学的专著，却能够分享他的随笔。

感谢上苍赐给承学著书立说之余另一副笔墨。现在，他将其中部分文字收集成书，我一再阅读，感触纷纭，书生本色，依然如故。

2020 年春节于波士顿

忆语

故乡漫忆

少小离家的游子，对故乡都有挥之不去的情结，有人称之为“乡愁”。在我心中，故乡是血脉相连的所在，所谓一方水土养一方人，树高千丈，终究离不开根。

我的家族是潮州一个普通的知识分子家族。祖父吴长仁生于1897年，1965年他在泰国所写的《吴氏家庭传略》，是有价值的家族史料。《传略》清楚地记载，从我的高祖父开始，就多次“过番”到安南当苦力。曾祖父曾有一段时间家庭小康，后来又中落了。到祖父这一代，吴氏家族才有人读书。我祖父是我们家族第一个读书人。二十岁开始，他三度到新加坡，四十岁又到曼谷。不久祖母在国内去世，从此他孤身一人在曼谷生活三十年，以教书、写侨批为生计。祖父在《传略》中表达了对家乡的情感和急迫返乡的愿望：“三十年往事如烟，每当月白风清，未尝不怀祖国家乡及儿辈。……古人云：树高千丈，落叶归根。谁无祖国，谁无家乡？海外华侨，无不人同此心，心同此理。乃中华文化伟大成就，愿诸儿女为中华文化而奋斗！”这段话写于1965年，四十多年过去了，今天读来仍令人感动不已。

我的祖父在泰国曾经是代人写侨批的先生，我家也保留了一些他寄来的侨批与家书。潮州侨批有深刻的文化内涵和较高的历史文献价值，它们满含着侨胞的泪水和汗水，也蕴含着侨胞对祖国家乡的深情和对亲人的责任感。从我祖父1949年的侨批记录，可以看出这一年之中，他共寄十八次批，也就是说，一年中有六个月是寄两次批的，可见对家庭的责任感有多强。另外从这些侨批记录中可以看出，当时国民党的国币与泰铢的兑换值不断下跌，在短短几个月内就缩水好几倍。由此也透露出1949年旧中国经济迅速崩溃的情况。这些都从一个侧面显示了侨批的历史价值。

祖父在1965年准备回国，但不久就遇到“文化大革命”，香港也受影响，多封侨批中都提到香港动乱，所以办理回国手续相当困难，一直到了1967年方办好。在祖父回国前最后一封侨批里，他写道：“明知诸事艰难，无奈年七十一，虽长途跋涉，亦不怯也。……但愿一路平安，不发生阻碍，是为幸也。到广州时，或到汕头时通电，未有一定。闻广、潮客车，在广州早开晚到（九点多）到西湖。而潮汕客车到枫溪镇岂有停车否？潮汕客车日日有开？抑或数日开一次？……尔父存无多钱，到家后如无工作可做，兼之年高，尔们兄弟姐妹须支持也。卧具一切须预备，将来棉被最重要，因久居热带，怕北风也。”我们可以想象一个七十多岁的老华侨，在交通极不发达的年代，又正值动乱，一个人带着行李，长途跋涉，辗转回国，何等艰难！而他对子孙只有一个要求，就是一床暖和的被子。

对于祖父，故乡就是温暖所在。

家父吴显齐是沉默寡言之人，从来不和我们谈自己的历史。小时候我家住在潮州，父亲是金山中学的教导主任，却因抗战期间曾在重庆工作受怀疑，被调到当地最偏远的山区凤凰中学，一个人独自生活。我家也从潮州搬到老家枫溪。到“文化大革命”父亲更被诬称国民党特务，受隔离审查多时，“文化大革命”结束才正式平反，调回金山中学，那时我已经到广州读大学。所以我对父亲是比较陌生的。前些时候，在看台湾学术杂志上面一篇论文，忽然发现文中引用了一则材料，注明引用作者时用的是父亲的名字，我仔细研究，发现引用的就是父亲在 1945 年所写的论文。我赶紧上网检索，结果大感意外，原来父亲与世界文化遗产大足石刻的发现竟然有密切关系！

1945 年，父亲参加著名考古学家杨家骆、马衡、何遂、顾颉刚等先生组成的“大足石刻考察团”，对四川大足石刻进行了首次科学考察，“编制其窟号，测量其部位，摩绘其像饰，椎拓其图文，鉴定其年代，考论其价值”，向世人展示了大足石刻令人惊艳的风貌与价值。在考察团中，父亲担任编辑工作，考察团的工作是由父亲记录的，最后形成《大足石刻考察团日记》，这篇日记有相当高的价值，《民国重修大足县志》（现收入《中国地方志集成》）收录了日记全文。父亲又写了一篇《介绍大足石刻及其文化评价》发表在《新中华》1945，复刊 3 卷 7 期上。这些都给顾颉刚留下深刻印象。1945 年下半年的《顾颉刚日记》有五处提及我父亲，如：十二月八号星期六（十一月初四），记“看吴显齐记大足石刻文”，十二月十号星期一（十一月初六），记“摘钞吴显齐文”。表明顾先生连续几天看父亲所记大足石刻文并摘钞备用，可见对其非常重视。在网上一篇《铭刻在时间里的丰碑》的文章里，特别提到父亲所写的《大足石刻考察团日记》和其它论文：

> 《日记》真实地记载了考察团在大足期间的活动，是了解考察团活动的珍贵历史资料。……
>
> 在1945年5月由吴显齐先生执笔、总结考察工作的《介绍大足石刻及其文化评价》一文中，我们可以见到这样一些语句："其价值堪称无匹"、"可称仅有，弥足珍贵"、"尤为奇伟"、"莫之与比也"、"诚古今所未有也"、"叹观止矣"、"尤伟观也"、"希世之珍也"……这些由著名专家学者所组成的考察团所发出的感慨，不仅可以想象大足石刻带给他们的激动和欣喜！更可见大足石刻的无穷魅力！
>
> 是啊，大足石刻如同一座宗教文化艺术的圣殿，谁不为之而激动和欣喜呢？这座被掩盖的"圣殿"在60年前，被那些为着祖国文化而不惜生命的专家们，以他们的卓识，向世人宣告了这一伟大的艺术、文化"圣殿"！……我们可以说，乙酉大足石刻考察团是大足石刻走向世界历程里的一座丰碑，将铭刻在时间的长河之中！

父亲当年才二十五岁，就能得到杨家骆、马衡、顾颉刚这些大师的信任，负责记录考察团的活动，很不简单。

后来，父亲从重庆到了上海，从事文化工作。以前我一直不明白，父亲当时年轻有才华，事业刚起步，很有前途，为什么愿意回到家乡当中学教师呢？后来才慢慢体会到，父亲心里有非常浓厚的故乡文化情结。1945年抗战刚刚胜利，父亲写了一篇题为《谈潮州歌谣》的长篇论文，发表在《新中华》复刊

第6卷第2期，全文分为几个部分：一、我和潮歌，二、潮歌的源流，三、潮歌的意识形态，四、潮歌的艺术价值，五、尾声，六、潮歌选。这篇论文称潮歌“是潮州民间艺术形态中最生动最有力量的表现艺术。”“潮歌是潮州人的诗篇和舆论”，“是潮州社会的镜子——通过它，可以认识潮州人的生活、风俗习惯、语言和心理。”父亲的论文寄托了潮汕游子的思乡之情。其中有一段话：

> 历史上，有无数的潮州人，得到歌谣的哺养，我也是在潮歌的歌声中长大的。民国二十八年（1939年）六月二十日，潮汕沦陷了；三十年（1941年）夏天，我离开了这产生潮歌的土地和人民，辗转入川，一住就是五年。有时，记起了熟悉的潮歌，我就会看见静静的韩江，沉默的湘子桥，崇高的桑浦山，渺茫的蓝天，迢迢的海水……听见家人的絮语，朋友的笑声，村巷的鸡啼狗吠，火车路的汽笛……从沉思里回到现实世界，立刻想起潮汕敌伪黑暗恐怖的统治和只有血泪的人民，我就不禁深深的震悚和愤怒了。
>
> 现在，反侵略战争胜利了，黑暗的时代快消逝了，潮州人正面临着和平建设的分野，大概，潮歌亦要进入创新的阶段吧。

思乡心切的父亲，满怀对新时代的憧憬，全国一解放就回到家乡，当了中学老师。以前，我总觉得父亲木讷老实而近于拙，读了这些文字，发现他内心其实充满激情，他的品质有一种很高洁、很理想化的东西。

对于父亲，故乡就是希望所在。

我的外祖父是中医师，母亲黄凤仪从小受到文化熏陶，读过三年书。母亲身上典型地体现了潮州女性那种秀外惠中、贤妻良母式的传统品格。

母亲坚强且很有主见。1941年，父亲和母亲结婚不久，我大哥刚出生，父亲当时在农村任小学教员，母亲激励他不能安于现状，一定要考大学深造。于是父亲专程到韶关考试，一举考取了大学，到重庆读书。时值战乱，父母长期难通音信，其间甚至有一年完全失去联系。母亲只能凭自己劳动克服各种困难，养家糊口。现在想来，她当时敦促父亲到外地求学的决心，对于这个家庭以后的发展起了相当关键的作用。因为从此之后，父亲才能从事高层次文化工作，而这个家庭也有了一个比较高的文化起点。

母亲天性善良孝顺。“文化大革命”中祖父从国外归来，不久得了肝病。母亲为免其他人被传染，独自一人承担了照顾祖父的所有事情，直到为他送终。有一位远房亲戚老姆双目失明，身无分文，她的亲人不愿意管。母亲毅然照顾老姆的饮食起居，照顾就是十八年，老姆活到九十多岁高龄。

母亲这辈子都在默默为子孙操劳。年轻时母亲曾参加过工作，为了照顾孩子，她辞职在家，但她见识远大，注重教育和培养子女善良、正直、好学的品德，我们家人口多，仅靠父亲一人几十元工资，生活相当困难。母亲省吃俭用，尽可能让孩子读书。我们六兄弟姐妹，有两个中学生，两个大学生，一个博士，一个硕士。这在20世纪80年代是很少见的。母亲不仅一手带大了我们，还帮忙带大了我们的孩子，她带过的孙辈就有八人。母亲身上有着传统潮州女性富于牺牲和无私奉献的鲜明印记。今天如何评价她们，可能见仁见智。但传统潮州女性对家庭乃至社会的贡献显然无可替代。

母亲在故乡生活了一辈子，对于她，故乡就是家。

父辈对故乡的热爱，一直深深影响着我，小时候浑然不觉，随着年龄渐长，才慢慢体悟到，故乡历史悠久的文化积淀，独树一帜的人杰地灵，对它的子孙是多么珍贵的馈赠。

我从小就听着潮州歌谣长大。在潮州文化诸多形态中，潮州歌谣的地域色彩最浓，只能用原汁原味、地道的潮州话来吟诵，根本无法翻译成普通话。对潮州人来说，听了歌谣就会心一笑，一切尽在不言之中。它的妙处与韵味真是“不足为外人道也”，对不懂潮州话的外地人，真是“妙处难与君说”，就算勉强翻成普通话，外地人听起来肯定也“莫名其妙”。小时睡觉时母亲唱《啼呀啼》：“啼呀啼，啼金图。金图做老爹，阿文阿武来担靴；担唔浮，饲猪大过牛，黄牛生马仔，鸭母生真珠……”又有“挨呀挨，挨米来饲鸡，饲鸡来当更，饲狗来吠夜，饲阿弟来落书斋，饲阿妹来雇人骂！”幼儿洗澡时，母亲总要先舀些水轻轻拍拍胸口，并唱：“一二三，洗浴免穿衫；三四五，洗浴健过老石部！”又如听人唱：“月娘月光光，秀才郎，骑白马，过阴塘……”不要以为这些歌谣俚俗，不登大雅之堂，其实它是潮州文化中无可替代的一部分。我们从小听潮州歌，不知不觉地感受潮州方言的和谐美妙，感受潮州人的幽默和乐观。不但如此，潮歌虽然俚俗，但也折射出潮州民间传统与深层的思想。如：

望见东畔一粒星，嫁仔嫁给读书家。脚踏书斋食白米，闲坐温存哈烧茶。

望见东畔一点红，嫁仔嫁给落铺人。脚踏铺窠食白米，嘴含槟榔齿脚红。

歌中说，嫁孩子要嫁给文人（读书家），嫁孩子要嫁给商人（落铺人）。嫁女要嫁什么人，实际上就是以什么人为贵，由此反映出潮州民众重文、重商的传统。这种传统一直延至现代。潮州能出现饶宗颐、李嘉诚两位世界顶级的文人与商人，绝非偶然。

我儿时还非常喜欢潮州乡村的“闲间”。“闲间”是潮汕农村老百姓自然形成的在一起憩息聊天的房子。喝茶、抽烟、吃东西，谈农事，谈物价，论世情，从国家大事到乡间小事，都在议论之列。闲间也是娱乐之所，下棋、打牌、讲古，拉椰胡，吹笛子，有人说潮州音乐是一种“闲间艺术”。闲间主要是男性的空间，一般女性是不进入的。据说，也有女性专门的闲间，但我没有见过。“闲间”是一种非常有意思的文化现象。在文化传播比较落后的时代，闲间是潮州地区非常重要的民间文化传播场所。我已远离家乡多年，不知现在闲间是否还有。随着时代的发展，闲间可能正在消失。这种有潮州文化特色的文化现象应该得到一定的保护。从学术研究的角度，应该对闲间的历史形成及演变、适用的地域范围以及主要功能进行细致的考察。

如果说，“闲间”是男性的文化，潮州歌册则是女性文学。潮州歌册是以潮州方言写作的长篇叙事唱本，是流行于潮州方言区的一种民间说唱文学，以前就听许多老太太会“笑（唱）柯（歌）”，这也是潮州传统独特的人文景观。歌册的传播与流传对文化传播起重大作用，也是非常值得重视的，很有研究价值。潮州歌册虽然已有收集出版，但仍不齐备，在民间还有大量遗存。潮州学者可以和有研究能力、研究经费的高校合作，对潮州歌册加以抢救收集和出版。

进入学界以后，我越发为故乡感到骄傲。现当代潮州的文化名人很多，就我所接触到的人文学者而言，饶宗颐先生是当代无与伦比的学术巅峰。此外，还有一个潮州人文学者群，如中山大学曾宪通先生的古文字与出土文献研究，暨南大学饶芃子先生的比较文学与海外华文文学研究，詹伯慧先生的方言研究，北京大学陈平原的现代文学与学术研究等，都是成就卓荦、闻名海内外。潮州学者富有灵气与悟性、细密而通融。同时，潮州学人普遍比较谦和、通达。而在我印象中，潮州学者对古典学还特别有传统，有兴趣，有天赋。其中的杰出代表就是詹安泰先生和饶宗颐先生。

中山大学八十周年校庆时，学校要编辑出版一套中山大学杰出学人丛书，委托我编《詹安泰文集》。这是一种荣幸，更是纪念和学习潮州先贤的机会。小时候我在家乡听前辈竞说詹安泰先生之道德文章，即生敬慕之情。“文化大革命”后考入中山大学中文系，这是詹先生长期执教的地方，可惜我进校时先生已仙逝十多年。为了编选詹先生文集，我再次细读了先生现存的论著，更深地体会到先生学术精神的超妙与学术生命的永久。观先生遗照，清癯瘦弱而风骨凛然，其深邃的眼睛饱含着忧郁与悲悯的神情，似乎就是那个黄钟毁弃、瓦釜雷鸣时代知识分子的精神象征，让人久久未能忘怀。读先生的文章、诗词，好像重温当时知识分子的艰难复杂的心路历程，不免感慨系之。

詹安泰先生是我国20世纪著名的词学家和文学史家，也是著名的诗人、词人和书法家，他在20世纪的古典诗词创作界和古典文学研究界取得了杰出的成就。他的诗词创作渊源有自而能独具面目，与夏承焘、龙榆生、唐圭璋并称为现代“四大家”。他的文学研究依托于深厚的国学根底和不断充实的新理论与方法，而呈现出涉猎面广、体系性强，兼具开拓性和总结性的特色。他在词学、诗经、楚辞以及文学史研究诸方面，成就巨大。像许多正直而有才华的知识分子一样，詹先生在“反右”运动与“文化大革命”中也都未能逃脱厄运。从1957年开始，至1967年逝世，这十年间他生活在悲愤和抑郁之中，忍受着精神与肉体的双重痛苦，却仍然发愤著书，他的许多成果皆为晚年所写。詹安泰为20世纪古代文学学术史留下了一笔丰厚的遗产。虽然他孤独而凄凉地离开人世，但他用文字为自己建筑了一座学术丰碑，供后人永久瞻仰和怀想。

作为潮州学人，詹安泰先生代表的是五六十年代的中国古代文学研究水平。但在编辑他的文集时，我总是感到他的才能并没有充分发挥，各种政治运动限制了他学术研究的自由，1957年以后，他生活一直很压抑，65岁就去世，如果天假以年，他肯定可以取得更为辉煌的成就。

饶宗颐先生是潮州人的骄傲，也是中国人的骄傲。海外许多学者就是因为饶公而知道潮州的。饶公的学问就像大海般浩瀚无涯，我们实在无法测量他的伟大。在人文学科里，饶公几乎是无所不能的。他集学术、艺术于一身，是历史学家、考古学家、文学家、经学家、教育家和书画家、翻译家。他的学术范围广博，凡甲骨、敦煌、古文字、上古史、近东古史、艺术史、音乐、词学等，均有专著，在艺术方面，诗词、绘画、书法、音乐造诣都很高。他涉及面之广，水平之高，几乎令人难以企及。饶公的出现是中国学术史上的奇迹。除了天赋之才之外，实在是得到天时、地利、人和的综合优势而成就。

詹先生是饶先生的前辈，他非常欣赏饶先生。饶先生到中山大学是由詹先生引荐的。饶公一直非常尊重詹先生。与饶先生比较，詹先生的生存环境与学术环境截然不同。他只生活在岭南，很少到北方去。饶公却处于治学条件相当优越，学术上开放而自由的香港。他与全世界汉学界有密切的联系，而且不受时局影响，没有政治压力。他的学术研究无拘无束，终于成为集大成和开风气的一代天才。

潮州文化有灵气、有悟性，有创意，而且具有细致和周密的特色，饶公秉承故乡文化这些特色，又出以特大的格局与气魄，古今中外文化精华皆为所用，融成一炉。这就是饶公对故乡最好的回报：来自潮州，又超越潮州；从精致走向浩瀚，从潮州走向世界。

（2007年）

冰壶秋月

——忆黄海章师

1982年春，我和来自郑州大学的孙立兄有幸考取了黄海章先生的研究生。第一次拜访海老，记得是一个融和的春日。我穿过康乐园绿竹繁荫的小路，来到一幢寂静的旧式楼房。上楼，又穿过摆满书架的过道，便是海老的卧室。卧室约莫八九平方米，又兼书房，十分简朴逼仄。室内弥漫着浓烈的旧书气味。卧室三面开窗，窗外绿竹绕屋，含风萧萧。室内竹影参差，幽静而昏暗。海老用浓重的客家口音和我交谈。他着一身旧的黑布衣服，虽然形容枯瘦清癯，齿豁头童，耳聋目眊，但却隐然透露出一种少见的脱俗超迈的气质。这使我突然想起苏东坡的诗句："布衫漆黑手如龟，未害冰壶贮秋月。"

此后3年，海老的全部心血几乎都倾注在我们身上。当时导师们通常让研究生自学或者讨论，很少正规授课。不少年纪大或名气大的导师更是挂挂名而已，有些学生甚至难得见导师一面。以海老的名气和资格，完全可以选择很轻松随便的指导方式。但年近九旬的他，仍亲自授课，每周4节，一直坚持两年之久。他总是说，我带研究生不能仅有空名，误人子弟。海老尽管有60多年的教龄，上课内容可以倒背如流，但仍然一丝不苟地写好教案提要，严格按计划上课。每次上课，在海老的卧室里师生相对而坐。海老便把一口时钟放在书桌上，时间一到，就准时开讲。上完45分钟，宣布休息一会。这时师母便端上几杯酽酽的铁观音茶，师生一边呷茶一边海阔天空地聊天。15分钟一过，海老又看看钟说："继续上课吧。"

海老是近代著名爱国诗人黄遵宪的后人，幼年家境贫寒，中小学的课本，几乎全靠手抄心诵。到了耄耋之年，海老仍博闻强记，一般诗文几乎可以过目成诵。上课时从先秦到近代的各种重要文献，随口背出，几无漏误。平日向他请教问题，他总马上答复，某问题可参考某书某卷，绝无差池。

对于学生，海老的要求是很严格的。他认为治学首先需要高尚的人格，牵于名缰利锁见风使舵的人不可能有真正的学术成就。他喜欢用韩愈的话来勉励我们："无望其速成，无诱于势利，养其根而竢其实，加其膏而希其光。根之茂者其实遂，膏之沃者其光晔。"我想这话也可看作海老的夫子自道。海老的学生遍布全国各地，其中不少已是文化界、教育界的专家教授；但对很多不相识的青年读者，海老仍是有信必复，有求必应。晚年海老一目失明，视力严重衰退，但对我们的每篇文章还是逐字逐句地修改。看到作业上海老那老笔颓颤的评语，我们都深为感动。后来海老听力益衰，甚至借用助听器也无济于事。每次我到海老家，海老便取出纸笔，铺在桌上，一个以手为口，一个以目代耳，师生两人在无言之中，默默地交谈。

我们毕业那天，海老高兴地说：这三年来我一直担心突然死去。我90岁了，并不怕死，惟一担心的是我的死会影响你们的学业。如今你们终于顺利毕业了，我再也无牵挂了。一席话说得我鼻酸神伤。自此以后，海老便正式退休。这期间他又在海外出版了他的诗词选集《黄叶楼诗》，在国内出版了《明末广东抗清诗人评传》。他说他每天都完成该做的事，随时做好死的准备。好像是一个完成了工作的工人，在等待下班的钟声。

如今，海老已溘然长逝了。作为弟子，未能为恩师送别，我无限悲伤和遗憾。但我想，在弥留之际，回首平生，海老一定是坦然无憾的。

（1989年）

“念中文的，就要像梅花一样高洁”

——追忆邱世友师

我读大学时，最喜欢的科目是先秦文学。究其原因，是喜欢任课老师卢叔度先生。他是刚从系资料室解放出来的老“右派”，性豪爽，喜品藻，任诞简傲，恍若《世说新语》中人。我的毕业论文是由他指导的，那时一门心思就想考卢先生的研究生，可是，1982年，中大中文系只有中国文学批评史和现当代文学两个专业招研究生。卢先生建议我报考批评史，他介绍说，导师黄海章、邱世友先生学问、人品都好，邱先生也是他的好友。那一年刚好是“文化大革命”结束后第一批入学的77级毕业了，报考的人很多，招生名额又极少，中大中文系只招四名。我的本科同学陈平原兄考上吴宏聪、陈则光先生的硕士，我和孙立则有幸成为黄海章、邱世友先生的开门弟子。黄海章先生当年已85岁，第一次也是最后一次招生。邱先生58岁，按当时的说法，仍属“中年”教师。

邱先生长得端方厚实，慈眉善目，一脸佛相，却不善言辞，迟缓的语言追不上跳跃的思维，往往造成表达上的断裂和空白，甚至有点小结巴。孔子曾说：“刚毅木讷近仁。”我读到此语时，往往就联想到先生。先生专题课内容主要是《文心雕龙》与词学，内容便是他已撰写或准备撰写的文章。刚一接触，内容颇感艰深难解，久而久之，我们逐渐习惯以课前预习、课后补习的方式，去弥补先生在讲课中的空白，竟大有所得。

1984 年，我们硕士毕业，孙立兄留在中文系，我分到古文献所，都在先生身边工作，被人戏称为邱公的“哼哈二将”，这大概也是先生感到得意的。这一年，他刚好 60 岁。惭愧的是，我们没能帮先生做什么事，只是继续在他的指导下读书。每次见面，仍是谈学术为主。先生间或回忆自己的生活，谈到中文系诸位前辈如容庚、商承祚、詹安泰、方孝岳、董每戡、冼玉清、王季思等先生的掌故，这些话题比较轻松。但也有沉重之时，比如谈到他的老师詹安泰先生 1958 年以后的生活遭遇，先生就悲从中来，不能自禁。

当年，我在古文献所主要的工作是整理“车王府曲本”，但我的学术兴趣不在俗文学而在传统诗文与诗文批评研究。那时，中山大学的文学批评史专业还不能招博士生，而复旦大学则是海内外首屈一指的批评史研究中心，我想报考王运熙先生的博士，邱先生甚为支持。他比王先生大一岁，也是好友。邱先生《文心雕龙探原》一书，就是王先生作的序。1987 年，我随王先生读博士。1990 年毕业，分配回中大中文系工作。次年，邱先生 67 岁，办理了退休手续。

先生退休后，我和孙立招收中国文学批评史专业的研究生，仍请先生为学生讲授专题研究课程，继续传承其学术。先生很支持，也很乐意，能传授学术，对他是件快意的事。何志军同学曾写过《忆邱师授课》一文，提到当年先生为他们讲授词学课的情景：

> 邱师与学生隔桌相对而坐，课中常逸兴飞扬，曼声吟哦词作，以印证词论。时当盛夏，邱师额上汗湿白发，清晰可见。我至今还依稀记得邱师抑扬顿挫、夹带方音的普通话："词要清空，不要质实。清空则古雅峭拔，质实则凝涩晦昧。""长疑即见桃花面，甚近来、翻致无书。书纵远，如何梦也都无？""南楼不恨吹横笛，恨晓风、千里关山！"词学精微，浅学者确不易听懂，某次一位大龄夜猫学生竟在邱师眼皮底下伏桌酣睡，邱师亦不以为忤。

写得颇为真实传神。2005 年中山大学成立文学社团"粤雅诗社"，我们延请先生任指导教师，他也欣然俯允。

1993 年夏天，我们"哼哈二将"陪先生同往内蒙古师范大学主办的中国古代文学理论国际学术会议。从北京到内蒙古，途中的云冈石窟与北岳恒山自然成为我们的考察对象。那时科研经费和交通都非常紧张，飞机票买不起，火车票又一票难求。我们的路线是乘火车从广州到北京，然后再转内蒙古。为了节省时间和经费，我们到京后即连夜转乘去大同的慢车。因临时上车，没有座位票，三人硬是挤上火车，火车过道挤满了旅客。那时的火车没有空调，时当盛夏，燠热难当。我和孙立干脆钻到座位底下躺下，腾出位置，让先生在过道坐下来。先生那时年届七十，身体尚显强壮，第二天一早到了大同，我们马上就去游览了云冈石窟和北岳恒山。一路上先生兴致很高，毫无疲态。回想起师生三人当晚在火车上的窘迫情境和游览名胜的快乐，历历如在眼前，又恍若梦中。

2006 年暑假期间，先生因心脑血管病两度入院，装心脏起博器，虽无生命危险，但语言能力已大损。年底，相伴 57 年的师母病逝，经此变故，先生体质日趋衰弱，多次中风，且患糖尿病，常住医院。2013 年起，他虽然保持生命体征，但一直处于植物人状态。我们仍按时去医院看望他，原本谈笑风生的先生，卧在病榻上毫无知觉，令人无助而伤心。有一次，我和孙立、张海鸥、彭玉平诸君到医院探望，海鸥兄大声呼喊着邱老师，他一直紧闭的眼睛突然流出泪水。我们希望有奇迹发生，此后先生却再无反应。2014 年 6 月 7 日，昏睡了近两年的先生安然辞世。

我一直以为先生身体很好，直到 2006 年先生两次中风，体质明显下降，我意识到应该为纪念先生做点准备工作，便着手编制《邱世友先生年表》。我在学校档案馆找到历年先生的个人总结及相关材料，据此编制先生年表，并送他审定。2007 年先生出版《水明楼续集》，便将此年表作为附录。

在编写先生年表过程中，我梳理了先生的生活与学术历程，因而对先生有一个更为系统的了解，也引发了一些思考。

先生 1925 年出生于粤北连县，父亲早故，先生为遗腹子，母亲独力抚养。少时多病，然有志于学。18 岁时，母亲病故，家庭生活雪上加霜。1944 年考入中山大学师范学院国文系，1948 年毕业，任文学院教师。此后，先生在中山大学学习工作了 70 年。

中山大学古代诗文研究有两个重要传统：一个是中国文学批评传统，从陈钟凡、方孝岳、黄海章诸先生到邱世友先生；另一个是词学传统，从陈洵、詹安泰、黄海章诸先生到邱世友先生。先生在文学批评史与词学领域都渊源有自，传承和光大了中大的优秀传统。他在词学、《文心雕龙》方面的成就享誉海内外。他在《文学评论》《文学遗产》等重要刊物上发表了多篇重要论文，主要著作有：《水明楼小集》《词论史论稿》《文心雕龙探原》《水明楼续集》《邱世友词学论集》等，这些成果受到学界的高度评价与尊重。先生在治学上形成了独特的风格，这种风格就是他所喜欢的况周颐词学中“拙、重、大”三个字。拙，就是古朴深挚，不巧，不滑，不浮，不浅。先生研究每一理论，总是从最原始的词义与材料出发，实事求是，无浮夸，不取巧。重，是厚重，先生非常有理论上的创造性，眼界开阔，立意深沉，笔力厚重，气象雄浑。大，是格局大，邱先生治学不但精于国学，对于西方文学理论也颇为关注。他研究问题，总是以小见大，把问题放到古今中外的背景上，从中挖掘出独特的理论意义。

学术界对邱先生已有许多评价，如澳门大学邓国光教授称他为“岭南大儒”：“不论人品、器度与学养，都足以表率一代，为学者的典范。”我觉得，先生在词学尤其是清代与近代词学方面成就最高。他亲承詹安泰先生词学，于声律音韵之学别有心会，特别强调词学之体乃声学，对于朱彝尊与浙派，张惠言、周济与常州词派以及谭献、冯煦、况周颐、谢章铤、刘熙载、王国维词论的研究，创获甚多。在词学本体尤其声律方面，有一些研究是具开创性的，并且成为经典之论。先生擅长古诗文创作，其词师承詹安泰先生，达到很高的境界，继朱彊村等（第一代）、王国维等（第二代）、夏承焘、施蛰存等（第三代）之后，被海外学者尊为二十世纪词人“第四代词学家”的代表性人物之一。先生去世时，《词学》杂志的挽联是：“纵谈浙西、常州，识见高远，领衔四代；出入梦窗、白石，气厚韵长，自是一流。”兼论其词作与词学成就，可谓的评。

先生在旧中国完成大学教育，在新中国参加工作。这是一个重大转型的时期，学者必须在政治和学术上不断调整以适应时代要求。先生刚留校时，可能因为年轻，出身贫寒，政治上比较可靠，曾兼任系主任王季思先生的助手，处理日常事务，还曾任中山大学教工会的副小组长。但他不谙人情世故，书生意气，性格耿直，不太合适干行政工作。受当时政治风气影响，先生发表过《揭露胡适在中国古典文学研究中的比较主义观点》等批判文章，可见他在学术研究上，曾努力追求与时代同步。1957年的“反右”运动，先生的师辈詹安泰、董每戡、叶启芳和好友卢叔度等被打成右派，先生亦“滑到”右派边缘，险遭厄运。此后，他在学术研究上沉寂多年。

他也曾努力学习苏联的文艺学理论，1954年至1955年，先生被派到北京大学师从苏联文艺理论家毕达可夫与中文系主任杨晦先生学习文学理论。同班有蒋孔阳、胡国瑞、张文勋、蔡厚示、王文生、王士博、郝御风等，后皆为我国著名学者。以前学术界有“毕达可夫派”之说，但我从先生的著述中，似乎看不到受苏联理论的影响。

1956年初夏，方孝岳先生把《古代文学批评史》手稿送给邱先生，此手稿是方先生20世纪30年代在出版的《中国文学批评》一书基础上修改补充而成的。方先生希望他继续研究下去，但次年先生即奉还手稿，此后手稿下落不明，成为一件憾事。

我一直不明白先生为何奉还方先生的手稿。也许他觉得手稿很珍贵，他不应该一人占有，阅读后即奉还？或者，他当时的兴趣点是在文艺学理论方面？1958年他为学生讲授的课程就是“文艺学引论”。

先生在那一代学人中是少数非常重视理论素养的学者。1983年，我们读硕士时，邱先生亲自为我们开专业外语课，记得其中有一篇是艾略特(T.S.Eliot)的《传统与个人才能》（*Tradition and the Individual Talent*）的原文版。他一直很强调学习和借鉴西方的文学理论。在他们这代研究古代文学与文论的学者中，他的思想比较开放，眼界比较开阔。他的论文如《“温柔敦厚”辨》（1983年）研究一个儒学命题的审美内涵，清晰地梳理了理论的发展线索，而且逻辑严密，有理论新意与深度，体现出学术研究上的“重拙大”境界。

1958年之后，先生在学术上显得“沉默寡言”。直到1980年，他在《文学评论》上发表《张惠言论词的比兴寄托》，学术上才焕发光彩，广为学界关注。1981年先生评上副教授时，已经57岁了。这一年，他又在《文学遗产》《哲学研究》《古代文学理论研究丛刊》等重要学术期刊上同时发表论文，几十年的学术积聚一时喷发。先生最“风光”的时候是1983年，他在广州主持全国第三届中国古代文论年会，任筹委会和大会秘书长。会议在当时广州最好的珠岛宾馆举办，开得非常成功，一直非常低调的先生成为学术界瞩目的“中心”。在会上，他全票当选为中国古代文论学会的常务理事。此时，他已经59岁了。

在编制先生年谱时，我有一个触动和伤感。1954年先生30

岁时就是讲师了，但是到了 1981 年 57 岁始晋升为副教授！先生青少年时逢战乱，1949 年以后经历各种无休止的政治运动、思想改造与经常性的下乡劳动，被耽搁的时间太多。直到“文化大革命”结束，方进入学术兴盛期，但很快又到了退休年龄。邱先生从 1979 年开始，在教学岗位上，安安静静做学问到退休，只有十多年时间。1981 年，他开始撰写《词论史论稿》，此书原为出版社约稿，至 1985 年完稿，由于当时出版经费普遍匮缺，到 2002 年方有幸列入《中国古典文学研究丛书》，由人民文学出版社出版。当时他 78 岁，已退休多年了。先生从讲师到副教授，用了近三十年时间，出版一本专著，又用了二十多年时间。时光流逝，人生几何，岂不可叹！

我在回忆先生时，所想到的不仅是先生，而是他们那一代学人的坎坷际遇。我们这一代常常感慨被“文化大革命”耽误了十年，其实，我们对老师辈所遭受的痛苦、不公与委屈，又有多少同情之理解呢？每一念此，不禁悲从中来。

先生人品高洁，可谓人淡如菊，古风犹存。他的为人可用“正”“厚”“淡”三个字来概括。他正直，堂堂正正，卓然独立，不跟风、不随俗，不趋炎附势。他宽容厚道，对人感情真诚深挚，温、良、恭、俭、让。他不善言辞，然有“君子讷于言而敏于行”的古风。他淡泊明志，生活简朴，甘于寂寞，知足常乐，兴趣集中在潜心学术、著书立说、教书育人之上。除此之外，别无所求。他一生读书不倦，就是住院期间，仍手不释卷，乐在其中。

先生这一代学者中，仍有为数不多的人保持书生纯粹气质。他们单纯天真，毫无城府，有着不合时宜的清高甚至迂阔。他们注重的是精神生活的充实，对物质世界并不了解，也不关心。到了我们这代人，像先生这样纯粹书生气质者，近乎“濒危物种”矣。“自郐以下，无讥焉。”记得二十世纪八九十年代，物价上升，年轻教师的工资入不敷出，教师职业颇受社会轻视。受此影响，有些教师不安心工作，甚至放弃自己的职业。对此，先生很痛心，他撰写了一篇文章，借用《二十四诗品》的一句话：“神存富贵，始轻黄金。”他说，知识分子应该在精神上有一种富贵感与尊荣感，才能轻视那世俗的物质欲与权势欲，适应和抵御恶劣的境遇，创造出更多更美的精神财富，享受超越时空的尊贵与光荣。这些话当时听上去颇迂阔，但确是先生真诚的想法，也是他自己的写照。他生活简朴，对物质的要求很低。孙立兄曾回忆有一次教研室开会，同事们议及物价飞涨，钱不够用，先生感到惊讶，说：“东西不贵呀，我在菜市场买的衣服，一件才 20 元，穿到现在也没有破！”数十年间，我常到先生家，他家中陈设基本没有变化，唯一变化的是每隔一段时间客厅会换挂不同的对联，记得有陈澧、康有为、梁启超等人撰写的。广州夏天炎热，家里没空调是很难受的事。先生平常摇葵扇消暑，后来才用上电风扇。我们去喝茶，先生便专门打开风扇，风吹得桌面上的纸张沙沙飞扬。2007 年学生们为其房间增置空调，他很高兴，对不少人说过这事。他得意的大概是弟子们的尊师心意吧。

中大中文系的师生，对先生的道德学问未必都了解，但先生的一句名言却广为流传。这要感谢一位署名“沈胜衣”的校友，他在一篇怀念先生的文章中写到，20 世纪 80 年代末，一次在系办公楼举行毕业前用人单位招聘见面会，为了求职，不少人刻意妆饰、曲意逢迎，甚至出现不正常竞争，“在‘求售’‘推销’过程中，人性面目一时立现”。先生当时刚好在场：

> 就在这一片集市般的喧闹中，忽见邱先生面带不悦排众而出，应该是受了那些“黑幕”的刺激，他全没了讲坛上时常绽现的佛祖般憨厚的笑容，边走边愤愤地说：“商业交易我们应该绝缘，念中文的，就要像梅花一样高洁！”我正好要走，就跟在他后面。他在那道狭窄、陈旧的铁楼梯走下了一半，似乎意犹未尽，立在转角处抬起头，认真地用略带口吃和地方口音的普通话扬声补充说：“起码也要像菊花！”

情急之下，先生脱口而出的这句话，恐怕就是他给人印象最深的名言了。文中所写的背景早已远去，并为人所淡忘，但先生所说的，“念中文的，就要像梅花一样高洁——起码也要像菊花”，数十年来口口相传，一直感动和激励了中文系许多师生。

这是镌刻在弟子心中的先生遗训。

（2019年）

温润的光辉

——缅怀恩师王运熙先生

王运熙先生的学生很多。对我而言，能成为他的弟子，是此生的荣幸。

1986年我去安徽参加《文心雕龙》年会，第一次见到王先生。此前我已读过先生所有著作，极为敬佩。他的君子之风和书卷之气，更让我如坐春风。次年我便报考了王先生的博士生。博士入学笔试的内容大抵是《庄子》《文心雕龙》《沧浪诗话》等。面试时，先生问起《四库全书》，又举一本类书问应该属于哪一部，问是不是看过《四库全书总目》，有什么看法等。又问“二十四史”是哪些书，又问《资治通鉴》为什么不属于“二十四史”等话题。我感觉，王先生不以偏题难题为难考生，提出的问题看似很平常，谁都能回答，但理解的深浅、悟性的高低又能看得出来。

在学期间，王先生主要是指导我们读书，开列一些书目，让我们读后谈心得。先生总是细心倾听，从不打断。当我们出现错误的时候，先生不是说你错了，而是轻轻地说，我觉得这问题是这样理解的。王先生待学生很和气，绝无呵斥之语，偶有批评也是非常委婉。学生却很敬畏，这就是不言而威的师道尊严吧。先生眼力不济，我们的论文都要念给他听。他静穆端坐，微闭双目，但只要他皱皱眉头，我们就知道其中必有问题，就要好好反省和检查了。

回想起来，王先生很少对我们传授什么治学之道，也从不叮嘱我们要用功，但大家不敢偷懒。他和他的论著本身就是榜样的力量和无言的鞭策。这么多年了，我写论文有时还会想，这要是念给王先生听，他会不会皱眉头呢？于是就惕然不敢掉以轻心。

王先生的治学方法其实很简单，就是实事求是。他是以乾嘉学派治朴学的方法来治文学的。他不求新，不求奇，唯求其是；不媚俗，不趋时，只重事实。王先生曾在赠我的《文心雕龙探索》一书扉页上题写其“治学自警语”道：“全面观照，准确把握。正本清源，探明原貌。”这是何等朴实的话，每句话的境界却是不下苦功难以达到。他的论著力求客观公允，用字用词很有分寸，他基本不用“最”“很”“极”“非常”这类感情色彩很强烈的词语。

苏轼诗说：“人言非妙处，妙处在于是。”王先生做学问的奇特之处，就在于不求奇特而奇特自见。其文章平和却另有一种特殊的魅力，非常耐读，经得起时间的淘洗，就像一块宝玉，越磨越有光辉。初次读王先生的文章，你可能会觉得过于平淡无奇。若干年后再读，你会发现，有些人的观点当时看似奇特，后来却站不住脚，而王先生的观点却显得准确而精当，永远经得起推敲。这种学术生命力令人称奇。

王先生家居上海火车站附近繁华热闹的地方，在那里住了近四十年。随着上海的飞速发展，王先生的家越来越显得陈旧。我上学期间，每周到先生家里听课，毕业后又多次到先生家里，发现先生的用品没有多少变化，衣服鞋帽穿了多年仍在穿，饮食也非常简单。前几年我到王先生家，他很高兴，一定要留我吃饭。晚餐是由师母做的，很快饭做好端上来，每人一碗速冻水饺，吃得很开心。师母说，他们平时常吃冻水饺，这样简单方便，营养也可以。

有人说，王先生专心学术而甘于寂寞和清贫。其实人生有不同境界，有些人不甘寂寞，有些人甘于寂寞，而有些人则是不知寂寞为何物。王先生对物质生活要求很低，生活方式非常简单，对他而言，学术就是乐地，沉浸其中就是最大快乐，所以从不感到什么寂寞和清贫。他并非刻意追求清高，而是本性喜欢宁静简朴的生活方式，他活得自然，所以也活得自在。

2002 年底，王先生和师母赴香港，和在中文大学任教的二公子巨澜同住数月。次年 3 月中旬，由港返沪，途经广州，下榻中山大学，并做学术报告。先生浓重的上海口音，听众听起来有些吃力，所以由师弟彭玉平现场即时“翻译”，讲座效果奇佳。我们还陪先生和师母游览了广州、中山、珠海和肇庆。一周多的时间和王先生近距离接触，感受到先生感情丰富，也很机智风趣。当我抱怨同时要指导一至四年级的本科生，还有硕士生、博士生和博士后，任务太重。王先生笑着说：“教学生如养孩子，小时候辛苦，长大就好了。”同行的彭玉平兄，性喜雅谑，在肇庆鼎湖山上开玩笑说：“王先生，您穿着如此朴素，您看承学的衣服、鞋子都比您的好多了，您可要批评他！”先生莞尔一笑：“不，这才叫与时俱进。”同行的人都笑起来。现在回忆起来，先生的音容笑貌如在眼前。

作为弟子，我总以为先生在学术上的天分与成就是我们所不可及的，而王先生那种君子人格与学人风度我们也只有仰望的资格。王先生的为人和为文高度一致，总是那么从容、淡定、平和、温厚。他看起来文弱，其实意志非常刚强，有超出常人的忍耐力。看起来随和，其实原则性很强，很有定力主见。吉人寡辞，但言必有中。

他极有修养，我未见过他疾言厉色，未见过他发怒、生气，甚至未见过他情绪激动。他高兴也就是莞尔一笑，连呵呵的笑声都没有听过。他的性情温静如水，与人为善，宽厚待人。对一些人，一些事，他也有看法，有意见，但绝没有怨恨。有些我们认为是不公正的对待，先生也泰然处之。晚年因飞来横祸而缠绵病榻数年，这是常人难以忍受的，而他仍不怨天尤人，脾气好得连医生护士都感到惊讶而敬佩。我们去看他，他无法吃饭，要靠鼻饲，又说不出话来，见到我们，还很自然地露出温厚微笑。这既出于天性的淡泊平和，也是很高的人生修养。我想，这就是受到传统文化熏陶而生成的君子人格与学人之风。

宋代大理学家程颐曾说孟子和孔子略有差距，孟子就像有夺目光彩的水晶，孔子则像美玉，“有温润含蓄气象，无许多光耀”。王先生的为人和为文亦如美玉，不会闪耀出炫目的光芒，却静静地散发出温润的光辉。在当今人学和学术界中，这种温润的君子人格，这样纯粹良善的学者，显得越发珍稀越发难得。

王先生走了，永远离开了我们。呜呼！吾师一去兮，雨雪霏霏。我心伤悲兮，不可断绝！

（2014年）

何尝见明镜疲于屡照

——追忆傅璇琮先生

傅先生去世后，我一直想写点缅怀的文字，却总觉难于措手。因为和先生直接接触的机会并不多，只在一些会议场合见过几次面，皆来去匆匆，所谈不多，我又没有记日记的习惯，因此对先生的记忆只是一些总体感觉和大致印象，所以迟迟不敢下笔。现在想来，这种感觉与印象同样弥足珍贵，它是经过时光淘洗之后镌刻在心中的印迹，永远无法抹去。

1984 年我在中山大学硕士毕业，留在中山大学古文献所工作。由于我对建安七子有深厚兴趣，当时尚没有建安七子文集的出版，就产生整理一本《建安七子集》的想法，于是突发奇想，给傅先生写了一信，谈自己的想法，没想到，很快就收到傅先生的一封短信。他很赞同这个想法，但又含蓄地说，中华书局已约了其他学者在做这项工作。我收到信，庆幸这个消息来得很及时，使我避免“撞车”。这是我第一次与傅先生的书信联系。现在想来，当时给傅先生写信确实非常冒昧，自己信息闭塞，孤陋寡闻，而且在文献整理方面的知识准备其实也很不足。傅先生那时研究与行政工作都相当忙碌，还专门给一位素昧平生、初出茅庐的年轻人回信。随着自己年龄与阅历的增加，每想起此事，愈加感悟傅先生对年轻人的特别爱护之情。

1998 年 10 月，我参加了中国唐代文学第九届年会暨国际学术研讨会。说来惭愧，我对唐代文学并没有特别的研究，当时之所以参加会议，主要出于一个不那么学术的“功利目的”，便是借会议之便去贵州探访花溪、苗寨与黄果树瀑布等胜地。那时，手头刚好有一篇题为《唐代判文文体及源流研究》的论文，便提交作为参会论文（后来发表在《文学遗产》1999 年第 6 期）。此行最大的收获其实不是踏访了诸多名胜，而是认识了傅先生，第一次亲承他的指教。傅先生对拙文颇为欣赏，大概因为该文是从文体学的角度，去研究唐代判文的，可能还比较新颖吧。我已记不清这次会议的具体内容了，只记得我和傅先生在黄果树瀑布前第一次合影留念。那时，傅先生身体偏弱，而精神健旺。2008 年 12 月，在中国唐代文学学会第十四届年会上，在傅先生的建议下，我被增补为中国唐代文学学会第八届理事会理事（我没有参加会议）。在古代文学研究中，唐代文学研究是最为繁荣、成就最高的领域之一，以我极为有限的成果，并没有资格增补为理事。傅先生之意，应是希望我能为唐代文学研究多做一些工作，尤其是唐代文体学方面。

2000 年 4 月，拙著《中国古代文体形态研究》一书即将在中山大学出版社出版，我抱着试一试的念头，写信向傅先生求序，没想到傅先生欣然应允。我喜出望外，赶紧告诉傅先生，书稿先排印，序可以慢慢写，不必赶，等序写完之后再加上不迟。当时傅先生的腕疾已相当严重，手掌和手指都变形了，颈椎、腰椎似乎也都有问题。但他在一个多月内，便通读完这部数十万字的书稿，并撰写了一篇长序。傅先生在序末特别点明：“2000 年 6 月中旬，北京六里桥寓舍，时当数十年来未有之高温。”

我读到这段，眼前不禁浮现傅先生抱着羸弱病体，在京城酷暑中挥汗写序的场景。令我尤为感动的是傅先生在序中说：

> 我读这本书，以及读《中国古典文学风格学》《晚明小品研究》，曾于灯下默想，承学先生治学有怎样一种路数？于是得出八个字，这就是：学识贯通，才情融合。再演绎为四句话：学重博实，识求精通，才具气度，情含雅致。我认为，博实、精通、气度、雅致，确是这些年来吴承学先生给学术同行的一个总印象，也是承学先生一辈中的前列者这些年来在其著作成果中所显示出来的艺术才能和精神素质。

傅先生这里“八个字”的总结和“四句话”的演绎，既精心概括又饱含感情、文采斐然，它不仅是傅先生对我个人的评价，而且是对后辈学者应该具有的“艺术才能和精神素质”的热切期待。我一直认为，傅先生对于年轻人的提携和鼓励，总是不吝赞辞的。作为被称誉者，应该清醒地认识到这是前辈的勖勉之辞，万不可浅薄到因此而自以为是，沾沾自喜。

从20世纪90年代开始，傅先生主编“中国古典文学史料研究丛书”，他注意到我在文体学方面的研究成果，便热情来信，约我撰写一本《中国古代文体史料学》的书。这不但是信任我，提携我，其实，也为文体学研究指出一个富有开创意义的新领域和新方向。我非常感激傅先生的青眼和指点，并在文体史料学方面有所用力。但由于自己有其他的工作急待完成，此项目进展很慢。虽然写了一些文章，但觉得并不是有系统的史料学研究，一直不敢呈教傅先生。现在，已永远失去向傅先生请教的机会了。

傅先生给我最深的印象，就是他一直不遗余力地提携后辈学者，堪称学界的伯乐。古人诗云："平生不解藏人善，到处逢人说项斯。"傅先生岂止"不藏人善"，更是能发现、挖掘年轻人之"善"，并利用一切可能的机会，"说"其"善"，用其"善"。在文史学界尤其是古代文学研究界，被傅先生发现、举荐而成名的中青年学者，不可胜数。傅先生虽然不是高校的专任教授，但得到傅先生恩泽沾溉者众多，私淑弟子遍及海内外。由于傅先生特殊的身份、地位和气度，受傅先生恩惠的年轻人，或受傅先生推荐出版书籍、发表论文，或参加傅先生主编的书籍编纂，或受到傅先生力荐而得以工作，其书稿或蒙傅先生赐序等，他们基本上是以学术为纽带缔结的师生关系。这在学术界可能是个特例。

在我的印象中，对后辈学者，傅先生从不摆前辈资格，也不以身份和地位居高临下、俯视他人，总是以一种平等、谦和的态度与年轻学者交往与交流。他在拙著序中说：

> 就我个人来说，吴承学先生比我年轻约20余岁，按照友人蒋寅先生《四代人的学术境遇》所述，在20世纪古典文学研究行列中，我算是第二代，承学先生算是第三代，但我总有一种与吴、蒋都是同一代的感觉，因此每一次在学术会议上，彼此都能促膝而谈，也无"忘年"之感。

傅先生他们是新中国培养的第一代学者，我们则是"文化大革命”后出现的第一代学者。这两代学者都经历过文化的浩劫，都有强烈的学术使命感与理想主义色彩。傅先生曾说：“‘文化大革命’结束后最初几年，我们这些学者都有一种兴奋的心情，觉得一场噩梦已成过去，我们已经失去得太多，我们要用自己的努力追回失去的一切。而我们又相信，只要靠勤奋，我们肯定会重新获得。那时国家的前途与个人的追求看来是那样地吻合，人们真纯地相信，我们应当尽自己的一点微力来奉献给这个重新给大家带来希望的美好的社会。”这何尝不是我们这一代学人那时的心声！作为有着直接师承和学缘关系的两代学人，上一代的成果以及他们那种以学术为生命、坚忍不拔的优秀品德，一直是下一代效法的典范。当然，相比之下我们这一代学者受到政治压力与思想束缚毕竟要短暂得多，又得益于改革开放，知识结构、研究方法与眼界都有所不同，研究环境、文献资料等条件更为优越。我们的困扰恐怕不是直接来自政治的重压，而是在名缰利锁的诱惑下如何保持独立的精神与自由的思想。这让我又想起傅先生的话：“我们这样的读书人或学者，不必有什么需求，更不必有什么做官、致富的奢望。如果有什么需求，那就应该是，自己所作的，要在时间历程上站得住，在学术行程中得到认可。”傅先生积50年的体悟之言，值得做学问的人好好回味，并深深铭记。

帮助提携年轻人，是傅先生晚年重要的生活内容，甚至可能是一种精神寄托。他对年轻人的请求，似乎来者不拒。他对年轻人的评价与扶持，往往以称誉为勉励。他对年轻人的求助，真是不知疲倦、不畏麻烦，超负荷地承受。这就让人想起《世说新语》里的一句话："何尝见明镜疲于屡照，清流惮于惠风。"然而，人毕竟是血肉之躯，并非不知疲倦的明镜。所以他有限的精力被分散了，许多精彩的研究被打断了，而他的生命也渐渐被耗损了。

2015 年 6、7 月间，傅先生已病重住院一段时间了，身体状况很差。有一天，我接到某出版社的电话，他们拟编纂出版一部大型词典类的书，请傅先生当编辑委员会主任，傅先生又推荐几位学者当副主任，其中就有我的名字。我一贯很少参加这些普及类书籍的编纂撰写工作，但傅先生之命当然是不敢违的。不过，想到傅先生在病中仍放不下这些琐事，还为之劳心费神，真是百感交集，很无奈，很心痛。

傅先生对于年轻人的提携、推荐、美誉，引起过一些议论，也是另有原因的。他对人、对书的评价有时或许会失之于宽，这可能是因为傅先生心地良善，碍于情面，对来自各方的请求无法说"不"吧。或许，还有更深层的原因。傅先生这一代学者年轻时曾生活在恶劣的学术环境中，连续不断的政治运动和残酷斗争，不但影响这一代学者的思想，也影响他们的心态。有些人变得刻薄寡恩，有些人则变得慈悲宽容。傅先生年轻时是受害者，备尝抑压之苦，所以对年轻人的需求与困难能特别同情与理解，也特别关照。我想他是在年轻人身上看到自己年轻时的影子。所以，他对年轻人提携和表彰的殷勤真切之情，不是一般人所能理解的。

其实，傅先生对年轻人有一种很高的期待。他在拙著《中国古代文体形态研究》序中说："我们要有一种高层文化导向的自期……人生总是有压力的，就我个人来说，二十几岁时就承受过难以想象的政治重压，现在也还不时有一些莫名其妙或所谓世态炎凉之压，根据我早年的经验，这就需要有一种‘傲世’的气骨。我总是以为，一个学者的生活意义，就在于他在学术行列中为时间所认定的位置，而不在乎一时的社会名声或过眼烟云的房产金钱。”这大概是从司马迁以来中国文人对“名山事业”所认同的一种价值观传统。我感觉到，傅先生在与年轻人对话时，他总是不由自主地联想起自己年轻时代所受到的“政治重压”以及老年时所遇到的世态炎凉。

傅先生为人撰序，习惯通读全书再作序，不作浮泛客套之论，他完全了解作者与书稿存在的问题，但是他又设身处地，以自己的方式提出意见。比如，他在拙著《中国古代文体形态研究》序言中，并没有明确提到该书存在的问题。其实，傅先生在寄来书序时，另附数纸，列出原书稿中存在一些文献和史实上的问题，提出具体和中肯的意见，同时为我寄来相关的参考资料，以供修订之用。他之所以急于把序寄给我，就是希望我能赶在书稿排印之前，先吸取他的意见，把书中的错误去掉，把书稿修订得更好。他深知书稿存在的问题，但并不留在序中揭出，以示高明，而是私下沟通，让我直接改进。傅先生给后辈学者的书序，多以温婉、含蓄的方式，给人以改进、提高的机会，既体现其严格要求的原则，又细心呵护着后辈学者的自尊心和学术声誉。这是一种仁厚长者之心，也是温柔敦厚的处世方式和传统修养。我回想起年轻时，在一些论文答辩、学术评议等场合中，有时发现别人学术上的一些问题，尤其是那种“硬伤”，则痛加贬斥，令人难堪。这固然有认真执着的一面，但潜意识里或许也不无居高临下的优越之感。而今思之，对比傅先生，真是感愧交并的。

三十多年前，我第一次与傅先生联系，那时傅先生正当盛年，而我还是二十多岁的年轻人。如今傅先生已飘然远逝，而我亦臻耳顺之年矣。回想往事，慨乎岁月流逝之速，对造化与人生益多敬畏之感。也因为到了这个年纪，我对傅先生又有了更深一层的同情之理解和感恩。

（2017年）

人中难得九方皋

我们这一代学者和《文学评论》有很深缘分。1956 年下半年《文学评论》（原名《文学研究》）筹办，正是我出生之时。1966 年，“文化大革命”开始，《文学评论》被迫停刊，我们的青少年时光也在混乱与浑沌中度过。“文化大革命”结束后，1977 年党中央批准《文学评论》等重要刊物复刊，同时恢复了高考招生制度。1978 年 2 月，《文学评论》复刊第一期出版，我们刚好进入大学读书，从此成为《文学评论》的忠实读者。三十年来，我经历了从《文学评论》的读者到作者，从年轻作者到资深作者的过程。《文学评论》给我带来许多幸运与荣誉，在我的人生中刻下深深的痕迹。

1982 年，我从中山大学中文系毕业并考取硕士研究生，随黄海章、邱世友先生学习古代文学。1984 年硕士毕业，留在中山大学古文献所工作，主要从事通俗文学文献（车王府曲本）的整理研究，但自己的学术兴趣主要是在传统的诗文与诗文批评方面，遂于 1987 年考到复旦大学，师从王运熙先生攻读中国文学批评史专业博士学位。当时王运熙、顾易生先生正在带领复旦大学一批老师撰著中国文学批评通史，全面系统地研究批评史上的名家、名著。我与王先生商议，希望能以中国古代文学批评史上的重要问题作为专题研究，另辟蹊径。后来，我的博士论文确定为《中国古典文学风格学》。

20世纪80年代，高校的生活条件与学习条件还相当差，也还没有各种严格的管理和考核制度，束缚比较少，研究生读书有些散漫，但自由发挥的空间比较大。比如，那时申请博士论文答辩，并不要求在什么刊物上发表论文。其时正值经济高涨，全民经商，高校教师颇受冷遇，有"穷教授、傻博士"之说，许多人不做学问，忙着经商、下海，所以名校博士生毕业之后在高校找工作，基本不成问题。既然申请学位和找工作都没什么压力，读书就比较从容了。在复旦大学读书三年，是我在学术研究中进步最快的阶段。这大概由于学术积累到一定阶段开始收获，也可能因为中山大学与复旦大学不同的学缘与学术传统起了互补的作用。

1989年上半年，我进入撰写博士论文的关键时刻，社会环境纷纷扰扰。下半年论文初稿写成了，一边修订，一边想试试投稿。在此之前，我发表过一些文章，但还没有在重要学术期刊上发表过比较有影响的论文。1989年10月，我从博士论文中抄写了《江山之助——中国古代文学地域风格论》的一章。此前，学界已注意到中国文学批评中"南北文风不同论"，拙作进而从《文心雕龙》中提取"江山之助"这个在中国古代文论中更具普适性和理论意义的重要命题，并溯流追源，进行比较系统的学理性讨论和理论阐释。抱着大胆尝试一下的想法，我把稿件寄给《文学评论》编辑部。信件投入邮箱后，就没有把此事放在心上，因为觉得可能性不太大。当时能在《文学评论》上刊出论文的，基本都是前辈名家，而我还是默默无闻的博士生。出乎意料的是，我很快就收到来自《文学评论》编辑部的来信，责任编辑胡明先生告知我，《江山之助》一文已被《文学评论》采用，并安排在 1990 年第 2 期发表。论文发表后，我收到刊物，惊喜地发现拙作被排列在当期古代文学栏的第一篇，我想可能是题目比较宏大之故吧。1997 年，中国社会科学院文学研究所举办“1990 年至 1996 年《文学评论》优秀论文奖”评奖活动，获奖论文共 11 篇，《江山之助》也是获奖论文之一。由于获奖名单是按论文发表时间为序的，拙作又忝列第一篇。（获奖名单刊于《文学评论》1997 年第 6 期）

第一次给《文学评论》投稿便获得出乎意外的成功，首战告捷对我是个很大的鼓舞，学术自信心因此大增。我的学术研究水平的明显提高就是以发表在《文学评论》上的《江山之助》一文为标志的。此后若干年，我正当盛年，精力充沛，撰写论文进入欲罢不能的痴迷和“喷发”阶段，我的研究工作也开始受到学术界关注。从 1990 至 1998 年九年间，我在《文学评论》连续发表了 8 篇论文。从 1990 年起至今，我在《文学评论》共发表 18 篇论文，同时在《文学遗产》发表了 20 多篇论文。我于 1990 年博士毕业，1994 年凭借在《文学评论》《文学遗产》发表的论文数量，以全校文科教师在权威刊物发表论文上排名第一的业绩，破格晋升为教授。最近，王兆鹏教授告诉我，根据他的统计，自 2000 年以来，我发表在《文学评论》上的论文，在全国古代文学研究者中篇目数量是最多的。虽然论文发表量不足以说明作者水平之高下，但至少表明，我在评上教授之后，学术研究仍不敢松懈，并且持续得到《文学评论》编辑部的青睐。

我想，人生有许多可能性和偶然性。我在治学上取得一些成就和影响，与治学初期即受到《文学评论》《文学遗产》等重要学术刊物的青睐和支持是有直接关系的。这大概就是人生的一种因缘际遇吧。如果一开始投稿就屡遭败绩一无所获，恐怕撰写论文的兴趣、学术自信心以及学术影响力或多或少是会受一些影响的。

记得《江山之助》一文发表之后，我曾给责任编辑胡明先生去信表达谢意。胡明先生来信说：不必客气，好的论文为我们杂志增添光彩！此后，他不止一次表达这个意思。这句话让我印象深刻。我反复揣摩和体会胡先生这句话，我以为他的话不仅是对某位作者的勉励之情，更是道出《文学评论》普遍的用稿原则，那就是要发表有“光彩”的论文。论文何谓有“光彩”？以我长期阅读《文学评论》的体会，那就是有思想、有学术、有新意，个性突出、水平高超，在众多的文章中，让人眼前一亮的不同凡响的文章。我也一直把胡先生所说的“光彩”二字作为阅读和写作论文的指标之一。每一期《文学评论》新刊，我都尽快阅读古代文学的论文，从中领略各篇论文的独到之处。我在撰写论文时，则把“光彩”作为心向往之的目标。时常问自己，文章是不是写得有“光彩”。每篇稿件在投稿之前，一定要反复追问自己，是不是已经尽了全力把文章磨出“光彩”来。

无可讳言，学术界存在一些不尽合理不尽公正之处，但我总是鼓励年轻学者和学生，不要被阴暗面所裹挟，要怀着学术界还是有良知和公正的信念坚定前行。我自己在学术道路的跋涉中，就经常感受到这种良知和公正的温暖。其中，就包括了《文学评论》《文学遗产》的支持和帮助。由于我在这些权威刊物上发表论文比较多，有人便揣度我与杂志和编辑有什么特殊的私人关系。我理解和同情这种推测，它主要并不是针对我个人的。不过，我与《文学评论》编辑部和相关编辑的关系，是纯粹而简单的文字之交。我所能做的，就是竭尽全力把论文写到自己满意，如此而已。我至今尚未到过《文学评论》《文学遗产》的编辑部，与编辑见面的机会也极少。1989 年给《文学评论》投稿，一直到了 1997 年，因为《江山之助》一文获得《文学评论》“1990 年至 1996 年优秀论文奖”，我被邀去北京参加颁奖大会，才第一次见到责任编辑胡明老师。他当时已担任编辑部的领导，行政事务比较多。后来，我的稿件的责任编辑就由李超老师负责了。胡明与李超两位，年资不同，为人各有特色，但都是谦和细致，非常尊重作者，耐心地与作者进行平等对话与商讨，绝没有时下某些编辑居高临下的优越感，这让我感到亲切和感动。我在文字方面颇有洁癖，论文投稿之后，仍反复阅读，若发现提法未确、用字不稳，即如眼中沾尘，必欲去之而后快。一篇稿件从投稿到刊发，往往要反复修订。我自己也兼任编辑工作，深知这种癖好会给编辑程序带来一些麻烦，有人戏称这类作者为“老改犯”，学生则说我是典型的“处女座”性格，我知道这是委婉的批评。好在李超老师对我的“老改”之病从不以为烦，总是报以最大的耐心和宽容。

为了撰写这篇感言，我把自己订阅的从复刊以来的《文学评论》全部搬出来翻看。几十年来《文学评论》所刊发的论文中，确实不无平浅粗疏之作，但总体而言，当代许多重要的文学学术论文是在《文学评论》上刊发的，许多著名学者在《文学评论》

上发表过论文。在我看来，《文学评论》就是中国文学学科发展的一个缩影，它是新时期以来中国文学学科史研究乃至学者研究极为重要的史料之一。

在当今的学术评价体制中，优秀学者及其成果的被发现、被传播和被认同，最重要的渠道和方式就是在高层次权威学术刊物发表论文。这种现象合理与否，有不同的看法。权威期刊不排除发表低劣文章的可能，而一般刊物也可能发表精品。论文的学术水平，是由它本身的质量而不是由刊物所决定的。判断学者水平与成就的高低，不仅看他在哪发了论文，发了多少论文，更重要的是看发表了什么论文，这是由同行所认定的，从更长远看，则是由学术史所认定的。这确是事实。但是，不可否认，论文发表在不同刊物上，所产生的影响有很大的差异。目前，学术刊物数量众多，但能够代表学术界最好水平的学术刊物的确如凤毛麟角。比如在文学研究界，《文学评论》《文学遗产》就是优秀文学学者展示成果和学术对话最重要的平台。它们的认可度最高，影响力最大，其特殊的地位和声望，是难以替代的。这种权威地位绝非仅仅因为它们在评估体制内所规定的级别——它们是由于杰出而权威，而不是因为级别而权威。

十多年来，我兼任《中山大学学报》主编，对于学术刊物编辑工作的性质也有所思考。有些编辑喜欢夸谈“培养”了多少人才的成绩，我对此并不太认同。学术刊物在人才成长过程中固然起了重要作用，我本人在学术研究中也经常获教受益于编辑，大至论文观点的提炼，小至标点符号的更改。但我认为，刊物不同学校，作者并非学生。刊物首要的和主要的任务，并不是培养人才，而是 在遴选稿件过程中“发现人才”。其实，“发现”的重要性绝不在“培养”之下。虽然，才华之士如锥处囊中，早晚会脱颖而出，但是关键时刻还是需要有眼光的人去发现和推荐。韩愈说：“千里马常有，而伯乐不常有。”黄庭坚诗则云：“世上岂无千里马，人中难得九方皋。”在众多作者和稿件中，发现人才，发现优秀稿件，具有这种眼光便是一种了不得的本事。严羽《沧浪诗话》中说：“夫学诗者以识为主。”编辑行当又何尝不是“以识为主”呢！当代学术界的许多优秀学者，确实是被好编辑发现的。如果这些学者不被及时发现，其学术研究的发展就有可能被耽搁甚至耽误了。我接触许多青年朋友和学生，在他们学海苦航中，若能在《文学评论》《文学遗产》上发表论文，即被视为在学术上崭露头角的标志。这可谓“一登龙门，则声誉十倍”。

《文学评论》编排体例上有一个非常独特之处，就是作者简介部分只标明“作者单位”，而不标明作者性别、身份、职称和已有著述等方面内容。在所有刊物中，是最简的作者简介了。这对于想了解作者身份的人来说，也许觉得信息不很充分。我不知道编辑部采用这种形式的主观用意，但客观上达到这样的效果：在稿件面前人人平等，让读者在阅读中完全凭论文的学术质量去判断，而不以作者的身份地位为先入之见。就我本人而言，比较欣赏这种形式。我所主持的《中山大学学报》的“作者简介”部分，也只列作者姓名、单位或居住地和通讯方式。

六十年来，《文学评论》肩负着推动中国学术发展的重任，同时，也担负着发现学术研究人才的重任。如果说对《文学评论》

有什么期待的话，我的期待是，不仅要在《文学评论》上经常能读到著名学者的论文，更希望《文学评论》能不断发现和推荐年轻一代的新人佳作。

（2017年）

似是故人来

想写这篇文章已有数月之久，每一临纸，辄思绪纷发，不知从何下笔。直到学校放寒假，终于可以闲下来，从容品味和静静回忆。

我把复刊以来的《文学遗产》全部搬出来，放在办公室地板上，按年份顺序排好，眼前便出现一座书城。然后一本一本打开，每一册都让我回忆起当年的阅读和往事，一种莫名的感动和写作冲动便油然而生。

打开第一本1980年《文学遗产》复刊号，绛红式封面，刊头用郭沫若字（1997年后改为集苏轼字），当时为季刊，但复刊号到了6月才出版，所以该年才出了三期。那时，我在中山大学读本科三年级，对于古代文学已有明确而浓厚的专业兴趣。在学期间我订阅了《文学评论》（1978年复刊）和《文学遗产》两份杂志，这一订就是30多年。当时，《文学遗产》每期0.8元，现在听起来非常便宜，但我那时每个月只有10元的助学金，订两份杂志其实是很“奢侈”的开支。同学问我为什么要订这两份杂志，我很认真地对同学说，我想以后在这两个杂志上发表论文。同学听后笑而不语，我当然理解他们的想法。一个连正式论文都没有写过的大三学生，居然想在《文学评论》《文学遗产》上发表论文，确实不知天高地厚，但这的确是我当时真实的想法。《文学遗产》复刊号，目录上列的作者是：闻一多、林庚、郭绍虞、夏承焘、徐朔方、季羡林、王运熙、王季思、傅璇琮、邓绍基等先生的大名，都是让人仰望和崇拜的大家、大师。也有极个别像葛晓音这样的“年青的同志”，显得特别珍贵，所以该期的“编后记”还特别予以表彰。

1985年第3期是很普通的一期，但对我来说，却具有特殊的意义，因为这是我第一次在《文学遗产》发表文章，虽然是篇短文。当时我已经硕士毕业留在中山大学古文献所工作。我坚持细读《文学遗产》上的每篇论文，同时又有所思考。有时在阅读过程中发现自己对一些文献的理解与上面论文所述不一样。1984年第2期上廖仲安先生的《沈德潜诗评述》中解释沈诗“邻翁既雨谈墙筑，新妇初婚议灶炊”，认为后句用了唐王建《新嫁娘》诗意。我对此句典故出处的理解与廖先生不同，我认为此句用的是《战国策》“卫人迎新妇”之典。我便把质疑写成读书札记，题为《“新妇”用典之我见》，寄给《文学遗产》编辑部。没有想到此篇简短的读书札记很快就发表了。在拙作之后，是刘世南先生的短文，他对“新妇”用典的意见与我完全一致。该期同时还发表廖仲安先生《对吴观澜、刘世南同志意见的答复》，可见编辑部对此审慎的态度。虽然发表的是一篇微不足道的小札记，但让我信心大增，从此，与《文学遗产》结下了不解之缘。这篇短文发表时用了一个笔名叫“吴观澜”，取孟子“观水有术，必观其澜”之意（后用这个笔名在《文学遗产》上发表3篇文章）。就是从这一年开始，一直到2008年，我差不多每年都有一篇文章在《文学遗产》上发表。在很长时间里，我有幸差不多每年都在《文学遗产》和《文学评论》这两大刊物上发表论文。发表时各有侧重，内容偏重“史”的论文投到《文学遗产》，内容偏重“论”的则发到《文学评论》。由于《文学评论》与《文学遗产》两家刊物崇高的地位与巨大的影响，而且有专业的、高层次的读者群体，对于年轻学者来说，在上面发表论文，可谓是“一登龙门，则声誉十倍”。就本人而言，则有一种“附骥尾则涉千里，攀鸿翮则翔四海”的荣幸感。

多年以来，《文学遗产》一直强调在文学本位基础上进行学科融合的研究观念。强调从古代文学研究的独特性出发，从文本出发，研究作家、作品及其风格，研究文学史发展脉络、传承关系和规律。按我的粗浅理解，坚持中国文学的独特性与具体研究对象的独特性，这是《文学遗产》的不二法门。这种重要启示也影响了我的治学路子和研究方法。1987年，我进入复旦大学随王运熙先生攻读中国文学批评史博士学位，此后我的研究方向比较集中到中国文体学与诗文评上来。中国文体学研究，便是对坚持中国文学独特性思路的自然延伸。“文化大革命”之后，为了消解意识形态所带来的偏见与弊端，古代文学研究界流行从西方引进各种新理论，先是新方法热，后来又流行文化热。这些在当时都有其积极的历史意义。不过，无论是新方法还是文化学、社会学研究，终究不是以中国文学为本位的，容易产生浮泛空疏之病。从中国文体学入手去研究中国文学，其意在回到中国传统文字、语言、文章、文化语境中研究中国文学的特色，学理性与操作性都比较强，这是我选取文体学作为方向的理由。我研究中国文体学的论文，大多是发表在《文学遗产》上。2004年在福建师大举办的“文学遗产论坛”

上，我提交了《中国古代文体学学科论纲》的论文，后来发表在《文学遗产》2005年第1期上。当时，会上有专家问我，你提出这个中国古代文体学学科是属于一级学科、二级学科还是三级学科。其实，我提出建立中国文体学学科的用意，并不是按教育部研究生培养的分类去增设一个学科，而是主张应该给中国文体学以独立和独特地位，并加以学理性和系统化的研究。十年过去了，“中国古代文体学学科”这种提法，已经得到越来越多学者的认同，并成为新世纪以来古代文学研究领域中发展最快的方向之一。近年来，《文学遗产》编辑部多次与中山大学主办中国文体学研讨会，共同推进中国文体学研究，并扩大中国文体学研究的学术影响。

苏轼诗云：“旧书不厌百回读，熟读深思子自知。”我保存了从复刊以来的整套《文学遗产》，不时打开来看看，总会有新的收获。在我看来，《文学遗产》就是一部当代中国古代文学研究史的缩影，从《文学遗产》发表论文的选题、内容、学风，不难感觉到有许多的转折与演变，其中有政治的、学术的，也有方法的。举一个例子，20世纪末，《文学遗产》开设了一个“世纪学科回顾”的专栏，刊载了一系列很有影响的学术史笔谈。1999年第4期刊载了曹虹、蒋寅和我所撰《一个期待关注的学术领域——明清诗文研究三人谈》一文，在20世纪末，明清诗文研究虽然有些进展，但仍是需要呼吁“期待关注”的领域。我当时说：“明清诗文研究的总体水平也相对落后，假如与唐诗研究等领域相比，只能说是‘第三世界’。即使在明清文学史中，诗文研究也是最薄弱的，举个极端的例子，研究诗文的论著总数还不够《红楼梦》研究的三分之一。”而在新世纪十年期间，明清诗文研究的情况发生了巨大的变化。2011年《文学遗产》刊发周明初教授《走出冷落后的明清诗文研究——近十年来明清诗文研究综述》一文，刚好是对我们三人谈所作的续篇。他引用了我的话之后说：“自那时至现在不过是短短的十年多一点的时间。这十年中，明清诗文的研究迅速走出原来冷落寂寞的境地，不再是一个期待关注的学术领域，而是成为古代文学研究新的热门领域。”这确是事实。《文学遗产》在推动明清诗文研究方面起了相当重要的作用。

重读《文学遗产》这几十年的论文，发现一些论文当时发表颇有轰动效应，而现在看来，却成为过眼烟云；有些当时似乎反响平平的论文，却越读越有味道。当然，从学术史的眼光看，这些都具有反映风气的价值。当时代不断变化，而我们需要不断地适应社会的需求，在此过程中，就不免出现一些不成熟，这其实是很正常的，不断地回顾历史，我们可以领悟到许多丰富的意蕴。而对于学者来说，可以通过这种现象思考学术生命的问题。那些有持久生命力的论文，无不是在求实基础上求创见、在文献基础上出理论的。而那些有问题之作，除了作者知识水平所限之外，不是过于趋时，就是过于浮躁。我本人也犯过一些低级错误，主要因为心存先入之见，带着观点去看材料。我经常用自己犯下的错误当作教材给学生“分享”：一定要重视文本的原始语境，千万不要带着需要和观点去理解和取舍材料。希望错误能转化成为“教训”的资源。

中国古代文学学术界，有许多学者是《文学遗产》发现和拔举的，这方面我有亲身体会。我听别人说，陶文鹏先生多年前初到《文学遗产》时，曾从原已拟不刊用的稿件中发现一文，后来采用了，那正是我的稿件。我从未向陶先生问过此事，但我觉得，对一位毫无相干的年轻无名作者青眼相待、鼎力支持，这确是《文学遗产》编辑部的一贯风格。1994 年《文学遗产》与江苏古籍出版社合作，编辑“文学遗产丛书”第一辑，这是《文学遗产》杂志的配套工程。在徐公持、陶文鹏先生的大力推荐和支持下，拙著《晚明小品研究》列入其中。同一辑有曹道衡、程毅中等著名学者，我作为一位初出茅庐的学者受到如此信任，感觉是受到很高的礼遇。后来拙作《晚明习气与晚明心态》获“《文学遗产》1997 年优秀论文提名奖”，《唐代判文文体及源流研究》获中国社会科学院文学研究所“《文学遗产》1998 年至 1999 年度优秀论文奖”，这是对我持续的鼓励。2011 年我有幸成为《文学遗产》新一届编委会成员。虽然，我忝列多家学术刊物的编委，但能成为《文学遗产》编委，感到格外荣耀。我曾经针对现在许多学术刊物编辑以居高临下姿态对待作者的习气，强调编辑的“发现”与“服务”意识。在古代文学研究界，不少学者是经《文学遗产》发现而成名的。在学术期刊界，对名家锦上添花的多，对年轻学者雪中送炭的少。《文学遗产》的一个肯定和鼓励，可能就是年轻学者腾飞的关键助推力。这方面我是受益者，也总怀有一种感恩的心绪。多年以后，我主持《中山大学学报》，就把发现年轻人，扶持年轻人，给他们自信，为他们服务，作为自己工作的一个重点。我将此看成一种对学界的回报。

近数十年，是中国历史上少有的急剧变化的时代。《文学遗产》复刊以来的出版本身就是有意义的特殊个案，从中可以看出中国社会转型期间学术刊物曾经的艰苦岁月和曲折历程。《文学遗产》复刊时为季刊，由中华书局出版。1986 年改为双月刊，移往上海古籍出版社出版。1988 年改为中国社会科学出版社出版。1992 年移往江苏古籍出版社出版，整个版式、纸张有重大改动。1997 年改回中华书局出版，刊头字改为集苏轼字，并一直沿用至今。2000 年改为《文学评论》杂志社出版，2001 年旋移往北京大学出版社出版。2005 年起第三度由中华书局出版。2009 年开始，扩版重新设计版式，并由《文学遗产》编辑部出版。2012 年开始，由社会科学文献出版社出版。这当然可以说《文学遗产》得到许多出版单位的支持，但换个角度来看，《文学遗产》复刊后在很长时期内，其出版似乎给人一种出于经济压力而辗转彷徨、上下求索的感觉。20 世纪 90 年代，由于商品经济的冲击，出版社与学术杂志都有过相当困难的时期，当时甚至有许多作者给编辑部去信，表示为支持杂志能办下去，宁愿不要稿费，我也给编辑部写过类似的信件。相信许多读者与我一样，每期的《编后记》是必读的，在 20 世纪 90 年代，我印象最深的是一个反复出现的关键词“困难”。1994 年第 6 期《编后记》说：“向在商品经济大潮冲击下坚持古典文学研究工作的老中青专家学者致以敬礼。”又说：“专业刊物如本刊者，也因面对困难（主要是经济困难）而只能勉强维持现状。”1998 年第 6 期《编后记》：“本刊虽然在经济生存条件方面长期处于困难境地，但在广大作者与读者的悉心支持下，我们终于又过了一年。”我重读到最后这句话，不免感慨系之。《文学遗产》作为在海内外享有盛誉的全国最权威的古典文学研究学术期刊，曾经经过如此困难的时期。虽然那种艰难岁月已经过去了，但我们不要忘记，有这样一群人，他们在环境恶劣、学术低迷之际，仍坚守着崇高的学术理想、学术品格与学术标准，这也是这个刊物一直受到学界敬重的原因之一。

《文学遗产》创刊时，我还没有出生。但它复刊以来，一直是我学术上的精神家园。重读《文学遗产》，对我来说，是学术上的旧梦重温：不禁想起了许多人，许多事。三十四年，往事如烟，又历历在目。在寒冬之夜，这些回忆令人心暖。《文学遗产》60岁了，却是一个“不老的传说”。它似乎显得越来越年轻英发，越来越厚重大气。因为它并不是单独存在的学术个体，它还承载着中国学人群体的学术理想，洋溢着他们的学术精神。

（2013年）

微信上的万里校书记

《晚明小品研究》一书写于1995年，有幸列入“文学遗产丛书”，1998年由江苏古籍出版社出版。承北京大学出版社青眼，此书修订本列入“博雅撷英”丛书。我利用半年多时间，重加校理。修订完成时，特地写了一篇跋语：

> 是书为余旧时之所作也。曩岁校理明人小品，沿波讨源，荟为斯编。屡承师友勖勉，然常惴惴不自安，唯恐贻讥学林。夫壮岁为文，每若宿构，御风而行，朝发暮至，淋漓快意，而不暇他顾。迩来搦翰，则如行舟于八节滩头，无复向时之轻灵。今此书重付剞劂，再理往篇。噫！落叶难扫，鬓侵易惊。鸿痕一一，如梦前尘。二十余年，俯仰之间耳。惟夫世重小品，以其旨永而神遥也。挹其胜者，恍若陟彼高冈，振衣长想。或见杏花疏雨，杨柳轻风，其妙处有不可形容者。时当长夏，烹茶独赏，书卷亲人，不啻暑热中之清凉散也。

这篇跋语，表达了一种感慨。此书写于二十多年前，当时尚年轻，精力健旺，思维敏捷，写得相当流畅。但年轻时毕竟还不成熟，思想与表达或有粗疏不当之处，而且当时学术还不太强调规范，所以有许多文献，只列出某书某卷，没有注出详细出处。现在翻阅查对，自己也搞不清这些文献当时从何而来，是第一手资料还是转抄的第二手资料。而拙著是研究晚明小品方面较早出版的著作，后来有些相关论著所征引的文献，又是从我这里抄录和转引的。这些文献在晚明小品研究界互相沿用，这让我感到有些惶恐，担心以讹传讹。

本次修订本的一项主要工作就是核对引文，为所有文献找到第一手资料。虽然，对于一般读者而言，并不需要详细的文献信息，但对于研究者而言，列出引文的详细出处，也便于他们引用与核对。我希望修订本尽可能做得更为严谨，为学界提供比较可靠的文献。

最初阶段核对引文的工作，主要是请学生做的。我要求全部文献要找到好的版本一一加以核对。发现问题则一一标出，由我确定。在这个过程中，发现和改正了不少初版时引文的误漏之处，有些甚至错得很离奇，深感前人“校书如扫落叶”之说，言之非虚。核对工作进展相当顺利，大概在两、三个月内，绝大多数的引文就核完了。剩下十多条材料在中山大学图书馆和文献数据库中无法找到，校对工作进入比较艰难的扫尾阶段。我先在自己学生的微信朋友圈中求助，很快又解决了一些问题。最后只剩下七、八个遗留问题，有些文献有两可之说，需要研究决断。有些引文的第一手文献非常难找，若采用转引的方式，我又心有不甘。我下决心利用在交稿之前做最后的尝试。老天不负有心人，在交稿之前，这些问题最终基本得以解决。

回想起来，每一个问题的解决过程，都有一个故事，虽然艰难，但对我来说，都觉得有趣。下面略举几个，以飨读者。

一、著名的作家，名字居然“待定”

明初有一位著名作家，说是“著名”，其“名”却是有争议的。王袆（1322—1374），字子充，与宋濂同门。其名“王袆”，或作“王袆”，如《辞海》《明人传记资料索引》以及《中国文学大辞典》皆作“王袆”，《晚明小品研究》初版沿用作“王袆”。按，今古书籍中二者皆有用之，比如《明史》作“王袆”，《四库全书总目》则作“王袆”。两种写法都有权威的文献依据，似乎都说得过去。但是，“王袆”和“王袆”，读音不同，意义迥异，就一个人的名字而言，必然是以其中一种为准。

我和学术界朋友经过一番讨论，最终确认应该以“袆”字为是。有几个理由：首先，根据宋濂《文宪集》卷九《送王子充字序》、方孝孺《逊志斋集》卷七《王氏兄弟字说》二文中，文中明确说明王袆之名，意在指衣服，故必然从衣。此二人皆与王袆同时，所说应可信。其次，王氏兄弟三人王裕、王袆、王补（见《逊志斋集》卷二一《常山教谕王府君行状》），兄弟取名偏旁应该相同，故以“袆”为是。第三，最重要的是，王袆自己署名为“袆”而非“袆”。名从主人，应该以本人的署名为准。

我曾通过微信向复旦大学陈广宏教授请教，他告诉我，王水照先生的高足侯体健博士提到，王袆有署名手迹的图片，上面清楚自书其名为“王袆”。我即通过微信请教侯体健先生，他说，这是他的师兄弟浙江师范大学慈波先生说的。他又马上与慈波联系，即时得到回复：徐永明《元代至明初婺州作家群研究》一书对此问题已有专门讨论。王祎署名手迹图片来自书前附有图片（附图一），上面清楚自书其名为“王祎”，此可为确证。慈波先生又谓，多年前，香港何冠环先生就有文章专门讨论这个问题，虽然记不清论文的题目，但其意思即认为应该为“王祎”。一个字，前前后后折腾了不少时间，结果虽然不是我自己的发明，但经过一番探索，最终能得到确证，对我来说，长了见识，有了进步，对于拙著的修订本而言，也减少了一个小瑕疵。这种探讨的过程本身就很有趣味，也很快乐。

二、差点擦肩而过的文献

《晚明小品研究》引用了一段王则古在《鸾啸小品序》中评论潘之恒及其创作的话：

> 历览登眺，幽壑奇岩，恋恋低回不能去。所纪江山洞湖、观阁园池，经其摹写，恍焉坐翠微，泛烟波，松篁丛桂之集目，令人神往而当卧游也。即非品题赠答，韵语绮谈，一一道人意中事，读之而躁心平，郁心畅，垒块可消，以歌以舞，如怨如诉，所谓诗可以兴，非耶？

此段文字，拙著初版亦未详注出处。利用“读秀”检索，论著方面以拙著最早引用引文，此后其他论著引此文亦皆无出处。文章选本方面，则有上海社会科学院出版社1995年出版的夏成淳编的《明六十家小品文精品》，此书在潘之恒的“集评”中，引用此文，然该书也无详细出处，不知何据。

我为此特地请教复旦大学古籍所的陈广宏教授，他是明代文学和文献研究名家。他让弟子徐隆垚同学查找。徐隆垚是一年级硕士研究生，学习任务很重，但非常热心负责。接受此任务之后，很快就告诉我他查到此书的信息："王则古《鸾啸小品序》，见潘之恒撰《鸾啸小品》，明崇祯二年刻本，上海图书馆古籍部藏。"这个好消息让我松了一口气。次日，徐隆垚特地跑到上海图书馆查阅此书，找到《鸾啸小品》一书，可惜在该书卷首找不到王则古的序。他给我来微信："王则古《鸾啸小品序》，见潘之恒撰《鸾啸小品》，明崇祯二年刻本，卷首，上海图书馆古籍部藏，然检此书，无此序。不知此序在何文献中，或者在其他版本的《鸾啸小品》。"收到他的微信，我想，也许这个版本刚好没有收入此序，我又让他看看王则古是否有别集，如果有的话，有可能收在其中。但他回复，"就我手头的目录题跋集来看，没有见到有人藏他的别集。网上也找不到。根据雍正《河南通志》记载，万历四十一年进士，经历以做官为主，文学似乎并不有名。"文献核对的进展似乎又进入死胡同，不免有些沮丧。

过了几天，突然收到徐隆垚同学的微信："吴老师，王则古这篇可能不是序而是跋啊。我下次再去上图给您看一下。哈哈，我上次把几篇序翻了几遍，居然忘了看看跋尾，是我粗心。""我看到有人写论文用到这条，有的没有注释，有的注释在'卷首'，云'禹州王则古……'，想来这个本子上是有他的痕迹，不过可能不在卷首，或在卷尾，因为卷首我翻了很多次，的确没有这篇。可能叫'后序'之类的，也会放在后面。"于是，徐隆垚特地又跑到上海图书馆查此书，不出他所料，终于在卷尾查到了王则古的《鸾啸小品序》。最后，在修订本中，该文献注明如下：“王则古《鸾啸小品序》，见潘之恒撰《鸾啸小品》，明崇祯二年刻本，卷尾，上海图书馆古籍部藏。”我想，以后，若有人要核对此文献，就有了一个比较明确的指引，而不会再去找卷首了。徐隆垚同学为了我这条材料，特地跑了两次上海图书馆古籍部，真让我感动。这对于徐隆垚来说，也是在实践中学习和进步的过程。他从最早从卷首寻找这篇序，到领悟到从卷尾去查找序文（后序），这不但是凭借文献学的知识，也是对文体学知识的运用。

三、一本“失而复得”的书

《晚明小品研究》引用了陆次云在《古今文绘》中评论《核舟记》一文：

> 刻核舟者神于技，记核舟者神于文。摩拟人物于纤微之中，意态神情毕出，何异道子写生？君曰：“技亦灵怪矣哉！”余曰：“文亦灵怪甚矣！”

这段文字引用者多，但未注出原始出处，而且皆作《古今文绘》。夏成淳编《明六十家小品文精品》收入此段文字，但没有详细出处，不知何据。

此书我仍请复旦大学徐隆垚同学帮助查询，他查询后微信回复说：“陆次云《古今文绘》，藏宁夏大学图书馆古籍部，该馆正在维修，该本无法借阅。”他又请宁夏大学的熟人帮忙，熟人说，该馆近期确实没有办法借出。还特地发了一张馆内古籍打包的图片，以证言之不虚。我在其他图书馆一时未查到此书，又实在没有办法等到该馆重新开放再核对，所以事情变得十分困难。但是，过了几天，徐隆垚同学忽然来了微信："老师！抱歉啊……我重新查了一下《中国古籍善本书目》，这本书叫《古今文绘稗集》，当时应该是看漏了。《古今文绘稗集》在上图古籍部有善本，然而近几天上海下雨不停，不可调阅善本，过几天转晴了立刻去再重新查一下吧，我试试看。"他终于在上海图书馆古籍部找到了陆次云的《古今文绘稗集》，那段评论《核舟记》的文字，见于卷二，康熙二十八年怀古堂刻本，第五十四叶。真所谓踏破铁鞋无觅处，得来全不费功夫。我想，如果徐隆垚同学不是很在意地把这个问题放到心上，一直追索这本书的话，这本书可能就无法找到了。

四、从哈佛传来的台湾藏书

拙著引用了明人袁黄的《情理论》《奇货可居》两段话，皆出自《两行斋集》卷一。按理说，此书应该不难找。经过检索，大陆 2006 年线装书局出版过袁黄《袁了凡集》之《两行斋集》。奇怪的是，这套书居然非常难找。我请人找了许多家图书馆包括国家图书馆，似乎都没有入藏。上海图书馆藏有此书，但放到保存本，不易借阅。查此书的收藏情况，只有斯坦福大学图书馆和嘉兴市图书馆、嘉兴学院图书馆收藏。我猜想有可能是因为《两行斋集》和袁黄其他作品合在一起，而没有单独标出来，所以检索不到。后来又在孔网上看到有《两行斋集》旧书出售，作者为袁了凡，标价很高。但我不知此书中是否确有我所需要校对的二文，孔网上主人确认《两行斋集》确有此两篇。我让他拍照出示，但他不愿意拍出具体文章的内容，只拍了一目录页，而这一页又没有拍到两篇的题目。这就难免让人将信将疑了。该书的标价太高了（我怀疑这是《袁了凡集》一套书的价格），为了核对这两段引文而高价购入此书，性价比太低了。我只好另想办法。我先找到国家图书馆张波博士，她曾就读于中山大学中文系古代文学专业，后来到国图读博士并留下工作。张波博士帮我查询到台湾的“国家图书馆”藏有明天启年间《袁了凡先生两行斋集》，这应该是比较宝贵的原始文献，但若要阅读，则需要台湾地区的 IP 地址，才能在网上访问到全书的书影。这办理起来可能有点麻烦，至少需要时间。我急于找到更为快捷的途径。于是在微信上联系了南京大学卞东波教授，他是张伯伟教授的高足，一位非常年轻又成果丰富的文献学专家，对海外图书馆的藏书情况尤其熟悉。他即回微信说：“我马上试试查一下美国和日本的藏书。”其实，此前我也请其他朋友查过海外图书馆，也许他们不擅于文献搜索，并没有什么收获。十分钟之后，即连续接到他的微信：“哈佛燕京图书馆藏有明天启年间《两行斋集》刻本的胶卷，我待会儿写信给朋友，请他代为扫描您要的两篇文章。”这就是台湾的“国家图书馆”藏本。他又微信道：“正好，我有一个南大的同事在哈佛燕京图书馆古籍部交流，我马上请他看一下，可以扫描下来。”“我请日本的朋友帮我拍到内阁文库所藏的《两行斋集》，版本与台湾所藏的一样。”很快，又收到他的微信：“美国的朋友刚才来信，寄来扫描好的《两行斋集》中的《情理论》和《奇货可居》两篇文章，皆见于该书卷一。原书为吴兴刘承幹嘉业堂藏本，哈佛燕京所藏为缩微胶卷。朋友帮我将该书前的凡例和第一册的目录皆扫描下来了，您可以一并参考。日本内阁文库的藏本也在拍照之中，大概下周可以给我。”真没有想到，这本藏于中国的古籍，最终竟是转而从美国获得的，而且还这么神速。

五、核对也是一项遗憾的工作

《晚明小品研究》有一段引文，是周高起序卫泳《枕中秘》一书的，他评论卫泳所选的小品：

> 亦儒亦墨，亦禅亦仙，既令人澹，复令人幽，既令人古，复令人艳。展卷掩卷之间，可以辟寒，可以消夏，可以坐隐，可以卧游，可补世说，可广闲情，倚枕北窗，南面王真不与易也。

这段话是晚明人论晚明小品的，故相当重要。可惜初版没有注清详细出处，现在又回想不起当初是从哪看到的。经过检索，当代学者最早引用这段话是香港波文书局1981年出版的陈少棠的《晚明小品论析》，这是作者的硕士论文。作者说明这段引文是转引自阿英的。所以，现在所能找到的卫泳《枕中秘》周高起序一文的最早出处，是阿英在《明人笔记小话》之二《枕中秘》条中所引用的（附图二）。当然，我转引阿英的书籍也未尝不可，但这毕竟不是第一手资料，心有不安。经查，《四库全书存目丛书》子部杂家类第152册，收有《枕中秘》，该书据北京师范大学图书馆藏明刻本影印，但此书卷首载冯梦龙《枕中秘跋语》，却未见周高起序。这让我非常困惑。阿英所看到的《枕中秘》，并没有注明何版本。他的引用，是不是有问题，是不是可靠呢？

正在不解之时，忽然灵光一闪，何不在国家图书馆找找。于是，即通过微信找到了国家图书馆的张波博士，她收到微信后，马上检索，很快微信回复："国家图书馆所藏《枕中秘》开篇即是周序，核对引文，文字无误。""这篇序名为《枕中秘引》，但是好像少最后一页，没有署名，只有书口部位印了'周叙'二字。""国图所藏《枕中秘》仅此一种，四册，半叶九行二十二字，白口，四周单边，有朱笔批点，钤'慎墨堂图书记'、'赵氏开仲珍赏'等印。卷首即《枕中秘引》，共三叶，然全文未完，未见署名，惟版心上方刻'周叙一'、'周叙二'、'周叙三'。次为《小草》，共七叶，陈组绶所作。再为《刻枕中秘致语》，共十四叶，卫泳作。《枕中秘语跋》二叶，冯梦龙作。《雪窗偶纪》二叶，卫澄作。然后是目录及正文。需注释之引文正好在这三页。"（附图三至六）国家图书馆所藏此明刻本虽有所阙，但就所见到的来说，阿英所言"枕中秘序"，和国家图书馆藏明刻本的卫泳《枕中秘》卷首题为《枕中秘引》的内容是一样的。遗憾的是，国图藏本只标"周叙"，此"周"不知是否就是阿英所说的周高起。国图所藏此明刻本此页有所阙，不知是否即阿英所见的版本。但阿英所见或为全本，该本在此文的篇末署名为周高起。阿英所见之本，不知藏于何所，他所见究竟是“枕中秘序”还是《枕中秘引》，并不可知。由于校对文献的时间所限，我不可能再花许多时间来寻找这书的全本，去考证“周叙”就是周高起所序了，只能仍采用阿英的说法。这当然是留有遗憾的权宜之策。严格地说，拙著所引周高起《枕中秘引》仍是一个未完全解决的问题。

以上几则若在文献学专家看来，都是不值一提的小问题，而且拙著的修订本在文献上仍可能存在不少问题。但对我来说，通过用微信方式来核对文献，倒是一次很有益和有趣的活动。回顾通过微信，请诸位朋友为《晚明小品研究》校书，颇有些感想。

苏东坡诗曰：“作诗火急追亡逋，清景一失后难摹。”他把写诗时记录灵感比喻为像追捕逃犯那样的十万火急。这个“追亡逋”的比喻实在太妙。文献的搜索核对，虽然谈不上像“追亡逋”那么重要，但往往也有“追亡逋”那样的复杂和急切。有时，为了核对一本书，一篇文章甚至一句话，你必须动用各种资源，在国内甚至国际跨境搜索“追亡”。虽然，你知道它就在哪里，但你必须亲自见到它，一一核实。其实，花了那么多的时间心力，一般读者是看不见的。尤其绝大多数核对的文献，最终只是证实引文无误，这看起来似乎是“无用功”，却是一道必不可少的程序。这就像侦查机关破案，前期需要大量排查工作，绝大多数人最终证明是清白的，我们不能因此而认为这是一项多余的工作。

人文学科研究通常是孤独的个体劳动，但随着网络时代的到来，有些文献的收集和整理，逐渐变得需要有“团队”的配合。以前，为了一些文献问题，学者需要自己或派人到各大图书馆访书，时间、精力和经济的成本都很高，也不一定就能完全解决问题，所以外出核查文献往往让人望而却步。现在不同了，开放的网络给我们提供了无限的可能性。“观古今于须臾，抚四海于一瞬。”在网络和微信时代，打破时间与空间的局限，不但成为可能，而且将是一种常态。若能善用“朋友圈”的学术资源，就能在线得到即时、开放的众多帮助。除了友情无价，其他都是免费的。这本身就是朋友之间一个有趣、有益的感情交流过程。俗语说，出门靠朋友。现在的情况是，不想出门，更要靠朋友，尤其是年轻的朋友。

（2017年）

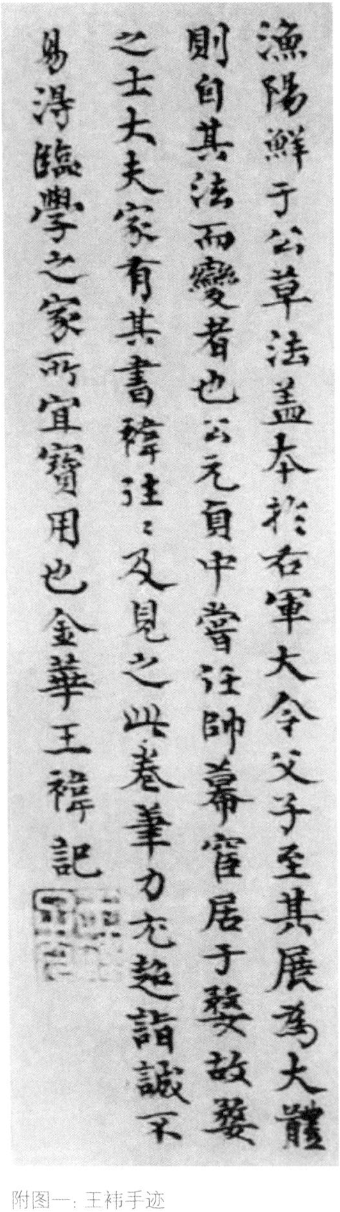
漁陽鮮于公草法蓋本於右軍大令父子至其展爲大體則自其法而變者也公元貞中嘗往帥幕寓居于婺故婺之士大夫家有其書褘往往及見之此卷筆力尤超詣誠不易得臨學之家所宜寶用也金華王褘記

附图一：王袆手迹

「枕中秘」

阿英

「枕中秘」一卷，衛永叔輯編。據周高起序，謂此編「亦儒亦墨，亦禪亦仙；既令人澹，復令人幽；既令人古，復令人豔；展卷掩卷之間，可以辟寒，可以消夏，可以坐隱，可以臥遊；可補世說，可廣閒情；倚枕北窗，南面王真不與易也」。全書收晚明文凡九篇：

（一）二六時令（侗初張鼐著）（二）國士譜（澹雲王路著）（三）書憲（甯野吳從先著）（四）讀書觀（陳眉公）（五）護書（屠本畯）（六）勝境（永叔衛泳訂）（七）園史（永叔衛泳摘）（八）閒賞（永叔衛泳輯）（九）悅容編（永叔衛泳訂正）

這一部書，與屠本畯的「山林經濟籍」，在意義上，有若干不同的所在。「山林經濟籍」，是一部純粹的隱逸生活的指導書；而「枕中秘」，則是涉及生活的各方面，從如何的做一個「國士」，一直到怎樣「銷閑」。永叔氏編著的書不詳，我所見到的，除「冰雪攜」正續十二卷（收明文五一五篇）外，就僅只這「枕中秘」一種。

我看到「枕中秘」，是在得看「鍾伯敬秘笈十五種」後，此書和鍾本重見的，有「勝境」，「園史」，「閒賞」三篇。這三種，都收在「秘笈」第十五卷「致品」內。相互校閱的結果，發現鍾衛二人所收，都是根據同一原本的節錄，此原本是那一部書，我雖能有所假定，但還不能獲得更有力的證據。兩「秘」相較，大概「勝境」一篇，鍾本係摘錄或全錄，而衛本則是部分的摘錄，部分的以原意改編。如「洞」的一項，鍾本是：

「洞以窈窕深邃爲佳。須如瓊宮瑤室，鬼斧神工，有天然之趣，無雕鑿鑱削痕。乃可蓄道流，栖逸士，宜桃花萬株，宜寒雲一片，宜圍棋，宜讀書，宜辟穀長生，宜忘形趺坐，宜澗水潺潺，宜松風謖謖，宜樵蘇作伴，宜猿鶴同羣」。而衛本則節改成：

「窈窕嵌岈，洞之致也。如瓊宮瑤室，鬼斧神工，却無鑱痕迹。桃萬樹，寒雲一函，與道流逸士，翻藏書，說鍊形法，不覺澗水潺潺，松風謖謖」。

全體大率類此。至摘錄項目，鍾本爲峰，嶺，岩，洞，湖，溪，泉，瀑布，樓，齋，池，藤等十四種；衛本則是峰，嶺，岩，磯，澗，坡，湖，潭，水簾等十種；相同者半，相異者亦半。改作部分，有優於原作者，亦有弱於原作的。其次爲「園史」，在項目上，衛本所收爲多，而鍾本節錄字數，却遠超衛本，是各有所長，各有所短。爲補足鍾本起見，特錄其缺者，計在「杏」一項後，衛本有「橘」，文云：

「種法於正月間取核撒地，長至三尺，二月移栽，以枳棘接之，其本易活。澆以米泔，勿犯猪糞。冬後採實既盡，以稻草覆之。如有蛀蟲，以鐵線搜出，仍以杉木釘塞之。一種曰柑，香味特勝。一種曰橙，堪以調飲。又一種曰香櫞，採置盤匾，以爛蒜盦其蒂上，香滿一室，皆絕品也。種法略同，因附記之」。

鍾本「竹」後衛本有「柳」一條，謂：

古來名士風流，往往寄情於花柳。丁耽幽寂，豈復情

附图二：阿英《枕中秘》

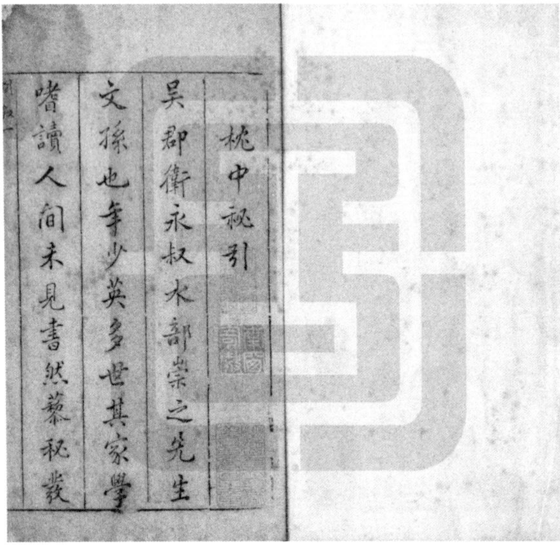

附图三：国图藏明刻本卫泳《枕中秘》卷首《枕中秘引》之一

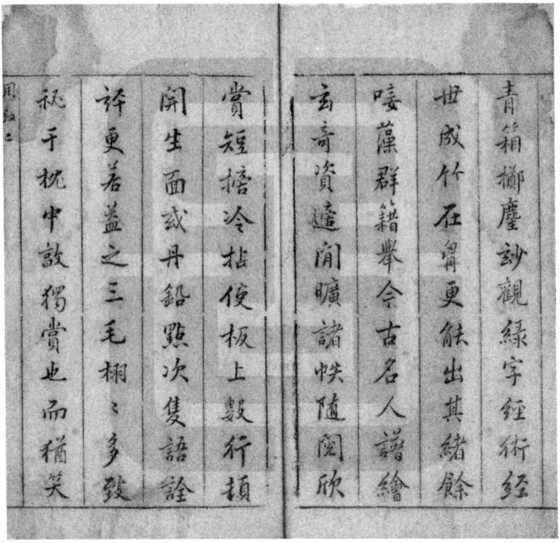

附图四：国图藏明刻本卫泳《枕中秘》卷首《枕中秘引》之二

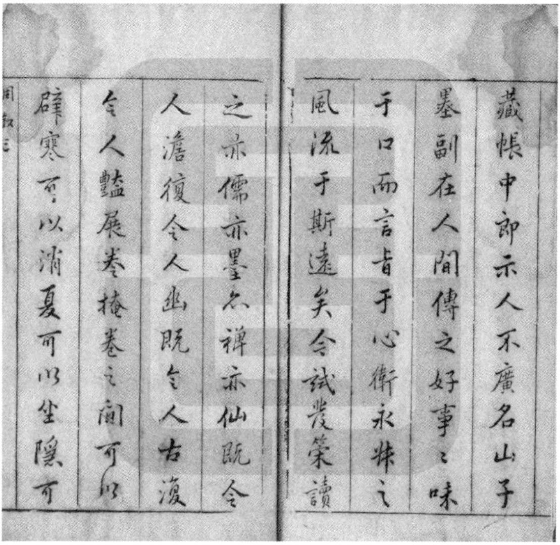

藏帳中郎示人不廣名山子墨副在人間傳之好事之味于口而言者于心衛永㭍之風流于斯遠矣今試發篆讀之亦儒亦墨亦禪亦仙既令人澹復令人幽既令人古復令人豔展卷掩卷之間可以辟寒可以消夏可以坐隱可

附图五：国图藏明刻本卫泳《枕中秘》卷首《枕中秘引》之三

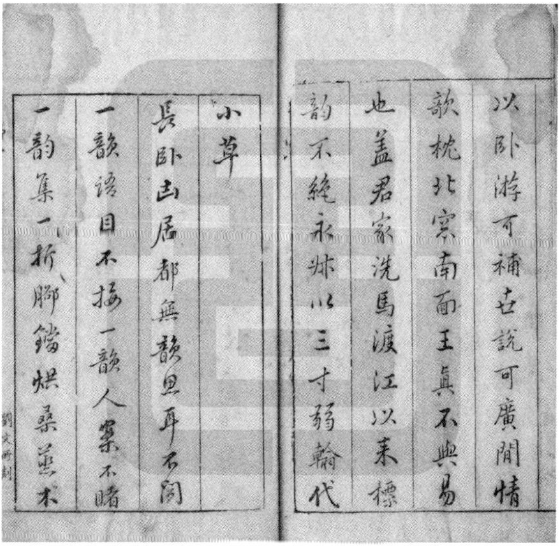

以卧游可補古說可廣閒情款枕北窗南面王真不與易也蓋君家洗馬渡江以来標韻不絕永㭍以三寸弱翰代

小草

長卧出居都無韵且耳不聞一韵語目不接一韵人案不睹一韵集一折脚鐺烘桑薰木

附图六：国图藏明刻本卫泳《枕中秘》卷首《枕中秘引》之四

何妨吟啸且徐行

——我的研究工作与感想

我的家乡在古城潮州，祖父是私塾先生，当了一辈子教师。父亲年轻时在上海、重庆从事考古与电影等文化工作，中华人民共和国建立后出于建设家乡的热情，回潮州任中学语文教员，从此开始数十年困苦坎坷的教师生涯，并以此终老。外祖父是中医师，母亲是传统那种相夫教子的家庭妇女，没有受到正规教育，但靠自学而达到能读书写作的文化水平。母亲的聪慧、善良、达观、坚毅的天性，给我的影响最大。

与同辈人相比，我的家庭学习环境还算好，家中有丰富的藏书，我较早地阅读了一些古代诗文，培养了对文史的独钟之情。小学三年级时，遇到史无前例的“文化大革命”，我们因非工农兵家庭出身已被列为异类，后又因父亲的“历史问题”一直备受压抑。初中毕业时，尽管我是全级成绩最好的学生，还是未能获得推荐上高中的资格。

对于一位少年而言，这种挫折非常惨痛。读书不成，我反而因此形成一种要发愤读书的情结。有一段时间，拼命读书。像王力的《古代汉语》，在当时就半懂不懂地乱读过，我还无师自通地采用抄读法，曾把“文化大革命”前高中的语文课本抄写一通，还抄录了不少古书。在当时许多人的眼中，这种行为无异于白痴和疯子之所为。其实，当时我自己也深感茫然无望。

1977 年我国恢复高考制度，我报考了中文、考古、图书馆学几个专业，结果考上第一志愿中山大学中文系。本科毕业后又考上本校硕士研究生，随黄海章、邱世友先生攻读中国文学批评史。1984 年硕士毕业后，我在中山大学古文献研究所做了几年的古代文献整理工作。80 年代经济热潮澎湃，而读书热退潮。当时我已成家，又有小孩，学术研究也小有成绩，本该安居乐业了，大概是读书“情结”又发作，我总感到意有未足，于是又考取了复旦大学博士研究生，师从王运熙先生学习中国文学批评史，1990 年毕业后到中山大学中文系任教。

回首自己的学术研究历程，已近二十年。时间虽然不短，但所获甚少，乏善可陈。今奉《古典文学知识》编辑部之命，本着交流的目的，介绍自己的研究工作与感想。

我从事研究的主要领域是文体史与文体学，对明清诗文亦有所涉猎。我努力从文体史入手去研究中国文学史，从文体学入手研究中国古代文学批评，而具体的工作总是将这几个方面融为一体综合研究。

我研究文体史，不仅想弄清文体形式的演变，更是希望通过研究文体形态不断地创造和融合、更新与超越，来把握中国古代文学史演变的线索。比如拙作《论古诗制题制序史》（载《文学遗产》1996 年第 5 期）简要地勾勒出中国古代诗歌制题制序史，并且认为，诗歌制题制序之发展演变反映出古代诗人创作观念的进化。六朝以后，诗题与诗序制作之自觉，大致是因为文学总集的出现，其编撰需有一定体例，包括诗歌在内的“文章”的题目是必不可少的。古诗题经过从先有诗后有题向先有题后有诗的重大发展，是古今诗歌演变的一大关键。早期的诗歌，原先并无题目，其诗题是后人随意给予的称引符号，诗人只是率尔而作，不必围绕题目去构思，诗的宗旨意趣乃至篇章结构，混沌一片，无迹可求。制题的自觉是诗歌创作进入自觉与成熟时代的标志之一，这意味着诗歌艺术创作开始有了规则与法度。诗题从单纯的称引符号转化而成诗歌的有机部分，起了一种对于诗歌内容加以说明、制约和规定的特有的重要作用。诗歌开始有了一个要明确表现的题目或主题，必须围绕着它而展开，于是必须尊题、咏题、切题、破题、尽题，更进一步便产生诗歌关于结构章法的观念。诗从无题到有题，是中国诗歌艺术发展一大关键，这不仅是诗歌艺术形态的外在变化，而且还引起诗歌意境的整体变化。

而且我以为，文体也是人类把握世界的方式，是历史的产物，积淀着深厚的文化意蕴。时代和群体选择了一种文体，实际上就是选择了一种感受世界、阐释世界的工具，这正是文体兴盛的基础。

举个例子，在魏晋南北朝时代，文坛兴起一些创作形态，如唱和、赠答、联句、同题而作、分题分韵、公宴诗、即席创作、奉和等。这些创作形态往往又是交织而兼用的。透过这些文体形态的兴盛，我们可以看出它反映出一种当时诗坛上带共性的重要的审美趣味：它们都体现出诗歌创作上注重集体性与功利性交际功能的倾向。魏晋南北朝时代的文学创作，对强调文学为政治教化服务的儒学文艺观有所突破，但在深层方面，仍然受到儒学的巨大影响，甚至对儒家文艺观有所发挥。虽然，儒学的地位在魏晋南北朝不及汉代，但是儒学的一些内在精神在人们的观念中仍处于统治地位。尽管魏晋南北朝文学批评没有直接阐发儒学“诗可以群”的诗学思想，但是在创作上却是比以往任何时候都更热衷于实践和发展着这种思想。魏晋南北朝所兴起的创作形态正反映了这种文学倾向与文学观念。最近我写了一篇《诗可以群》的论文，从魏晋南北朝诗歌创作形态考察当时的文学观念，将刊于2001年第5期《中国社会科学》。

我总以为，在文学史研究中，文体个案研究的重要性丝毫不亚于作家的个案研究。我先后写出一系列文体个案研究论文，涉及古代文学的创作形态、传播形态、语言形式等，研究了学术界较少注意的问题，如先秦的盟誓、谣谶与诗谶、策问与对策、古诗制题制序史、题壁诗、唐代判文、集句诗、隐括词、晚明清言等文体。比如从文学史的角度，研究唐代判文文体的渊源流变，而且考察判文文体对于小说戏曲的影响，论文发表后，产生了一定影响，还获得《文学遗产》优秀论文奖。我对古代文体史与文体学的研究成果，结集成《中国古代文体形态研究》一书，已由中山大学出版社出版。

我从博士阶段起就开始研究中国古代文体理论，博士论文便是以此为题的。我的浅见以为中国古代自觉的文学批评滥觞于文体批评，而且古代文学理论体系也是建立在文体学基础之上，所以文体学是中国古代文学批评的起点和支点，其研究具有重要的意义。研究文论的中国特色，非研究中国古代文体学不可。21世纪以来，我们的文学史研究主要是受到西方学术的影响，往往未能从中国古代文体实际出发，有时难免削足适履。

所以我以为文体学是古老的学科，同时也是富有生命力的学科。古代文体分类学、古代分体文学理论、中国古代文体学史等领域都有许多重要的、有价值的课题。

十多年来，我进行文体学专题研究，发表了一系列论文，如《人品与文品》《生命之喻》《辨体与破体》《江山之助》《文学上的南北派与南北宗》《古代文体学源流》等，受到学术界的注意。如《江山之助》（《文学评论》1990年第2期）一文，研究中国古代关于文学的地域风格理论，颇受学界重视，还被评为《文学评论》1990年至1996年优秀论文。我的博士论文《中国古典文学风格学》首次对中国古典文学风格学进行了比较全面深入的研究，涉及作家风格、体裁风格、时代风格、地域风格、流派风格等方面，对其历史渊源和演变都加以细致的梳理考察。学术界认为这部著作“构筑了一个较为完整的中国古典文学风格学体系”。

傅璇琮先生曾以“学、识贯通，才、情融合”，“学重博实，识求精通，才具气度，情含雅致”来评论我在治学方面的特点(《学术研究》2000年第7期《开拓文学史研究之新境》），这种评论实际上是前辈学者对后辈的勉励与期望，我虽然愧不敢当，但会将傅先生的鼓励作为自己努力的目标。

我曾考察过近几十年一些古代文学研究论著，发现一种令人深思的现象：某些论著曾轰动一时，而现在看来，却非常浅薄可笑；相反，有些当时默默无闻的论著，现在看来却仍生机勃勃。这种现象使我思考学术生命的问题，以我的体会，那些有持久生命力的学术著作，无不是在求实基础上求创见的。

严羽说："学诗者以识为主。"其实治学也是"以识为主"，在学术研究中创造性与学术意识最为重要，优秀的学术论著都有强烈的问题意识。优秀的学术研究应该有新识见、新材料、新观念，给人以耳目一新的感觉。退而求其次，则是大家熟悉的文献，能看出新问题；大家熟悉的问题，能谈出新见解。我的选题力图于人们所习焉不察处发现有意义的问题，或于人们已有成说者体察出新见解，努力做到新而不僻，奇而能正，给读者提供某些新的有价值的学术资源。

我的导师王运熙先生非常强调目录学和文献学，我在这方面颇受王先生的影响。从目录学入手，熟悉古代文献的流传存废，为学术研究提供广泛全面的资料库，这也是决定学者视野宽窄的要素之一。大体我研究每一专题，第一步工作就是编制相关的研究文献目录。张之洞说："今为诸君指一良师，将《四库全书总目提要》读一遍，即略知学术门径矣。"《四库全书总目》是我最常读而且获益最大的一部学术著作，通过它我大致了解中国古代的学术体系，而且尽可能在已有学术研究基础上进行创造性的工作。在多年的治学中我深切体会到目录学的重要，我认为目录学不但是学者入门必读书，而且包含着丰富的文学研究材料。《论〈四库全书总目〉在诗文评研究史上的贡献》（发表于《文学评论》1998 年第 6 期）就是从文学学术史的角度对目录学的独特研究，对中国文学批评史的古典形态作了一些论证。

我以为，一个学者如果有一本书或数篇论文能传世就可以无愧了。如今学术界在某种评估体系的刺激下，在急功近利的氛围中，出现了学术泡沫与虚假繁荣。在这种氛围中，很惭愧，我难以免俗，也写过一些应酬、凑数的作品。不过，总的说来，自己一直努力写得精粹些。我的思维比较迟缓，写作准备时间往往很长。平时读书有得，即将之分类记录。以后再遇上同类论题的资料就归类添上，积之数年，有些论题就形成一定规模。然后集中时间对某一初具规模的论题进行深入研究，形成文章。论文写成后，不急于出手，冷却一段时间，反复诵读，句斟字酌，打磨抛光，才敢定稿。这样，一篇论文从选题至完成往往经过数年，当然并不是数年只写一篇论文，因为平时总有数十个论题在脑中，所以往往一篇论文未写成，另一篇论文的构思已呼之欲出。每年两至三篇，累少成多，也就可观。十多年来，我已在《中国社会科学》《文学评论》《文学遗产》三大刊物上发表近三十篇论文。因为发表的刊物比较集中，所以影响相对也较大。

尽管写作态度还算谨重，但仍然不免错误。我时时重检旧作，也常常发现旧作的浅薄与舛误之处，深感惭愧。检讨此类错误，部分是学识所限，但大多是因为心中有先入之见，心浮气躁而引起的。我曾把“玉局”（苏轼）的材料用到“玉谿”（商隐）之上，也曾把颜延之误写为颜之推。这些令人腾笑的硬伤正是由于浮躁粗心造成的，而黑字白纸，永载愧疚。孔夫子说做人要“毋意、毋必、毋固、毋我”，我觉得此语大可移来作为做学问之道。

每个时代的学者都会面对新问题与新挑战，20 世纪初，中国学术界面临着西学东渐的风气；21 世纪初，我们面对的是全球化与网络热潮。网络时代对治学将提出更高的要求，最关键是要有全球化的眼光，世界性的胸怀，这才是在全球化背景下中国学者的基本素质。研究每一问题既要熟悉中国的学术史，也要熟悉世界的学术背景，纵横构成一个学术坐标。在这个学术坐标上，才能寻找一个制高点，才能有真正意义上的创新。我们这代学者多数人已经难以达到这种境界，但是希望年轻人能把最现代的技术、方法和最传统的治学功底结合起来，取得远远超出我辈的成就。

我的导师黄海章先生与王运熙先生不约而同地以韩愈的话来勉励我："无望其速成，无诱于势利，养其根而俟其实，加其膏而希其光。根之茂者其实遂，膏之沃者其光晔。"我以此师训作为治学的座右铭。我现在也忝为人师，我总喜欢把这话转赠学生们，希望与他们共勉。

恒心、定力与淡泊名利之心，这是学术研究的基本素质，有时甚至比智力还重要。理想的学者兼有聪明与执着，如果不能得兼，则起码应该有执着的精神。我接触过一些聪明过人的学者，但终于没有做成学问；而有些资质平平的学者朝着一个目标，钻研不辍，持之以恒，最终却取得令人叹服的成就。一个人做点学问并不难，难的是以学术为终身的追求。有此追求者，虽非天才，也定会有所成功。

学术境界说到底也是人生境界。我曾觉得，治学犹如马拉松长跑，不能急功近利，应该有计划，有节奏，持之以恒地一步步跑下去。现在我认为，治学和马拉松长跑大异，它根本不是一场竞赛，它没有什么规定距离、规定路线、规定终点，也谈不上有对手。选择了治学，也就是选择了一种生存方式。

既然如此，我们不妨从容些，优雅些，快乐些。东坡词曰“何妨吟啸且徐行”，“也无风雨也无晴”，夫子言之，于我心有戚戚焉。

（2001年）

学者要有传世意识与文化责任感

从吴承学的办公室里，可以远眺到“小蛮腰”。走进他的办公室，屋内整洁明亮，办公桌电脑旁放着一个握力器，书柜后面有一个用来写毛笔字的案台，吴承学深谙传统典籍，喜欢中国书画。案台旁还放着一个健身的仰卧板，沉浸书斋的他显然也没有忽视锻炼身体。

吴承学很少与媒体打交道，这也并非是他刻意而为之，着实是因为他研究的古代文体学是一个精深的领域。从1990年回中大任教，吴承学在这一领域耕耘了二十多年，甘苦自知。广为流传的一个段子是，一位在中大图书馆古籍部工作十几年的管理员，最常见的读者就是吴承学，而且他最喜欢坐陈寅恪纪念室旁边的书桌，那里，也是吴承学经常和学生见面的地方。

如今，吴承学不无自豪地说，中山大学中国文体学研究已是学术界认同的学术重镇。“只要你在百度上输入‘中国文体学’，肯定会出现‘中山大学”！吴承学说。他搬出十几本他主编的“中国古代文体学研究丛书”，这套丛书由北京大学出版社出版，内中作者包括林岗等多位学者，主编就是吴承学，“学界的评价还是不错的”，他说。

家世与教育：1945年，吴承学父亲参加由著名考古学家杨家骆、马衡、何遂、顾颉刚等先生组成的“大足石刻考察团”，在考察团中，父亲担任编辑工作。

南都：你对文史的兴趣，以及最后走上学术之路，家庭环境有无影响？

吴承学：我的家族是潮州一个普通知识分子家族，素有传诵诗书的传统。我的祖父是家族第一位读书人，很年轻时就到泰国“过番”，以教书、写侨批为生。

家父是中学语文教师，沉默寡言，从不与我们谈自己的历史。几年前，我看台湾学术杂志，忽然看到父亲名字，上网一检索，才知道原来父亲与世界文化遗产大足石刻的发现竟然有密切关系！1945年，父亲参加著名考古学家杨家骆、马衡、何遂、顾颉刚等先生组成的“大足石刻考察团”，对四川大足石刻进行了首次科学考察。在考察团中，父亲担任编辑工作，考察团的工作是由父亲记录的，最后形成《大足石刻考察团日记》，这篇日记有相当高的价值，《民国重修大足县志》收录全文。父亲当年才25岁，就能得到杨家骆、马衡、顾颉刚这些大师们的信任，是很不简单的。中华人民共和国成立后他回到家乡却一直郁郁不得志，“文化大革命”期间更蒙受“文化特务”的罪名。父亲对我的影响并不直接，他终日沉默寡言，我们之间很少交流，但他的大量藏书以及酷爱读书对我的潜移默化是难以言表的。

母亲对我的影响最直接、也最大。我的外祖父是中医师，母亲从小受到文化熏陶，读过三年书。母亲身上典型地体现了潮州女性那种秀外慧中、贤妻良母式的传统品格。

与同辈人相比，我的家庭学习环境还算好，家中有丰富的藏书，我较早地阅读了一些古代诗文，培养了对文史的独钟之情。《唐诗三百首》《古文观止》《千家诗》背了不少。潮州有重人文的传统，我们小时候就开始写毛笔字，每年的春联都是自撰和自写的。

南都："文化大革命"时你父亲的"历史问题"对你有影响吗？

吴承学：小学三年级时，遇到"文化大革命"，我因非工农兵家庭出身已被列为异类，后又因父亲的"历史问题"一直备受压抑。初中毕业时，尽管我是全级学习成绩最好的学生，还是未能获得推荐上高中的机会。后来，刚好有个机会，到临近公社的古巷中学读高中，每天凌晨就起床，然后小跑一个多小时上学。我很珍惜读书机会，家里书很多，也无人指导就乱读。像王力的《古代汉语》，在当时就半懂不懂地乱读过，我还无师自通地采用抄读法，曾把"文化大革命"前高中的语文课本抄写一通，还抄录了不少古书。

我们家庭在"文化大革命"中的遭遇其实不算太悲惨。不过，我受到的思想影响有点无心插柳柳成荫的意思：养成独立思考的精神，向往平等、自由、民主。

南都：1977 年，你考入中山大学中文系，毕业后又随黄海章、邱世友先生攻读中国文学批评史，开始了专业的学术之路，当时的中大教学情况如何？

吴承学：1977 年恢复高考，那时非常闭塞，我很迟才知道这个消息。我报考后，来不及复习就参加考试。再说复习也没有用，也无须背诵。现在说起来许多人都不信，当年广东高考所有科目是开卷，这大概也是空前绝后的高考了。结果考上第一志愿中山大学中文系。

刚恢复高考，高校百废待兴。现在回想，当时许多课程仍带有严重的意识形态偏见，比如“文学理论”课程叫“毛泽东文艺思想”，一个学期就学《在延安文艺座谈会上的讲话》。由于“文化大革命”10年停课，除了古代文学与古代汉语、文字学的著名教授，如容庚、商承祚、王起先生等外，不少课程水平相当低。同年级的学生年纪相差近一倍，基础参差不齐。那时外语课是分快慢班的，怎么分呢？上课时发一张纸，能写出26个字母的就是快班，证明是学过的！

南都：黄海章先生当时已经80多岁了，邱世友老师也50多岁，两位先生对你有何影响？

吴承学：本科毕业后，我又考上本校硕士研究生，随黄海章、邱世友先生攻读中国文学批评史。黄海章、邱世友先生是师生辈，年纪相差比较大，但都是道德文章极佳的学者。海老博闻强记，上课时从先秦到近代的各种重要文献，随口背出，绝无差池。当时他年近九旬，仍亲自授课，每周4节，一直坚持两年之久。晚年海老一目失明，视力严重衰退，但对我们的每篇文章还是逐字逐句地修改。他强调治学需要高尚的人格，牵于名缰利锁见风使舵的人不可能有真正的学术成就。他喜欢用韩愈的话来勉励我们：“无望其速成，无诱于势利，养其根而俟其实，加其膏而希其光。根之茂者其实遂，膏之沃者其光晔。”几十年过去，我越来越体会到这段话的内涵。

在学术界崭露头角：我连续在《文学评论》、《文学遗产》上发了许多论文。若干年后，我才见到了杂志的编辑，他说，看你的论文，还以为你是老先生呢！

南都：你的硕士论文《严羽与〈沧浪诗话〉研究》是你研究文体学发轫之作？

吴承学：对，大家对《沧浪诗话》比较关注的是“以禅喻诗”和“妙悟”等说法，但是它最终的目的还是要推崇盛唐的文体，比如说“正宗”、“第一义之悟”，都是推崇他心目中比较健康、雄浑悲壮的文体。《严羽与〈沧浪诗话〉研究》这篇论文研究的主要也是“风格”问题，在这个基础上，我的博士论文《中国古典文学风格学》做得更为系统。

南都：很多学者的成名作都是博士论文。《中国古典文学风格学》作为你的博士论文 1993 年出版，2011 年修订后再版，是否是你的成名作？

吴承学：我的博士论文是第一部系统研究中国古代文学风格理论的著作。其中的内容在权威学术刊物上发表了 10 多篇，如在《文学评论》4 篇，《文学遗产》2 篇，产生了较大的学术影响，基本就奠定了当时在年轻学者中的学术地位。第十章《江山之助— 中国古代文学地域风格理论》这篇，投给《文学评论》，很快就发表了。那时候能在这上面发文章的都是很重要的学者，尤其是老先生。此后，他们对我印象很深，后来我就连续在《文学评论》、《文学遗产》上发了许多论文。若干年后，我才见到了杂志的编辑，他说，看你的论文，还以为你是老先生呢！

南都：1987 年，你已经成家立业，为何还选择考入复旦大学中文系师从王运熙先生研究中国古代文学批评史？

吴承学：复旦大学一直就是中国文学批评研究的中心，为了进一步深造，我在中山大学古文献所工作数年之后，又考取了复旦大学博士研究生，师从王运熙先生学习中国文学批评史。王运熙先生天资极高，成名甚早，20多岁就成乐府研究大家，而且到现在成果仍是海内外公认该领域的经典性著作。他后来的研究以汉魏六朝唐代文学、中国古代文学理论批评为重点，建树甚多，在海内外学界享有崇高声誉，堪称学界泰斗。王先生非常强调目录学和文献学，要我们熟悉从《汉书·艺文志》到《四库全书总目》的经典书目。

南都：王运熙老师给你的影响是什么？

吴承学：王先生给我最大的启发就是一种征实求是的精神，永远以材料说话，有多少材料说多少话，对于文献要找到最合理的解释，每篇论文都是实事求是、朴朴实实地提出新见解。王先生直接给我们上课不多，我们主要是反复研读他的论著，领略其选题、材料、观点和写作。我现在还经常研读王先生的著作，发现他在五六十年前写的文章现在看来还非常中肯准确，基本没有受到当时极左氛围的不良影响，这一点让我极为惊讶，引发我对学术生命力的思考。我在复旦大学感受到一种与中山大学不同的东西，可以互相补充，最大的收获是古代文学研究必须重视在文献基础上的理论思维。我自己感觉此后在研究上有一个明显的质的飞跃。

南都：你刚才提到对学术生命力的思考，你认为什么样的研究成果才有长久的学术生命力？

吴承学：司马迁《报任少卿书》：“亦欲以究天人之际，通古今之变，成一家之言。”这可以说是古往今来学者的最高理想。对于人文学者而言，如果说有焦虑的话，名山事业才是最应该焦虑的事。我曾考察过近几十年一些古代文学研究论著，发现一种令人深思的现象：一些论著在刚出来时显赫一时，而现在看来，却非常浅薄可笑，比如20世纪80年代“新三论”；相反，有些当时默默无闻的论著，现在看来却仍生机勃勃。以我的体会，那些有持久生命力的学术著作，无不是在求实基础上求创见的。学者有自然的生命就是寿命，人的自然寿命是有限的，“死生有命”，但学者的学术生命是由自己掌握自己创造的。有些人的写作是为了“稻粱谋”的，这或是出于一时生活之需，可以理解。但不能老停留在“稻粱谋”的层次，好的学者必有传世意识，这样才会有比较高的自许与文化责任感。

“治学如治狱”：用文体四分法来研究中国传统文章，往往不免隔靴搔痒，或者削足适履。

南都：一般读者对中国文体研究还是比较陌生，中国文体学研究的主要内容在哪？

吴承学：我的研究领域有几个方面，但重点是中国文体学研究。我从20世纪80年代末期就专攻这个领域，当时中国文体学还处于非常边缘的地位，而现在已成热门。可以说，中国文体学是新世纪以来发展最快的学科之一。

谈到中国文体学研究的内容和重要性，三言两语不易说清。中国文体学是传统中国文学批评中最具中国特色的理论话语，与西方文学话语是截然不同的体系。近代以来，中国传统的“文章学”系统完全为西学的纯“文学”系统所代替。这固然有其积极意义，但同时带来传统断裂的严重后果。中国文学其实是“文章”体系，它是基于礼乐制度、政治制度与实用性的基础之上形成与发展起来的，迥异于西方式的“纯文学”体系。自“五四”新文化运动以来，“中国文学史”研究以西方的“文学文体”简单而粗疏地代替了中国传统的“文章文体”。比如，把中国文学史分以诗歌史、散文史、小说史、戏曲史，这是典型的纯文学文体分类，尤其是把中国古代大量复杂的文章文体简单化归之为“散文”，与中国古代文体学实际语境相差很远。所以用西方的文体四分法来研究中国传统文章，往往不免隔靴搔痒，或者削足适履。越是“科学”，越是“明确”，离事实就越远。

南都：具体到你自身的工作呢？

吴承学：我所做的工作主要有二，一是对中国本土文学理论传统的回归，就是强调中国文体学是要回到中国“文章学”来发现中国文学自己的历史，尽可能消解自新文化运动以来以西方文学分类法解释、研究中国传统文学所造成的流弊。另一个是对古代文学本体的回归，就是要突出中国文学特有的语言形式与审美形式的特点，从中国文学固有的“文体”角度切入来研究中国文学。

南都：在研究内容上你抓到了很多不为人关注的部分，比如你研究的“判文”“集句”等，这些都是原来文学研究界不重视而又很有意思和意义的文体，你有哪些推崇的治学方法？

吴承学：学术研究最基本又最重要的是要有能发现问题的

眼光。学术眼光既有天分也需经过训练。就文体学研究而言，有必要在继承古典文体学研究范式基础上，再“鉴之以西学，助之以科技，考之以制度，证之以实物”。治学方法应该因人而异的，没有放之四海而皆准的方法。但无论什么方法，都要严谨。我有一个说法是“治学如治狱”，我曾向同学推荐看中央电视台《今日说法》，他们觉得奇怪，其实那里面谈的很多东西跟我们做学问是相通的。破案不能有罪推断，要疑罪从无，要讲究能形成证据链，所有疑问都能得到解释和排除，这样才能办成铁案而不是冤案。治学也是这样，要追求每个问题的独特性和排他性，同时要以充分的证据推进论证。写论文就像打官司，你要能提出自己的观点，也要能从容充分地回应所有质疑，理清各种矛盾，好的论文就是办成铁案了。

南都：以后的研究方向会是哪些？

吴承学：我们在若干年内的工作主要集中在两个方面：一个是中国文体学基础性文献整理与研究。目前正在进行《中国古代文章文体史料考释》与《中国古代文体学论著集目》等书的编纂；一个是中国文体学理论性研究。正在撰写《中国古代文体学发展史》，是国家哲学社会科学重大项目。同时，继续出版“中国文体学研究丛书”。

只有学术没有思想，出不了大师：就人文社会科学而言，现在不缺钱，不缺硬件，学者也不缺学术，最紧缺的是自由而独立的思想。

南都：2006年，你给中文系研究生新生的讲话，你说，希望年轻人能把最现代的技术和方法和最传统的治学功底结合起来。如果是现在，你又会对他们强调什么？

吴承学：在治学上，眼光要比方法重要。宋代严羽说，“入门须正，立志须高”，他又说，“学诗者以识为主”。其实治学也是“以识为主”，在学术研究中创造性与正确的学术价值观最为重要。在我们选择研究对象的时候，要有一种清晰学术意识，能判断哪些选题是有价值的。通常我们说，大家都站在同一起跑线上。一旦进入研究的时候，情况就不同了。学术研究如登山，选择合适的起点是相当重要的。我们心中也要有一个“学术海拔”的观念。我们了解学术史，了解海内外学术界现状，就是要尽可能站在前人的基础上，更快进入学术前沿，在更高的“学术海拔”开始进取。

随着电子时代的到来，整个学术研究的价值观将出现重大改变。文献资料在传统学术中非常重要，但在网络时代寻找文献资料就容易多了。对于学术研究来说，熟悉文献还只是最基础的工作，关键在于以敏锐的学术意识把握其中包含的重要信息，从而进行创造性的研究。在学术研究中，创见、见识，真知灼见、研究者的思想观念、研究者的学术个性越来越显得重要。在文学研究中，审美能力同样非常关键，如若没有这些，则一切数据都是没有生命、没有意义的。

南都：长期以来，学术界一个话题就是中国能不能出“大师”。你心目中的大师是什么样的？你认为我们现在能不能出大师？

吴承学：关于“大师”，可以借用陈寅恪先生《王静安先生遗书序》一段话："自昔大师钜子，其关系于民族盛衰、学术兴废者，不仅在能承续先哲将坠之业，为其托命之人，而尤在能开拓学术之区宇，补前修所未逮。故其著作可以转移一时之风气，而示来者以轨则也。"大师必有崇高的思想与学术的境界，必有开山之功，开拓新领域，建立新学科，发凡起例，树立典范。

我们一直在追问我们的大学为什么培养不出大师。我想追问的是：大师是不是能培养出来的？所有的伟大都是自然的，而非人工的。旷野中的狮虎、森林中的参天大树、海中的巨鱼、凌霄的雄鹰，它们都不是靠人工可以培养出来的。人才也是这样，出于需求靠人工培养出来的那不是真正的大师。说得俗一些，大师是野生的，不是人工养殖出来的。人文领域里的大师，不但需有天才，还要像鲸鱼碧海那样自由和宽广的水域。

就人文社会科学而言，现在不缺钱，不缺硬件，学者也不缺学术，最紧缺的是自由而独立的思想。许多看来似乎很"深沉"的思想，不过是从西方贩卖过来的，是二手货，甚至是山寨版的。只有学术没有思想是出不了大师的。所以，如果没有"独立之精神，自由之思想"的环境与氛围，而只是投入大量的金钱，引导大家按一种模式、规范去竞争和发展，用这样方式培养大师，无异于缘木求鱼。好的学术生态与学术体制比投入金钱不知要重要多少倍。

许多人盛赞民国时期大学的学术水平，我倒是觉得与民国大学的学者相比，我们的教授缺少的不是学术，不是技术，也不是天分，不是条件，而是自由思想与独立人格。民国大学教授有许多名师名士的逸事掌故传诵，我们现在的教授基本上都很正常，很规范，除了“好人好事”“先进事迹”之外很少有什么故事可以传诵。

南都：1977 年恢复高考，那些 70 年代末考入高校并于 80 年代前期进入学界的那批学人，被称为“80 学人”。目前，这批学者是人文社科各个领域内的主角。你如何评价这一代学者？

吴承学：我以为，这一代学者特色、长处与缺陷都是非常鲜明的。这一代人亲历了动荡的社会，也经历看来昌盛而暗藏危机的社会。这样的经历让他们具备丰富的体验、独立的思考能力。他们对于人文学科，是一种出自内心的喜爱，不仅是一种职业，而是一种事业，一种精神寄托，一种理想。他们还有一个特殊的机遇，就是遇到中国学术界青黄不接之际，中间有十年的断层，人才紧缺，所以成名容易。这一代人的教育是不完整的教育，甚至是吃狼奶长大的，但由于不完整，有很长时期处于放任的状态，所以有时思考会比较自由，比较深刻。

但是，这代人的知识储备与知识结构无疑都有明显的缺陷。这一代人的孩提阶段遇到了三年“自然灾害”，连饭都吃不饱；等到他们进入了青少年阶段，又赶上了十年动乱。从教育上来看，他们从小学到大学甚至到研究生的教学体制都是陈旧或不成熟的。另外，这一代学人有时思维方式与思想、人生观、世界观已定型了，也是难以改变的。

这一代学者目前在学术界占据主导和权威位置，但多数人已逐渐进入老年。这特别需要自省和警惕，要有学术良知与文化责任感。人老了，就容易保守，看不惯、轻视后辈，而占据要津者尤其容易利用各种学术资源谋私利，而失却公心。所以这代人在还没有老到糊涂的时候就一定要明确自己的局限与缺陷，要服从自然的规律，千万不要成为中国学术发展的绊脚石，而要成为年轻人的垫脚石。

南都：十多年前，著名学者傅璇琮先生曾用“学重博实，识求精通，才具气度，情含雅致”数语来评价你。现在，你在学术界得到更多的赞誉，享有更高的地位。你如何评价自己？

吴承学：前辈赞许与同行相誉其实是一种勉勖。人贵有自知之明。我就是一名教师、学者，一个读书人。一位平淡、平凡、平常而不甘平庸的人。我们这一代中不少人有许多波澜壮阔、跌宕起伏的人生经历，但我的生活和心态都很平静。小时候我的理想是成为小学的民办教师，而后来却能在一所著名大学里任教授之职，可以说，已远超出小时的理想。我对此充满感恩之心，真的。

（《南方都市报》访谈，2013年12月12日）

学术的尊严与快乐

同学们，很高兴见到大家，并且和大家有一个交流的机会。我想谈的内容是关于学术的尊严与学术的快乐。

作为研究生，我觉得首先对学术要有一种敬畏之心，能感受到学术的召唤，感受到学术的神圣。我们所面临的高校的现状是什么？相信大家都有所了解。现在媒体上对于教育，尤其是高等教育的批评非常激烈，大家最不满意的就是学术腐败。我们每一个人作为个体力量而言，是很渺小的，我们无法改变世界，我们无法去改变体制，我们无法去改变其他人，但是作为一个有学术良知的人，可以独善其身，或者尽可能地独善其身。假如大多数学者，大多数学生都有一颗敬畏学术的心灵，中国的学术就有希望了。

我们要保持学术的尊严，首先就要保持学术本身的圣洁。为什么现在中国学术没有尊严，就是出现太多的学术腐败与学术堕落的事情。我们已无法一一去列举。本来“学术腐败”这样的提法本身就很成问题。因为只有权力才能产生腐败，学术本来是无权无势的领域，怎么能腐败呢，但事实就是这样不可思议地出现。在这里提出这个学术腐败的话题，不是为了激起大家的义愤，而是为了激起大家的良知。光有义愤是不够的，不少人实际上义愤很多而良知太少，一方面骂学术腐败，等到自己身临其境的时候，可能也参与学术堕落。这几年，我们已发现不止一起论文抄袭。其中有学术论文的，有学位论文的。这些人平常也在骂学术腐败。所以我们每一个研究生，首先要确立学术良知。我们所缺乏的不是学术规范，而是学术良知。

要有学术良知，就要确立以学术为本位的价值理念。我们现在许多问题，就出现在价值观上。在高校，是学术本位还是官本位？这是现有的中国大学与真正的大学精神的明显差距。我们要树立学术本位来代替官本位。想想，当中国的大学被强行分为省部级、厅处级的时候，当一些大学争先恐后地录取那些不来读书就能获得学位的高官们为博士生的时候，当教授在大学里为了一个处长、副处长的职位而去激烈竞争的时候，当某些人津津乐道的是大学出了几位省长、几位厅长的时候，大家可以想象，这样所谓的大学离真正的大学精神有多遥远了。在这种情况下，提出创建世界一流的大学显得多么滑稽而胆大。我想，如果哪一天，当一个学校不是以它出了多少官员，建了多少座大楼，而是对中国与世界的进步和文化的积累做出什么而自豪的时候，我们就可以为这样的学校脱帽敬礼了。

当我们进入学术研究时，要有思想准备，这是一条非常孤独的道路，层次越高的研究，真正能懂、能准确判断的人很少。学术研究的基本素质，除了智力之外，恒心、定力与淡泊名利之心非常重要，有时甚至比智力还重要。理想的学者兼有聪明与执着，如果不能得兼，则起码应该有执着的精神。我接触过一些聪明过人的学者，但终于没有做成学问；而有些资质平平的学者朝着一个目标，钻研不辍，持之以恒，最终却取得令人叹服的成就。

说到学术研究的方法。要说的太多，无法一一说来。在我们选择研究对象的时候，要有一种清晰的学术意识。哪些选题是有价值的？价值如何？通常我们说，大家都站在同一起跑线上。一旦进入研究的时候，情况就不同了。学术研究如登山，选择合适的起点是相当重要的。有些起点很高，就像在珠峰的大本营，还没有登山已是海拔五千多米！我们心中也要有一个“学术海拔”的观念。我们了解学术史，了解海内外学术界现状，就是要尽可能站在前人的基础上，更快进入学术前沿，在更高的“学术海拔”开始进取。

我们现在与前人处于完全不同的知识背景。随着网络与电子文献的出现，我们在文献的收集与检索方面，要比前人方便得多。比如说《四库全书》，在古代是极少人有资格可看到的，但现在，只要你需要，你的电脑就可以装下一部《四库全书》。除此之外，比如《四库全书存目丛书》、《续修四库全书》、《四库禁毁书丛刊》、《四库未收书辑刊》等等，大量前人很难接触到的文献我们轻而易举地得到。强大的检索手段也使我们的研究比前人省力。所以我们要很清楚这一点，随着电子时代的到来，整个学术研究的价值观将出现重大改变。这方面许多学者还没有意识到。我们看现在的博士论文，都是排列了许多材料，好像显得很有学问，好像很规范，其实在当今电子文献时代这是最容易的。现在的学术研究，创见、见识，真知灼见、研究者的思想观念、研究者的学术个性越来越显得重要。

我觉得，研究生应该迅速掌握电子文献和相关的检索手段。现在如果没有这个手段，就显得很笨了，就可能落后。但另一方面，我又强调回归到传统的读书方式。在这个信息爆炸的时代，我们要回归到更为原始的阅读。这是个矛盾的统一。细读，细读，再细读。对于我们这个基础学科来说，这是学术研究之本。考察一下人类阅读史的进展，是很有意思的。在古代，书籍是很稀缺的资源，多数人的读书是靠抄的。一个字、一个字地抄，读书就是这样开始的。从读书形态来看，古人最早是吟诵，虽然不必有固定的曲谱，但是有低回有节奏有自然音律的吟唱，不但诗词可以吟诵，古文也可以吟诵，不但便于记忆，也可以直接感受语言的节奏韵律与语感。近代以后，不再吟诵了，成为读书，再后来，不再是读书，成为看书。从一个字、一个字抄，到一个字、一个字吟，到一个字、一个字读，到一个字、一个字看。现在，随着信息时代的到来，我们已无法一个字一个字地抄，一个字一个字地看，我们在网络上是整页整页、整本整本地翻，我们现在既不是抄书、吟书，也不是读书，甚至不是看书，而是翻书。古人一辈子苦读才可能读书破万卷，我们现在在超星图书馆上，可能一两天就翻书过万卷。我这样讲，不是要大家回归到古代去一个字、一个字地抄书刻书，也不是要大家都去吟唱。我的意思是在信息爆炸的时代，我们既要充分利用大量的文献资料，也要保持细读文献的传统。可以肯定，在信息时代，学术研究不是以文献的丰富来取胜的，而是以对文献的分辨、选择与解释最为关键。所以对于研究者来说，细读，细读，再细读，永远是必不可少的。

说到学术的快乐。如果一位研究者，只觉得他的工作苦不堪言，体会不到乐趣，可以肯定这是一位失败的学者。如果一位研究生整天愁眉苦脸，读三年书，好像判了三年徒刑，体会不到学术的快乐，可以肯定这是失败的学生。

这个暑假，我到了四川、西藏和青海。在拉萨的大昭寺、小昭寺和青海的塔尔寺附近，可以看到有许多藏传佛教的信徒，他们在烈日之下，一步一跪地磕着长头。据说他们一辈子要磕十万个长头。有些人是从青海磕着长头去朝圣的。身体强壮的年轻人要走几个月，老年人要走上一年。这当然是很苦的事，但他们心里很快乐很充实。在西藏的时候，看着澄净无云的天空，看着这些虔诚的信徒，心中不免有所感触。那就是有精神寄托的人是快乐的。尽管信仰有所不同，但是藏民那种神圣的、虔诚的信念和为了这种信念执着的追求，这种精神太值得我们敬佩了。我们太缺乏这种精神了，我们都太聪明，太功利，太浮躁了。

我想，在信仰和理想欠缺的时代，我们不妨把学术当作我们的精神寄托。在我们的观念中也有一片澄净无云之处，那就是学术的天空；在我们的心目中也有神圣之处，那就是学术的殿堂。如果我们带着虔诚之心，像朝圣那样一步步地向神圣的学术殿堂迈进，总有一天我们一定会登堂、我们一定会入室。

我想我必须结束今天的讲话了。希望大家充分利用这两三年时光，好好体验学术的尊严，品味学术的快乐！

（在中山大学中文系2006级研究生新生欢迎会上的讲话）

长江之水清兮，可以濯吾缨

在中文学科的长江学者中，我算是年长者。作为“文化大革命”结束后恢复高考进入高校的最早一届大学生，我们77级的同学多数已经退休，或者很快退休。而当下的长江学者与青年长江学者，年龄跨度则非常大，有50后，60后，70后，乃至80后。长江学者中，50后不算多，主要是60年代的，青年长江则以70年代为主体。我们50后学者，普遍在最该读书时却受到十年动乱影响，造成难以弥补的缺失，从小所受教育非但不完整，甚至许多是错误有害的。回想这些，总是有难以言说的痛切。

60岁，是人生的一个重要节点，应该开始作一些人生与研究上的总结与反思。这些年，我不断在反思我们这一辈学者的特点与缺陷，希望年轻学者从中吸取教训，比我们做得更好。于是就有一些回顾、总结与思考。其中，关于长江学者的荣誉与责任，是我思考得比较多的一个问题，也有一些感想和感触、反思与愧疚。

长江学者，在形式上代表了我国高校文科人才方面的最高荣誉。我是在2006年被聘为长江学者的，那时长江学者数量还很少，而且我还是古代文学学科首位长江学者。说实话，能获此殊荣，既感荣幸，也感侥幸。这绝不是客气话。当时，文科长江学者的年龄限定在50岁以内。我当年申报时，刚好满50岁，是最后的机会，而当时长江学者名额极为紧张，文学学科每年只有一个名额，全国文学学科的优秀学者那么多，我能够在最后的申报期限内被聘为长江学者，的确是很侥幸的。

长江学者，固然是很高的学术荣誉，但并不等于就是最好的学者，而最好的学者也并不一定就是长江学者。不少水平很高的学者，由于各种原因没有获得长江学者的称号，但他们的学术地位与学术影响却一点也勿庸置疑。我特别敬重他们。

长江学者既然是一种荣誉，就必然有相应的责任。我一直感受到一种巨大的责任压力。因为长江学者必须要担负比一般学者更多、更重的社会责任。就我们人文学者而言，人文学科传承人类的精神与文化，它的重要性已超越学术本身。在中国大学的人文学科中，中文学科集中表现出中国本土语言文化、文学艺术之精神。中国语言文学既是中国文化根基的重要组成部分，也是中国文明与世界文明一个重要的交集点。我们作为中国语言文学学科的长江学者，理应担负传承中国文化的社会责任，为中国文化的继往开来贡献自己的一份力量。

长江学者的压力，除了社会责任感之外，还在于我们的自我期许。“长江学者”，学者二字才是关键，才是本质，学术永远是我们安身立命之本。我们应该有更高的自我期许。“通古今之变，成一家之言”，这可以说是古往今来学者的最高理想。真正的学者都有名山事业的追求。曹丕《典论·论文》说：“盖文章，经国之大业，不朽之盛事，年寿有时而尽，荣乐止乎其身，二者必至之常期，未若文章之无穷。是以古之作者，寄身于翰墨，见意于篇籍，不假良史之辞，不托飞驰之势，而声名自传于后。”

我一直很喜欢这段话。人文学科应具有超越性，可以超越当下，超越自我。人文学者的学术贡献、学术影响及其意义，常常需要许多年以后才能真正显现出来，为世人所认识。人文学者不是演员，不可能一夜之间暴红，所谓学术“明星”，往往只是“流星”。人文学的高峰，是由一石一土慢慢积累起来的。人文学者真正有价值的学术成就与地位，并不在于他的头衔和帽子，不在于他发表论著的数量，不在于其成果发表在什么刊物上、由哪家出版社出版，不在于获得何种级别的奖励，而在于其成果能否抗御时光的淘汰，并传之久远。虽然吾辈老矣，但我希望并相信在长江学者、青年长江学者这个群体中，可以出现一些能传之久远的成果与学者。

在中国社会，一个人若获得一个重要荣誉，可能就开启了赢者通吃、名利相叠、权势互加的滚雪球模式。一顶帽子引来另一顶帽子，然后又成为获得更多帽子的基础，于是，有人便成为“帽子大王”，各种称号、名誉与地位，皆一一在列。少数人占了多数人的资源，形成资源垄断，一些人遂成为“蝜蝂”式的人物（见柳宗元《蝜蝂传》），一个人戴的帽子太多、太高、太重，是不利于颈椎、腰椎健康的。学术界是不是也有这种滚雪球模式呢？也许还不能完全排除。事实上，国家相关部门对此情况已有所注意，在人才制度上也开始制定一些新的规定。倘能由此纠而正之，未为晚也。

平心而论，出现名利滚雪球的现象，多数并不是学者自身主动所为，而是被动接受。但是，这种学术名利场上的马太效应不仅容易造成学术界的不公平，而且可能使一些学者出现名实不符的情况。长江学者是一种盛名，“盛名之下，其实难副”。名过于实，这正是我们力求避免而往往难以避免的。有一次，某位师友对我说，他在网上看了我的简介，居然有十多个兼职的头衔。我听出一种不以为然的口气，我自己原先并没有什么感觉。他的话使我惕然而惊，颇感汗颜。其实，很多兼职是人情难却，但学者如果兼职过多，便陷入两难境地：如果要名实相符的话，就必然穷于应付；如果虚以应付，就是名过于实。我后来再看了一下，我的情况还不算严重。我发现有些学者兼职之多，择其要就足可打印半张 A4 纸。古人说：“德不配位，必有灾殃。”一个人的才能、品行如果与他所处的位置不相对应，对个人与社会必然产生不良后果。对于我们来讲，名过于实与德不配位，的确很值得警惕。这些现象，日积月累，自己可能毫无感觉，甚至还怡然自乐，其实，已经成为一只活在名利温水中的青蛙。

我们生活在现实中，需要担负一些社会责任，学界之间，需要互相交流与互相支持。这是不言而喻的。一个学者如何找到社会活动与学术研究之间的平衡点，这是值得我们思考和解决的难题。当今社会，要一个人文学者关起门来，两耳不闻窗外事，不做任何社会工作，只顾自己著述，这既不可能，也不允许。而现在更多的却是另一种情况——社会上的各种应酬太多了，有些人不是在讲座和开会的现场，就是在讲座和开会的路上。有的人名气越来越大，地位越来越高，自我感觉也越来越好，实际学术水平却让人不敢恭维。长江学者这个群体中，是不是也有这种人？我不敢贸然下定论。但以我个人的体会，我觉得人的精力与时间是有限的，得与失是平衡的。得之此，则必然失之彼。我自己反省一下，在入选长江学者之后，有时还感觉写不出以前论文的水平。何以至此？固然有年龄渐长精力不济的原因，但更主要还是自律不够，以至投入学术研究的时间与空间受到较大挤压。所以，我希望年轻学者吸取我的教训，一方面要尽到为社会服务的责任，另一方面要尽可能自我减负，以一种平静、自由的心态比较从容地潜心做好学术研究。我们不但对于超出我们负荷的事，敢说“不”，而且，对于超出我们应有的名利，也敢说“不要”。当然，人在江湖，身不由己。所以，说“不”，需要勇气，而说“不要”，需要智慧。

我们所处的时代和所处的地位，物质生活与治学条件，对我们都已不成问题，最需要的就是一个安定的治学环境与平静的治学心境。诸葛亮说：“非淡泊无以明志，非宁静无以致远。”许多人都很熟悉这句话，却未必领悟之，更未必践行之。古往今来，淡泊与宁静，曾经是许多优秀学术前辈的生活常态和人生境界，其中也包括我的恩师王运熙先生。而在我们这一辈，却已经很难企及。一年到头，忙忙碌碌，却不知所忙何为。我经常反省，愧疚有加。和前辈相比，我们固然存在学术境界的差距，而更根本的还是人生境界的差距。

孟子说：“有不虞之誉，有求全之毁。”誉与毁，是对立而统一的。名满天下，谤亦随之。既然长江学者享有盛名，那么社会自然会有更多的关注、更高的期待、更严格的批评。“长江学者”是个集体名词，一损俱损，一荣俱荣。近年来，长江学者与青年长江学者之中，的确出现了一些学术不端之人与师德失范之徒，虽然只是极少数，但毕竟给长江学者这个群体的名誉带来很大伤害，一起蒙羞。

作为一个群体，“长江学者”是否受到社会的尊敬，其实取决于我们每一个人。《孟子》书中记载，孔子听到小孩子唱了一支歌：“沧浪之水清兮，可以濯我缨；沧浪之水浊兮，可以濯我足。”孔子听后对学生们说：“清斯濯缨，浊斯濯足矣，自取之也。”干净的水被人用来洗冠带，如果是混浊的水，人家只好用来洗脚了。人们对水的态度，完全取决于水质本身。长江学者的荣与辱，也是“自取”的，也就是取决于我们每一个人的努力与表现。

让我们共同努力，让“长江学者”这一集体，成为学术界的一股清流，成为学术界的一江春水吧。

（2018年）

致新一代学人

“文化大革命”结束、恢复高考制度，于今已四十周年。我们最早几届大学生（包括少数工农兵学员）以五十年代或六十年代初期出生者居多。自二十世纪八九十年代，这一批学人进入学术领域，引发或推动了学术界、思想界的重要变革。四十年过去了，在文史领域里，这批人能横刀立马继续引领学界的尚有人在，但多数学者已不免有廉颇老矣之叹。生于六七十年代、年富力强的中生代，正值学术高峰期和盛产期，是学术界的中坚力量。

我本人更为关注的是另一批人，就是“文化大革命”后出生的、目前最有活力、最具潜质的一批年轻学者。他们与我们，在年代上有一个交集点，那就是“文化大革命”结束与改革开放。我们在此时进入高校和学术界，而他们则在那个年代出生。这两代学者具有强烈的对比度，放到一起看，可以说相映成趣。从学术传承关系来说，这两代学者是师徒关系。新一代学人基本是老一代学人的学生辈。从社会关系来看，又刚好是父子辈。

人生中，师徒与父子是一种很奇特的关系。一方面关系当然亲密，另一方面，有出息的徒弟和孩子往往有一种强烈的叛逆意识和超越感。

人文领域里的一代新学人已悄然崛起。当年，欧阳修读到后生苏轼的文章之后慨叹道：“读轼书，不觉汗出，快哉快哉！

老夫当避路，放他出一头地也！”我虽然没有欧阳修那样的身份和地位，但读年轻人学术成果时，往往也有类似“不觉汗出，快哉快哉”的感觉。

经常有年轻人问我，能不能超越我们这一代学人。我的回答是：应该超越，期待超越。

古人说，见过于师，仅堪传授；见与师齐，减师半德。一般来说，学生应该超越老师，这是常态，然并非铁律。我之所以说新一代学者应该超越我们，因为他们具备了比我们优越太多的条件。新一代学者所具备的优势，体现了时代的总体进步。

新一代学者的崛起具有特别的意义，它标志着中国学术发展出现新的常态，也意味着中国学术正在发生转折性变化。这具有特殊的学术史意义。

学术研究与文学创作不一样，文学创作有“穷而后工”之说，而学术研究则需要长期平静而安宁的生活环境和较好的物质条件。新一代学者，生于改革开放，长于改革开放。三十多年来，社会长期稳定，没有过大的跌宕起伏。这是从 1949 年以来，中国社会经济发展最快的年代，这种高速发展在全世界都是一个奇迹。而中国从 1979 年开始全面实施独生子女政策，出生于城镇的新一代学者，基本是最早的独生子女，出身于农村非独生子女家庭的，往往也是家中掌上之宝，他们集各种关爱和期待于一身，是最早在物质条件方面享受改革开放红利的一代学人。

从学术研究的环境来看，新一代学人进入学术界，已是 21 世纪，中国高校与研究机构的硬件有了明显改善，而著名高校的教学科研条件与国外高校相比，差距已经大大缩小，有些甚至处于世界的先进行列。此时中国的高等教育也有了比较规范的体制。他们的导师都受过现代学位制度完整、系统的教育，新一代学人从入门之初就对于学术史与学术规范有所认识，并受过比较严格、系统的学术训练，所以很平顺而规范地进入学术研究。这是一个开放的时代，中国与海内外的学术交流也极为广泛，年轻学者多有良好的外语能力，有海外交流经历，具有更为开阔的理论视野，更为多样的研究方法。这又是一个科技革命的时代，新一代学者快速地掌握了在网络与大数据方面的技术手段，在世界范围内大量收集、交流和处理文献资料，这些都是前辈学人所望尘莫及的。这还是一个自媒体时代，善于利用新的传播方式，也是新一代学者之所长。在自媒体平台上，每个人都可以及时地发表自己的学术成果，展开公平的讨论和交流。这在一定程度上，对传统的学术资历、地位、权威起了消解作用，对年轻学者学术声誉的获得与传播，也是极为有利的。新一代学者在物质与技术层面上，已完全具备超越我辈的能力与条件。

相比之下，我们这一代学者的缺陷是明显的，总体而言是先天不足，后天失调——青少年时期在社会动乱和物质、精神皆极度贫乏中度过。有幸进入大学后，高等教育才刚刚从僵化的体制和落后的水平慢慢地走出来。我曾有个比喻，学术研究如同画圆圈，圆规两脚的长短，决定圆的大小。同样，学者的研究能力决定其研究成就，对于文史研究者而言，须有“旧根底，新眼光”，这两者就如圆规的两脚。传统文史研究者须有特殊的知识结构：对于文、史、哲各学科，必须有较好的基础；

同时对于当代的各种学术思想、研究方法，也要加以吸收，兼收并蓄。坦率地说，我们这一代学者，除少数优秀学者之外，“旧根底”和“新眼光”皆有所欠缺。鉴于此，我们自然对新一代学者有更高期许。

我之所以说新一代学者应该超越吾辈，是比较审慎的说法。因为，老一代学者尽管先天、后天都存在明显不足，但又独具特色。他们所亲历的这半个多世纪，是中国历史上非常复杂多变的时代。他们经过十年动乱，多数人有过在中国底层社会生活的特殊经历，因为恢复高考而改变了命运。他们特别珍惜机会，有一种视学术为生命的执着追求。他们又是中国社会变革的亲历者与参与者，对社会、对人生有一种比较深刻而独到的理解与体验，有洞察力与整体观，极富独立思考与批判精神，尤其有一种强烈的人文理想与人文关怀。这些因特殊际遇而形成的精神品质，对于人文学科而言，具有特别重要的意义，这些绝对无法靠技术手段或书本知识得来。一代有一代之精神，后人未必叹赞，也无须摹拟，但它自有一段不可磨灭的光彩。

我在中山大学读硕士的时候，导师黄海章教授曾以韩愈《答李翊书》中“无望其速成，无诱于势利，养其根而俟其实，加其膏而希其光。根之茂者其实遂，膏之沃者其光晔”这段话勉励我。后来我到复旦大学读博士，毕业时，导师王运熙先生也用此语勉励我。自古以来，名言佳句很多，为什么两位导师都不约而同地用韩愈的这段话来教导我呢？这难道仅仅是一种巧合？我以前没有考虑过这个问题，后来渐渐领悟到，两位老师忠告我辈切忌“诱于势利，望其速成”，其实大有深意在焉。

我们那个年代，倒是容易做到“无诱于势利”的，因为那时学术界就不存在什么能诱人的“势利”。当时有“穷教授、傻博士”“造原子弹不如卖茶叶蛋”之类流行语，许多聪明而有出息的人，不是从政当官，就是下海经商。而那些埋头搞学术的人，实在是不识时务的弱势或“弱智”群体。但我们这代人，被耽误的时间实在太长了，时间又是一去不返的，所以自觉不自觉地，不免有“求其速成”之心、之举。这也是制约我们这一代学人发展的一个原因。前人说，成名要趁早，但学术研究的最高殿堂里是没有暴发户的。快速成名往往等于慢性自杀。我们这代人中，曾有一夜暴得大名的学术明星，就像燃放烟花，瞬间灿烂，顷刻之间，烟消云散，很快就被人遗忘。这就是吾辈“望其速成”的教训。

到了今天，“无望其速成，无诱于势利”这两句话，对于新一代学者来说，也未必就过时。

新一代学者中的多数人，从幼儿园开始，一直到博士，都受到不间断的正规教育。完成了整套教育，也才二三十岁。现在不少人已经是副教授甚至教授了。本来，对于他们不应该存在“望其速成”的问题，他们完全可以按照学术发展的自然规律，从容不迫地走下去。不过，事实也不完全如此。我们的国家长期处于落后状态，所以急切追求超常规的快速发展，这是可以理解的。在超出常态的激烈竞争和残酷的淘汰机制之下，个人若不速成，可能就有被速汰之虞，这使许多年轻学者变得焦虑不安或者变得聪明精致。“何不策高足，先据要路津。无为守穷贱，轗轲常苦辛。”这恐怕也是一些年轻人的心态。

其实，“望其速成”的根子就是“诱于势利”。在当前的学术生态下，“势利”二字，对于新一代学者的诱惑可能更大。钱锺书说：“大抵学问是荒江野老屋中，二三素心人商量培养之事。”这句话，现在听起来，好像是神话。如果说，我们当年处于严重的“营养不良”状态，今天，新一代学者却处于“富营养化”的生态。名目繁多的科研、教学项目，各种级别的科研奖励、人才计划等，数不胜数，令人心驰目眩。学术成果就是荣誉，就是地位，就是金钱。现在，已经有一套非常严密和严格的绩效考核体制，项目、论文、人才与评奖、各种会议成为学者生存的主要方式与评价标准。因此，许多年轻学者大量的时间与精力，都耗在这些无休无止的俗事杂务之中。但这并非他们所乐意的。我们那个年代，社会处于普遍穷困的状态，所以个人的安贫乐道倒是比较容易做到的。而现在的年轻学者处于举目繁华富贵之境，却要独自面对着票子、房子、孩子、职称等重压，要他们像传统学者那样独守清贫，视名利如敝屣，谈何容易！

汉代的司马相如写过一段话：“盖世必有非常之人，然后有非常之事；有非常之事，然后有非常之功。非常者，固常人之所异也。”我绝对相信新一代学者之中，“必有非常之人”，能建“非常之功”。真正能超越吾辈的，正是这些“非常之人”。

新一代学者，要超越吾辈，先要自我超越。一代有一代之所长，一代亦有一代之局限。这一代人，大多以独生子女之身，处安适裕如之境，浸淫于应试之学，应付乎考核之制，这就使一部分学者容易产生以自我为中心、急功近利之心态与标准化思维。这是新一代学者可能的局限。他们的各种条件虽然比我们优越许多，但所面对的困难和承受的压力，反而比我们当年大得多。这是特定时代环境所产生的问题。易地而处，我们也难以避免。但新一代学者中必有一批“非常之人”能超越此局限，抗御此压力：澄怀静虑、从容淡定。他们具有崇高的思想境界，宏大的学术格局，开阔的学术胸襟。他们不以一时之誉、一事之荣为重。他们最在乎的不是发表多少论著，而在乎是否在某个领域有大的创见，是否自成一家、独树一帜；他们不汲汲于项目的大小、人才的等级，而在乎成果是否能传世，是否能在学术史上留下一席之地。这就是我们所期待的这一代学者中真正的“非常之人”。我相信，他们必能超越吾辈，而且将创造出世界一流的中国学术。

（2017年）

札记

求学途中的路标

我从中文系的学生到中文系的老师，至今刚好四十年。其间所读的书自然难以尽述，但回想起来，在人生各个阶段中，曾经阅读的一些书，的确产生了独特而深刻的感受。

1. 李泽厚：《美的历程》，文物出版社，1981。

20 世纪 80 年代的读书记忆是温馨的。那个时代百废待兴，一切都是开放而自由。我们正当年轻，如饥似渴，对于各种书籍、各方面的知识，有强烈的求知欲和消化力，就像大旱之后干裂的田地，突然遇到充沛的时雨。当时，陈景润因为徐迟一篇报告文学《哥德巴赫猜想》而成为全国人民的偶像，而李泽厚则是许多大学文科生的崇拜对象。《美的历程》初版是 1981 年，出版后洛阳纸贵，居然成为一版再版的畅销书。这不仅是一种学术现象，也是一种社会现象。人们从长期压抑中解放出来，表现出对美的强烈诉求，这也是思想解放运动思潮中的一朵浪花。那时，李泽厚还是 50 岁上下的年轻学者。许多大学生如痴如醉地赏读、讨论这本书，给人的感觉就像一班去春游的小孩，尾随着老师，在鲜花怒放的郊外，观察姹紫嫣红的春天。那种兴奋和激动，实在难以言传。

这是一本充满激情与想象的艺术随笔。书中有很多“也许……也许”这样的推测之言，它不严谨，但充满灵气与感悟，给人以想象与启迪。这本不足二十万字的书，从中华文明的源头一直讲到清代，涉及哲学、艺术、美学、文学等诸多问题。你可以说它是蜻蜓点水，也可以说是画龙点睛。现在重读此书，觉得它对中国古代艺术的许多评点，仍是不可移易的。比如李泽厚把“杜诗颜字韩文”作为盛中唐之交的艺术典范，“它们一个共同的特征是，把盛唐那种雄豪壮伟的气势情绪纳入规范”。这种总结相当有见地和功力。

从学术研究的角度看，《美的历程》并不是李泽厚的代表作。奇怪的是，此后他出版了不少思想精深的著作，读起来却没有了当年的感动。细细一想并不奇怪，《美的历程》刚好是年轻作者、年轻读者相聚在激情燃烧的 80 年代。现在，李先生老矣，他的读者也在慢慢老去。提起李泽厚和他的书，不少年轻人茫然如闻开天遗事。

再见，那个已经遥远但在我们心中仍然浪漫而自由的时代。

2. 钱锺书《旧文四篇》，上海古籍出版社，1979 年。

我上大学之后，最早接触到的经典学术论文，就是钱锺书先生的《旧文四篇》。这是一册书页极薄而分量厚重的学术著作，全书共 6 万字，收入钱先生三十年间所写的四篇论文：《中国诗与中国画》《读〈拉奥孔〉》《通感》《林纾的翻译》。首次阅读就被其神奇的学术魔力所震撼了，后来又读到他的《诗可以怨》（1981年）、《也是集》（1984）、《七缀集》（1985）等以及《谈艺录》《管锥编》等论著，对其愈发敬佩。《旧文四篇》可以说是我走向学术研究上的导师，读研究生时，我反复阅读、揣摩《旧文四篇》，乃至像学书临帖那样模仿。我最早发表在《文学评论》上的论文《江山之助》《生命之喻》等文章之选题、立意与行文，深受其影响，后来才慢慢形成自己的特点。

钱先生学术论文的写作，可谓远超凡俗，达到极致。把义理与文章、智慧与美感完美结合起来，是其论文写作的显著特点：深刻精当，闪耀着学术智慧，而且文采斐然、可读可品，迥异于学院派的高头讲章。这在当代，罕有其匹。他善于把古今中外许多零散材料，经过不断淘洗、选择与提炼，将之串成学术的珍珠之链。他写论文讲究章法结构、用语修辞，喜欢用机智而令人解颐的博喻妙喻，语言轻松风趣。有时不免博炫才学，但实在让人喜欢和佩服。钱先生在学术上精益求精，我注意到钱先生论著的一个细节，就是每次再版，必有许多改动之处。《谈艺录》《管锥编》如此，论文也是如此。

钱先生积数十年所写的学术论文，寥寥数篇而已，而皆为可传世之作。经常听到一些人批评其学术零碎没有体系云云，我就想起杜诗："尔曹身与名俱灭，不废江河万古流。"是的，许多学者出版了一大套甚至一大柜的书，价值却远不如钱先生的一篇论文，甚至不如《谈艺录》《管锥编》中的寥寥几句断语。漫山砂砾，难比半颗钻石；满车鱼目，不如一粒珍珠。在这个学术GDP不断创新高的年代，令人长忆钱锺书。

3. 王运熙《王运熙文集》，上海古籍出版社，2012 年。

80年代我开始读王运熙先生的书，开始并没能领略其妙处，但越读越有味道，慢慢体会到有一种叫返璞归真的学术境界。后来随王先生读书，益发体会到这不但是当代学术中的清流，也是古人所倡的高尚人品与文品合一的典范。

陈尚君先生曾撰《学问是天下最老实的事情》一文以纪念王先生，其文甚佳。我接着这句话：好学问应该是聪慧之人所做的老实之事。王先生天分极高，二十多岁时，就以汉魏六朝乐府研究蜚声学界，一举奠定了学术地位，至今难以超越。此后他在汉魏六朝、唐代文学和中国文学批评史的研究，也都成为高峰与经典。

王先生给我最深的印象是他的境界，而非方法。其治学方法倒是很“简单”，就是“实事求是”。从文献出发，细读文本，将之放到具体的历史环境与文体体制中去考虑，从而得出独到之见。比如，历来认为六朝孔稚珪《北山移文》是讽刺“假名士作伪君子”的作品，王先生则通过对周颙与孔稚珪所处的时代、交游关系及其生活方式的考据，认为“《北山移文》只是文人故弄笔墨、发挥风趣、对朋友开开玩笑、谑而不虐的文章”。他把原先的“讽刺说”变为“调侃说”，淡化了意识形态的色彩，似乎降低了《北山移文》的批判性，却还了原其真实面目。结合六朝盛行的游戏文学，更觉此说之有理。又如陈寅恪先生说过，唐传奇兴起是受古文运动影响所致的。王先生《试论唐传奇与古文运动的关系》一文则认为唐传奇与汉魏六朝的小说、杂传类作品一脉相承，同时受到当时俗文学的影响，并非是古文运动的产物。后来，很多学者认为王先生的结论更为真实可信。

我经常在思考，王先生之难及之处，就在于他坚守学术良知与学术理性。其研究不预设立场、不为理论所羁缚，不受时势所影响。他有极强的学术分寸感，对历史的把握总能那么不偏不倚，不高不低，恰到好处。其文章平和却另有一种特殊的魅力，非常耐读，经得起时间的淘洗，就像一块宝玉，越磨越有光辉。初次读王先生的文章，你可能会觉得过于平淡无奇。若干年后再读，你会发现，王先生的观点仍显得准确而精当。读他的论著，可以领略到好的学术确实具有超越性。曹丕《典论·论文》说文章是“不朽之盛事”，所以古之作者把生命寄托在翰墨书籍之中：“不假良史之辞，不托飞驰之势，而声名自传于后。”每读王先生的著作，我就想起这句话。王先生不过是一个纯粹的读书人，一位无权无势的布衣教授，但他的文章足以使其“声名自传于后”。

4. 饶宗颐《饶宗颐二十世纪学术文集》，台湾新文丰出版有限公司，2003 年。

这是我近年读得比较多的书。我不敢妄评饶宗颐先生，不仅因为他离我们太近，光芒过于耀眼，更是因为像我们这些按分科培养的现代学者，只能理解饶公某一方面，这种瞎子摸象式的片面研究，对饶公这样的通人难以作整体把握和准确评价。我只谈在读饶公著作过程中的一点强烈感受：那就是饶公“命好”。有人说，做学问，拼命不如长命。这是有道理的。饶公62岁退休，那时成果虽不错，但如果没有后来四十年的工作和滚雪球式的名誉积聚，肯定没有那么大的成就，那么高的地位，那么大的影响。饶公自己说：“龚自珍只活到四十九岁，王国维五十岁。以他们五十岁的成绩，和我八九十岁的成绩比较，是不够公平的。”饶公的寿命，比龚自珍和王国维两人合起来都要长。对于人文学者来说，长寿的确重要，但“命好”比长寿更重要。

饶公“命好”，首先是他的天分极高，天生做学问的命。饶公学术一个显著的特点便是“博”，其研究范围基本上覆盖了人文科学的各个学科领域。他有一种远远超乎常人的极强求知欲，一种孩子般的好奇心和求知欲，他显得很“任性”。这也是他的天性，是“命”。饶先生打通专业和学科的“博”，不是刻意去追求的，而是率性而为，跟着兴趣走的。比如，喜欢诗文写作，所以研究楚辞学、文选学、赋学、诗学、词学。其次，就是他遇到治学的好时代，这是天时。饶公说：“上天不仅给我高寿，而且，我这一辈子，亦特别幸运。20世纪中国学术史上的一些重大事件，当代学术之显学——甲骨学、简帛学、敦煌学，皆有幸参预其事。”第三，得治学之地利。饶公学术的崛起是在50年代以后，他恰好在香港，这是当时中外文化交流最为方便、频繁的地方，且经济发达，生活宁静，没有什么动荡和干扰，所以他在治学上显得特别从容和自由。这是饶公的幸运。对于学者而言，天时、地利、人和很不容易兼备，而饶公兼备了，这些综合因素成就了20世纪学术史上的一个奇迹。

每个时代人类的智力水平都是类似的，但能否出现大人物，就不仅靠个体的努力，还要看时代的造化了。

（2018年）

一代学人的雪泥鸿迹

——读傅璇琮先生《治学清历》

《治学清历》是傅璇琮先生的自选集，内容主要是作者自著或主编之书的序跋，还有对现当代著名学者的学术成就、治学方法的研述。该书所收文章最早写于1958年，最晚写于2009年，大致记录了傅先生50余年的治学历程，雪泥鸿迹，弥足珍贵。对勘傅先生的其他著述，引发我许多思考和感慨。

我以为，《治学清历》展示的不仅是一个人的清历，也是这一代学人的清历。我所说的“一代学人”，特指新中国20世纪50年代培养的学者。他们在战乱中度过少年时代，在新中国受到高等教育，走上学术之路时，又遭遇数不清的政治运动，长期处于动荡严酷的生存环境和缺乏独立与自由的学术氛围。直至20世纪80年代，这一代学者始获新生，并为中国学术界做出了重大贡献。在古典文学与文献领域，傅璇琮先生堪称这一代学人的代表性人物之一。

1951年夏天，傅先生高中还未毕业，就考上了清华大学。不久随院校调整，他就读的清华大学中文系并入北京大学。1955年，23岁的傅先生因与“胡风反革命集团”有牵连而受到审查。1957年又因为参加乐黛云、裴斐为首的文人团体而成为“反党小集团”成员，被打成右派，并从北京大学调动到中华书局。

直到“文化大革命”结束，他才真正迎来学术的春天。

1980 年傅先生出版了第一部专著《唐代诗人丛考》，这在百废待兴、充满期待的学术界引起不小的轰动。这时他已近 50 岁了，经过二十年的沉潜，他的学术研究真正进入佳境。

看了《治学清历》，我想用三句话来总结傅先生和这一代优秀学者的学术贡献：发千古之覆，筑百世之基，开一代之风。

“发千古之覆”，是借用了钱锺书先生的话。他曾以《管锥编》赠傅先生，并在扉页题有“璇琮先生精思劬学，能发千古之覆”一语。这当然含有对后辈勉励之意，但也是确评。钱先生对于傅先生《黄庭坚与江西诗派资料汇编》《唐代诗人丛考》《李德裕年谱》诸书确是颇为欣赏的，他在《谈艺录》中只提到两个现代人的书，一个是吕思勉，另一个就是傅璇琮。傅先生的考据达到炉火纯青的地步，他像文史方面的福尔摩斯，擅长澄清旧说，了断疑案。其《唐代诗人丛考》《李德裕年谱》《唐代科举与文学》《唐才子传校笺》等著作总是本着实事求是的精神，经过精确的考证，在唐代（尤其是中晚唐）的作家生平与文献方面，纠正了不少原先流行多年的错误，还原历史面貌，对于唐代诗史研究具有重要意义。

“奠百世之基”，是指傅先生等一大批学者为后来研究者打下了可靠的文献基础。20 世纪 90 年代以来，傅先生凭借着他的学术声望和广泛人脉，在海内外广聚学人之力，出色地主编了一系列中国古籍的基本文献，出版了一大批有重要历史意义的大型书籍。比如傅先生等人率领一大批学者，积十二年之功，终编纂成迄今中国最大的一部断代诗歌总集——《全宋诗》。又如傅先生与顾廷龙先生主编《续修四库全书》，是一项里程碑式的工程，所收书的总量远超《四库全书》。正如傅先生说："《续修四库全书》与《四库全书》配套，将构筑一座基本古籍的大型书库，中国古代即1912年以前的重要典籍，可大致齐备。"《续修四库全书》的编纂"能站在学术发展的时代高度，反映最新学术研究成果，成为了解我国古代特别是18、19世纪近二百年间文化学术发展的基本参考"。现在走进大中型文科图书馆，就能看到这部按经、史、子、集四部分类，用绿、红、蓝、赭四色精装的1800册《续修四库全书》。它是文史学者研究的重要基础文献，而随着电子化与数据库的普及，它又将成为文史学者使用率最高的丛书之一。又如傅先生主编的《唐才子传校笺》，由20多名学者合作完成，是唐代作家史料集成与考证力作，为唐代文学研究奠定相当坚实的学术基础。

"开一代之风"，是说傅先生等优秀学者在研究理念和研究范式上深刻地影响了一代学人。20世纪80年代以来，古代文学学术界为了从僵化意识形态的束缚中解脱出来，大致出现两种努力的方向：一种是从西方引进大量的新理论、新方法、新名词，一种是回归本土的传统治学方法又有所创辟。在唐代文学研究领域里，傅先生继萧涤非、程千帆先生之后，成为唐代文学研究新一代的领军人物。他们倡导摒弃浮华、崇尚实学的风气，主张考据与义理并重，文献学与文艺学相融的方法。傅先生多次提出，事实是研究的基础，没有这个基础，所谓宏观研究“只不过是侈谈”。但他的理想并不是单纯的实证与考据，而是于其中贯穿着历史文化意识。他在继承陈寅恪先生的基础上，运用文史互证、文史沟通的方式，大大拓展了文学研究的领域。近二三十年来，这已经成为唐代文学研究的主流学风。

傅先生在治唐代文史方面，精于考据与文献，原本治学的路数较近于岑仲勉，但他一直更为推崇和向往陈寅恪、闻一多。这种现象颇耐人寻味。以我的推想，这也许正反映出他在当代学术背景下对治学理念和方法的独特追求。乾嘉学派的考据传统固然代表古代学术的高峰，但仅回归这种传统仍不足以代表当代中国的学术理论水平。傅先生认为，考据是陈寅恪学术中“极为次要的部分”，是可以超越的；陈寅恪“难以超越之处，是他的通识，他的远见卓识”。“在唐史的范围内，具体史事的考证，众多材料的掌握，超过陈寅恪不是没有，陈寅恪却在总体上优越于他们，就因为他有涵盖面广得多的理论体系。他的文化史批评，虽然在某些材料考证上还不够精细，甚至或有疏失，但并不妨碍它作为一种历史理论，在近现代历史学和文化学上占有重要的一席。”他又说：“我非常钦佩闻一多先生对于唐代诗歌所做的艺术分析，希望在继承乾嘉学派考据传统的同时，能够具有陈寅恪、闻一多先生等的通识，把考证与作家思想、创作道路、作品分析、时代背景等方面的研究结合起来。”傅先生对陈寅恪的推崇，目的是在治学理念和学术方法上为学界指出向上一路。

学者有不同境界与格局，有的是“庭间之回骤”，有的是“万里之逸步”（《文心雕龙·通变》）。傅先生之所以成为领军人物，是因为他具有卓识远见和开阔恢弘的理论气度，他在治学上从不恃己之长，轻人所短，相反，他意识到所长有可能存在所短，故在理论方法上兼容众长，不断地完善与自我超越。他有很强的全局观与学科远见。比如他“一直呼吁中国古代文学研究要从文学艺术的整体出发，强调从社会、文化史的角度来建构文学史”。他非常强调从文学的整体出发来研究唐代诗歌，提倡用编年体的形式研究和叙述文学史，提供“历史文化的综合研究”，从地域和群体的角度来理清唐代文学发展的基本脉络。他主编的《唐五代文学编年史》就是这方面的典范。又如《李德裕年谱》与《李德裕文集校笺》虽然是文献学著作，但实际上是以中唐时代李德裕为核心，围绕“牛李党争”这条主线展开，“让读者可以了解当时的社会矛盾、政局变动，并折射出当时知识分子的精神生活和文学创作的基本风貌”。在具体的文献研究中，由个案的精深进入文史博通的境界。

傅先生这一代学者年轻时曾生活在恶劣的学术环境中，重压之下，有的人零落，有的人枯萎，也有的人像沙漠中的胡杨树，特别顽强地生长着。这些出类拔萃者，除了特别的天赋与机遇之外，都有一种传承文化学术的使命感，这也是他们坚守的精神支柱。他们对“利禄”往往看得很轻，对学术史上的“名声”却看得很重。傅先生在为拙著《中国古代文体形态研究》所写的序中也说：“人生总是有压力的，就我个人来说，二十几岁时就承受过难以想象的政治重压，现在也还不时有一些莫名其妙或所谓世态炎凉之压，根据我早年的经验，这就需要有一种‘傲世’的气骨。我总是以为，一个学者的生活意义，就在于他在学术行列中为时间所认定的位置，而不在乎一时的社会名声或过眼烟云的房产金钱。”这大概是从司马迁以来中国文人对“名山事业”所认同的一种价值观传统。正因为如此，他的学术著作往往渗透着历史沧桑、人生感悟与人文关怀。

读傅先生的《治学清历》，还产生一些感慨。傅先生他们是新中国培养的第一代学者，我们则是“文化大革命”后产生的第一代学者。这两代学者都经历过文化的浩劫，都有强烈的学术使命感与理想主义色彩。傅先生说：“‘文化大革命’结束后最初几年，我们这些学者都有一种兴奋的心情，觉得一场噩梦已成过去，我们已经失去得太多，我们要用自己的努力追回失去的一切。而我们又相信，只要靠勤奋，我们肯定会重新获得。那时国家的前途与个人的追求看来是那样地吻合，人们真纯地相信，我们应当尽自己的一点微力来奉献给这个重新给大家带来希望的美好的社会。”每读这段话，我都不禁怦然心动。这何尝不是我们这一代学人那时的心声！作为有着直接师承和学缘关系的两代学人，上一代的成果以及他们那种以学术为生命、坚忍不拔的优秀品德，一直是下一代效法的典范。当然，相比之下我们这一代学者受到政治压力与思想束缚毕竟要短暂得多，又得益于改革开放，知识结构、研究方法与眼界都有所不同，研究环境、文献资料等条件更为优越。我们的困扰恐怕不是直接来自政治的重压，而是在名缰利锁的诱惑下如何保持独立的精神与自由的思想。这让我又想起傅先生的话：“我们这样的读书人或学者，不必有什么需求，更不必有什么做官、致富的奢望。如果有什么需求，那就应该是，自己所作的，要在时间历程上站得住，在学术行程中得到认可。”傅先生积50年的体悟之言，值得做学问的人好好回味，并深深铭记。

（2012年）

“文体”与“得体”

最近遇到一件颇感为难的事。我校英文主页改版，需要各研究机构提供英文名称。我负责一个叫“中国文体学研究中心”的研究机构，当然也要提供英文名称。但是，请教了许多专家，包括中英文教授，都觉得困难，因为没有哪一个英语单词可以和“文体”一词对译。后来，有关部门另请专家翻译，把“中山大学中国文体学研究中心”翻译成：Research Center of Chinese Literary Forms, Sun Yat-sen University。不过，中国古代文体固然与“Literary Forms”密切相关，但这只是其中之一义而已。把“文体”翻译成“Literary Forms”可以说是一种无奈的选择。这又让我想起前两年，我有一本叫《中国古代文体学研究》的专著，入选首批“国家哲学社会科学成果文库”，书名也需要英译。当时请教了一位海外汉学家，他看了书中所解释的“文体”内涵之后，把该书翻译成 Studies on the Genres, Styles, and Forms of Classical Chinese Literature。我不知道外国学者看了这个题目，是否会感到难以理解或茫然无际。

中国古代“文体”之难译或者“抗译性”也许正是它的特殊性所致。在英语中，并没有一个和中国古代“文体”完全对应的词。西方的文体学（stylistics）是运用语言学的理论去阐释文学内容和写作风格的一门学科。与西方文体学相比，中国文体学的独特性是相当显著的。在学术研究中，研究对象的魅力往往就在其特殊性。从词源学的角度看，中国古代文体的“体”字，原是人的首、身、手、足的总称。《说文解字》云：“体，总十二属也。”段玉裁《说文解字注》认为十二属即顶、面、颐、肩、脊、尻、肱、臂、手、股、胫、足。《释名·释形体》曰：“体，第也；骨肉、毛血、表里、大小相次第也。”文体之“体”，应该与人之躯体之义有关系，或者是说，是借人体来暗喻文体。明代沈君烈《文体》说：“文之有体，即犹人之有体也。”文体如人体，是文之精神的载体，也是多种多样的。吴曾祺《涵芬楼文谈》“辨体”：“作文之法，首在辨体。人之一身，目主视而耳主听；手职持而足职行。数者不能相假，惟文亦然。固有精语名言，而不足以为吾文之重者，体敝故也。”也是以人体与文体相喻。

这个由人体引申出来的“体”具有虚实的多义性。文体之义，最常见是两种含义：一是体裁，它就像人的身体骨架，是实在的、形而下的；一是体貌，如人的总体风貌，它是虚的，形而上的。

先说体裁或文体类别之“体”。《文心雕龙》自《明诗》至《书记》20篇“论文叙笔”，重点讨论了诗、赋、颂、赞、盟、誓等30多种主要文章体裁。古代的许多文集也是按文体类别来编纂的，如《文选》以“文体编次”，选录近40种文体。此后，许多文章总集、别集皆以体编次，而且踵事增华，愈加细密。如明代吴讷《文章辨体》收文体近60种、徐师曾《文体明辨》收127种、黄佐《六艺流别》收150多种、贺复徵《文章辨体汇选》收130多种。

再说体貌之“体”，它相近于我们今天所说的“风格”。

“体”可称某一类文体的风格。如《文赋》指出10种文体的不同，“体有万殊，物无一量”；《文心雕龙·体性》：“若总其归涂，则数穷八体，一曰典雅，二曰远奥，三曰精约，四曰显附，五曰繁缛，六曰壮丽，七曰新奇，八曰轻靡。”这“八体”就是八种风格类型。胡应麟在《诗薮》外编卷1里也说：“诗与文体迥然不类，文尚典实，诗尚清空；诗主风神，文先道理。”指出诗与文的整体风貌之异。“体”可称具体作家的风格。如《沧浪诗话·诗体》中之苏李体、曹刘体、陶体、谢体、徐庾体、沈宋体、陈拾遗体、东坡体、山谷体、后山体、王荆公体、邵康节体、陈简斋体、杨诚斋体，等等。“体”可称某一历史时期文章的总体风貌特色。如《沧浪诗话·诗体》中之建安体、黄初体、正始体、太康体、元嘉体、永明体、盛唐体、元和体、元祐体等。李东阳《怀麓堂诗话》：“汉、魏、六朝、唐、宋、元诗，各自为体。”“体”也可称风格类型或流派。如建安体、西昆体、四灵体，等等。

文章的体裁和体貌是“文体”最基本的含义，由此又引申出不少相关的文体内涵。其中最重要的是“大体”、“体要”，即文体内在质的规定性，如《文心雕龙》自《明诗》到《书记》在每篇终篇之处往往综合概括所论文体，如《明诗》：“若夫四言正体，则雅润为本”；《铨赋》：“丽词雅义，符采相胜……此立赋之大体也”；《颂赞》：“原夫颂惟典懿，辞必清铄……其大体所底，如斯而已”，等等。符合文章之“大体”的谓之“得体”，谓之“本色”、“当行”。胡应麟说：“文章自有体裁，凡为某体，务须寻其本色，庶几当行。”反之谓之“别调”或者“失体”。

“体”又可以指作品的章法结构与表现形式，如薛雪《一瓢诗话》说：“格有品格之格，体格之格。体格，一定之章程；品格，自然之高迈。”胡应麟《诗薮》内编卷5说：“作诗大要不过二端：体格声调、兴象风神而已。体格声调有则可循，兴象风神无方可执。”薛雪与胡应麟所说的“体格”大略指的是能够承载不同文体的功能、主题与风格等要求的章法结构与表现形式。

“体”可以指作品的语言特征和语言系统，如刘祁说：“文章各有体，本不可相犯。故古文不宜蹈袭前人成语，当以奇异自强。四六宜用前人成语，复不宜生涩求异。如散文不宜用诗家语，诗句不宜用散文言，律赋不宜犯散文言，散文不宜犯律赋语，皆判然各异。如杂用之，非惟失体，且梗目难通。”（《归潜志》卷12）李东阳也说：“言之成章者为文，文之成声者则为诗。诗与文同谓之言，亦各有体，而不相乱。”（《匏翁家藏集序》）这里所谓“有体”与“失体”之“体”，是指不同体裁所应有的具体可辨的语言特征与系统。

“体”又可指文章或文学之本体、本质。《颜氏家训·文章》：“文章之体，标举兴会，发引性灵，使人矜伐，故忽于持操，果于进取。”“文章之体”指的是文章的本质，在于发引性灵，也带来一些毛病。又如明代范应宾的《文章缘起注·题辞》：“由两汉而还，文之体未尝变，而文渐以靡。诗则《三百篇》变而《骚》，《骚》变而赋，赋变而乐府，而歌行，而律，而绝，日新月盛，互为用而各不相袭。此何以故？则安在斤斤沿体为！体者法也，所以法非体也。离法非法，合法亦非法，若离若合，政其妙处不传，而实未尝不传。《易》曰：‘拟议以成其变化。’不有体，何以拟议？不知体之所从出，何以为体，而极之于无所不变。”范应宾认为，“文之体”即文章的本体、本质“未尝变”，是永恒不变的，但具体的文章体裁则是处于不断变化发展之中，如诗而变为骚，骚而变为赋，赋而变为乐府等。

由此看来，中国古代的“文体”概念的内涵是相当丰富、复杂的，在不同语境中，可以有不同理解。所以，要谈“文体”的内涵，首先确定其具体的语境，不能过于执着。

中国人凡事都讲究“得体”，说话要“得体”，办事要“得体”。这可能与中国古代的礼仪传统相关。从词源学看，“体”（體）与“礼”（禮）是密不可分的。《礼记·礼器》说：“礼也者，犹体也。体不备，君子谓之不成人。”明确指出“礼”与“体”的相似性与相关性。汉代刘熙《释名·释言语》又说：“礼，体也，得事体也”，直接认同“礼”与“体”的一致性。从礼学的角度看，“得事体”就是“礼”。所谓“得体”，就是在具体而特定的语境中合适的表达和反应。语境在不断变化，表达也就随着变化。同一件事，在这个场合做是得体的，在另外场合就不得体了。就像穿着正装去游泳和身着泳装去开会，都会被视为痴癫之人。何故？就是因为“不得体”。

礼学强调“得事体”，同理，文章学强调得“文体”。古人对文章写作极为重视是否“得体”，这是文体学的核心问题。“文体”就是中国文章写作的特定语境。中国文学创作与批评都特别讲究“文体”。比如说：“文章以体制为先，精工次之”（《玉海》卷202引倪正父语）、“论诗文当以文体为先，警策为后”

（张戒《岁寒堂诗话》卷上）、“文莫先于辨体”（吴讷《文章辨体·凡例》）。这些都是说在创作中“辨体”是最基本的，也是首要的原则。“辨体”的目的，就在于“得体”。

何谓“得体”？就是在具体的文体语境中恰当的表达。所以研究“文体”不但要研究语言形式，还要研究“文体”的表现对象和运用的语境、文体的规范等文章的“大体”问题。文章的“大体”是怎么形成？它是文章的表达对象、运用场合、文体功用、语言形式等因素综合构成的，文体的规范与传统在长期的历史过程中约定俗成，这是一种无形的法则，是读者的阅读期待与阅读习惯，并以之作为衡量标准。实用性强的文体其“大体”比较容易理解、比较一致也比较固定。非实用性的文体体制则更多的是出于人们的审美趣味和理想，所以往往因时而变。比如，曹丕《典论·论文》说：“铭诔尚实，诗赋欲丽。”铭、诔是用于纪念和追悼死者的实用性比较强的文体，所以其“尚实”的文体特征是比较稳定的。而诗、赋的表现内容与方式各种各样，所以其大体也就非常复杂，实在难以用“丽”来概括。不过，“诗赋欲丽”反映当时人们的思想观念，即诗赋需要文采、骈俪与用典。比如陆机《文赋》也说：“诗缘情而绮靡，赋体物而浏亮”，“绮靡”和“浏亮”其实也有“丽”的意思。后来人们的文学审美观念变化了，诗赋文体的观念也随着变化。由此可以看出，中国古代的“辨体”批评，其深层处反映了中国古人审美趣味的集体性与时代性。

通俗地说，讲究“辨体”就是诗要像诗，词要像词，曲要像曲，记是记，传是传，论是论，议是议。这只是大致而言，更细致、更具体地说，七言诗与五言诗体制不同，七言律诗与七言古诗体制不同，长调词与小词也不同体。每种文体的体制都是在长期创作过程中约定俗成而形成的，按这种规范，则是尊体和得体。传统是对以往知识的认同与积淀、尊重与传承，未必有多少道理可讲。比如宋人批评苏轼“以诗为词，如教坊雷大使之舞，虽极天下之工，要非本色”（《后山诗话》），“极天下之工”本身不是很好吗，为什么要受到批评呢？又如宋人批评秦观的诗“如时女步春，终伤婉弱”（《臞翁诗评》），“时女步春”是很美的形象，时女当然“婉弱”，婉弱也是一种美啊，为什么诗一“婉弱”就不好呢？元好问评秦观诗是“女郎诗”。“女郎诗”又有何不好呢？假如我们不是把这些评语放到中国古代文体学传统的背景下，是不好理解的。其实，宋人对于苏轼词和秦观诗的批评主要是“少游（秦观）诗似小词，先生（苏轼）小词似诗”（《王直方诗话》）。那是出于传统诗词文体学的观念来评价苏词秦诗的，觉得都不本色。按传统文体学观念，诗与词的分界是很明确的，也是严格的。形象地说，“词之为体如美人，而诗则壮士也”（《西圃诗话》），苏轼诗壮美，当然是得体的，但他把词写成壮士就不本色了，秦观词当然是本色，但他把诗变成美人，便不得体了。当然，苏词内涵非常丰富，并非“豪放词”或“壮士词”所能概括的，我们并不完全同意以上说法。但对于古人，理解比评判往往更为重要。不过，在中国古代文体学的价值评价中，“壮士词”与“美人诗”虽然都不本色，但前者的价值和影响要比后者高得多。这种有趣的现象涉及中国古代文体学的另一个问题，这可参考拙著

《中国古代文体学研究》“文体品位与破体为文之通例”，此不详说。

今人也许觉得中国古代这样重视文体是不是过于保守拘束，从而影响创作呢？其实，尊体传统之形成是有其道理的。重视文体本色与文体之别，其本意正在于认识和追求文体的多样性。曹丕说文章“本同而末异”，这个“异”，就包括文体的差异性。如果没有这个“末异”，所有文章只剩下“本同”了，那是多么不可思议的单调啊。试想，如果诗、词、曲、赋写出来在文体上都没有什么差异，那需要那么多文体做什么呢？千人一面，可憎可厌；千文一体，亦同此弊。“人之有体”与“文之有体”是同样重要的。作家的个性与文体的个性错综而行，才真正显出文坛的千姿百态、万紫千红来。当然，中国古代文体学传统也不是一成不变的。中国古代的文体学史，交织着“辨体”与“破体”两种截然不同的理论，它们在理论与实践上互相挑战、互相论争与补充，相辅相成地促进了中国文学的发展。

今人对于中国古代的文体学传统，需回到中国古代文体学语境，对之持一种尊重和理解的通达态度。这就是古人所说的，“定体则无，大体须有”（王若虚《文辨》）。文体虽然没有绝对的、一成不变的体制，也存在别体与变体，但必须有相对的总体体制，如果没有“大体”，那么也就会取消文体的个性，文体之间的区别被泯灭了，实际上文体也就不存在了。

《采薇》是“乐景写哀”“哀景写乐”吗

清代大学者王夫之在《姜斋诗话》中对《小雅·采薇》有一段评论：

> “昔我往矣，杨柳依依；今我来思，雨雪霏霏。”以乐景写哀，以哀景写乐，一倍增其哀乐。

王夫之对于《采薇》诗的这种理解并非是他偶然兴到之言，而是他一贯的见解。在他的另一部研究《诗经》的专著《诗广传》卷三中，他又阐述说：

> 往伐，悲也；来归，愉也。往而咏杨柳之依依，来而叹雨雪之霏霏。善用其情者，不敛天物之荣凋以益己之悲愉而已矣。

这些话历来脍炙人口，而“以乐景写哀，以哀景写乐”一语甚至可以说是论述艺术辩证法者所必引的经典名言。

然而王夫之的话只说对了一半。“以乐景写哀，以哀景写乐，一倍增其哀乐。”此说甚高明，它揭示了中国古代艺术意境创造中的一种特殊方法。如在诗文中，以诗人之情和客观之景的矛盾，来反衬诗人感情，从而构成强烈的“有我之境”。比如南朝诗人江淹的《别赋》：“春草碧色，春水渌波；送君南浦，伤如之何！”清代词人纳兰性德悼亡词《浣溪沙》：“无那尘缘容易绝。燕子依然，软踏帘钩说。”这可以说是诗词中的“以乐景写哀”；而《红楼梦》里第九十八回写“黛玉气绝，正是宝玉娶宝钗的这个时辰”，“只听得远远一阵音乐之声”，这是小说家有意识的“以乐景写哀”了。

然而王夫之举《采薇》为例却不妥。《采薇》是一首描写战士戍役艰苦之诗。全首分八章，每章八句。“昔我往矣”四句属末章开端。其实全诗沉浸于不可解脱的伤感之中，而结尾“我心悲伤，莫知我哀”正是全诗的基调，整首诗根本找不到王夫之说的“哀景”所表现的“乐”：

昔我往矣，杨柳依依；
今我来思，雨雪霏霏。
行道迟迟，载渴载饥。
我心伤悲，莫知我哀。

如果我们不是断章取义的话，很容易理解在这浑然一体的八句诗中，“雨雪霏霏”与“行道迟迟，载渴载饥”意义是相连贯的，它们都是构成“今我来思”的背景，而这背景又显然是“我心伤悲，莫知我哀”的必要铺垫。简而言之，诗人走在雨雪霏霏之归途上，心里并不“乐”，而是充满难为人知的伤悲和哀怨。

这就奇怪了。正如王夫之所说：“往伐，悲也；来归，愉也。”战士终于踏上归程，无论如何应该是值得高兴的，王夫之所言应是生活常理；而诗中写战士归来，偏说“我心伤悲，莫知我哀”，似悖常理，然而诗的丰富内涵和奥秘亦在此。诗中“我”

是一个经历过战争的幸存者，就像杜甫所描写的："世乱遭飘荡，生还偶然遂。"此时他虽身在归途，但思绪仍萦结在对动荡艰难的征戍生活的痛苦回忆之中：

靡室靡家，猃狁之故。
不遑启居，猃狁之故。

忧心烈烈，载饥载渴。
我戍未定，靡使归聘。

王事靡盬，不遑启处。
忧心孔疚，我行不来。

岂敢定居，一月三捷。
岂不日戒，猃狁孔棘。

这种对过去反反复复的追叙则是一种痛定思痛的感慨。

不错，征戍时盼归家望眼欲穿，而今归程却又是"雨雪霏霏，行道迟迟，载渴载饥"，请注意，这里对于归程路上艰苦的描写和对于征戍期间生活的描写笔调是一致的。道路之遥远，路上的"载渴载饥"，竟与征戍无二；而可能更令诗人感到忧虑的是，长年的转战征戍，与家人不通音讯，家里的情况一无所知，未卜凶吉，不免"近乡情更怯"。这种推测并非杞人忧天，事实上，战士归来而家已沦落者恐怕不少。就像汉乐府《十五从军征》中所写的那位老战士，从战场活着归来，却成为无家可归者。所以《采薇》中的“我”尽管在征戍归来时可能产生过一丝丝喜悦之情，但很快就被回忆的悲愁、现实的艰苦和对未来的担忧所代替了。的确，诗人的悲伤是一般人难以理解的，因此诗人才发出“我心伤悲，莫知我哀”的浩叹！

自然界本来就无所谓哀乐，“哀景”“乐景”是人们在长期的社会生活和审美活动中形成的传统观念，是人们把自己的感情投注在景物的结果。在中国古代艺术中，的确有许多作品以“乐景”“哀景”来构成动人的意境。但从历史发展的眼光看，这种意境的创造，是后起的。而在《诗经》中，自然景物更多是一种客观的朴素的描写，很少像后代诗人一样有意识的分为“乐景”“哀景”。王夫之认为在《采薇》诗中，“杨柳依依”是“乐景”，“雨雪霏霏”是“哀景”，这种说法不甚切当。因为在《采薇》诗中，“杨柳”和“雨雪”其实只作为季节推移的意象，言征戍者春往而冬归，如此而已。

其实，《诗经》中也有同样写法的诗章。如《小雅·出车》：“昔我往矣，黍稷方华；今我来思，雨雪载途。”又如《小雅·小明》：“昔我往矣，日月方除；曷云其还，岁聿云莫（暮）。”在《采薇》的前几章，诗人也是运用景物来表达时间的推移的。如“采薇采薇，薇亦作止。曰归曰归，岁亦暮止”；“采薇采薇，薇亦柔止。曰归曰归，心亦忧止”；“采薇采薇，薇亦刚止。曰归曰归，岁亦阳止”。很明显，诗人以薇的生长过程（由作而柔、而刚）象征时间的推移，而非以为哀景或者乐景的。“杨柳依依”“雨雪霏霏”二者在诗中也同样有象征时间的作用，所不同的是，前者写薇由“作”而“柔”，由“柔”而“刚”，状征人在盼望归去中感受时间推移之迟缓；而“昔我往矣，杨柳依依；今我来思，雨雪霏霏”，其景物由依依的杨柳而瞬间化为霏霏的雨雪，这种急促的转换，则表现了征人骤感时光流逝之速，不免产生一种惆怅伤感。

我以为《采薇》一诗的妙处，正在于真实细腻地表现了征人的生活和感情，它绝不是一般化地刻画征人归来的喜悦，而是描写了古代战士深刻的悲哀之情，这种哀伤是深沉复杂而不可解脱的。

（1995年）

释《文赋》之“怀霜”“临云”

陆机《文赋》开篇谈到作者在创作之前的准备时说：“伫中区以玄览，颐情志于典坟。”认为作文之由，总归两途：一感于物，一本于学。下文说：

> 遵四时以叹逝，瞻万物而思纷。悲落叶于劲秋，喜柔条于芳春。心懔懔以怀霜，志眇眇而临云。咏世德之骏烈，诵先人之清芬。游文章之林府，嘉丽藻之彬彬。慨投篇而援笔，聊宣之乎斯文。

此数语是就上文“玄览”“典坟”二端分别铺陈而言的。其中“遵四时以叹逝”至“喜柔条于芳春”明显就是上文“伫中区以玄览”的演绎；自“咏世德之骏烈”至“嘉丽藻之彬彬”无疑是“颐情志于典坟”的细写。这是历来学者的共识。

问题在于中间“心懔懔以怀霜，志眇眇而临云”二句的含义是什么，它们究竟属不属于“伫中区而玄览”的内容？

根据张少康先生《文赋集释》一书所收集的资料来看，历来学者对“怀霜”“临云”二句的看法是比较一致的。李善对这两句的注解是：“懔懔，危惧貌；眇眇，高远貌。怀霜临云，言高洁也。”就认为这两句话的意思是指作者应具“高洁”的志向。为了论证这种解释，李善引用了孔融《荐祢衡表》“志怀霜雪”和《舞赋》“气若浮云，志若秋霜”二语。何焯说这两句话说的是“文章之本”。而方廷珪也说：“怀霜，心之洁；临云，志之高。心志无杂虑，方能尽读书之趣。”张少康先生在《文赋集释》中对古人解释的总结是：“陆机在这里是强调创作之前，作家应当有高尚的情操与远大的志向。”郭绍虞先生《中国历代文论选》对此的解释大致相同：“怀霜、临云，喻心志之高洁，心志高洁则文品愈高洁。”郭绍虞先生还明确地提出，“遵四时”四句就感物言，“咏世德”四句又从“颐情志于典坟”义，二者皆能引起文思，故中间用“心懔懔以怀霜”二句以贯串之。

以上解释虽亦可通，但从上下文来看，似乎有些勉强。“心懔懔以怀霜，志眇眇以临云”二句突然插到文中，来强调作者人品的重要性，似乎突兀。而且，陆机《文赋》并不强调作者的品质操行对于创作的重要作用。再说，李善既把“懔懔”解释为“危惧”，说“怀霜”是“高洁”，那么“心懔懔以怀霜”如何整体解释？难道对于“高洁”有什么可以“危惧”的吗？

我以为，“心懔懔以怀霜，志眇眇而临云”二语其实毫无玄妙之处，它与上文“悲落叶于劲秋，喜柔条于芳春”二句连贯一气，均演绎“遵四时以叹逝，瞻万物而思纷”一语：上二句言春、秋二时，此二句言冬、夏两季，而非强调作家的情操与志向。

赋这种文体特点就是铺张陈述，正如皇甫谧所说：“赋也者，所以因物造端，敷弘体理，欲人不能加也。引而申之，故文必极美，触类而长之，故辞必尽丽。”（《三都赋序》）刘勰《文心雕龙·诠赋》也说：“赋，铺也。”赋体的写法往往是连类排比、纵横交错：面面俱到地描写各个方面的事物和事物的各个方面；描写事物发展的进程和发展进程中的每个层面，以充足文章的气势。其铺叙方法，往往一落笔就是东西南北、前后左右、上下内外、远近高低，四面八方分门别类纷迭而来。刘熙载说赋体“斯于千态万状，层见迭出者，吐无不畅，畅无或竭”（《赋概》）。因此《文赋》既点明是“遵四时而叹逝”，下面描写季节景物，各就春夏秋冬“四时”而铺陈，也就不难理解了。其实，魏晋南北朝，就有专门铺写四季的景物及它们给人感受的赋。比如江淹的《四时赋》就是通过四季的变化，“测代序而饶感，知四时之足伤”（《全梁文》卷三十三）。李颙亦有《悲四时赋》（《艺文类聚》卷三）。受其影响，其他文体的作品如诗歌也出现这类四季歌，如顾恺之的《神情诗》：“春水满四泽，夏云多奇峰。秋月扬明辉，冬岭秀寒松。”（《先秦汉魏晋南北朝诗》晋诗卷十四）

四季变化引起人们不同的感情和创作冲动，这也是六朝文论家的普遍见解。《文心雕龙·物色》：

> 春秋代序，阴阳惨舒，物色之动，心亦摇焉。……是以献岁发春，悦豫之情畅；滔滔孟夏，郁陶之心凝；天高气清，阴沉之志远；霰雪无垠，矜肃之虑深。岁有其物，物有其容，情以物迁，辞以情发。

刘勰这段话与陆机的话意思相同，行文方式也相近，甚至可以说是以陆机的话为其蓝本的。同样钟嵘的《诗品序》亦云：

> 若乃春风春鸟，秋月秋蝉，夏云暑雨，冬月祁寒，斯

四候之感诸诗者也。

以上所引二文，很明显都是对于四季景物的铺陈。因此我们从文气来看，陆机上文“遵四时以叹逝，瞻万物而思纷”是总写，而以下四句则分写四时景物给人的不同感受。

从句式来看，前二句与后二句不同，但其内在的模式却是大同小异，这就是：有季节代表性的景物引起特定的感情。落叶悲，柔条喜；霜雪懔懔，云峰眇眇。不同之处是前二句直接出现“劲秋”“芳春”两种季节的名称，而后二句则只出现有季节特征的景物。“怀霜”是说在冬天，面对霜雪使人心怀危惧、意气肃然，此即是刘勰“霰雪无垠，矜肃之虑深”之意也；“临云”是说夏天对着云峰使人意志高远。

人们也许要问：这么解释文气是通畅了，但以“霜”与“云”两种景物分别作为冬季与夏天的代借是否牵强附会呢？这确是一个难题。历来对于这二句的解释也是因为对“霜”“云”二词的不同理解而形成的。下面试对两词分而析之。

以“霜”作为冬天的借代应是容易理解的。霜，即是霜雪。如傅玄的《大寒赋》云：“若乃天地凛冽，庶极气否。严霜夜结，悲风昼起。飞雪山积，萧条万里。”就是以“严霜”和“飞雪”同样作为冬季最有代表性的景物来写的。

困难之处在于对“云”一词的合理解释。无疑，四季皆有云，把“云”说成是夏天的借代的确容易使人产生牵强附会的感觉。不过，从六朝的大量文献资料来看，当时不少文人的确是把“云”作为夏季最有特征的景物之一。谓余不信，请看下列材料：

顾恺之的《神情诗》四句分叙四时景物（见上文所引），第二句写夏天则说：“夏云多奇峰。”

钟嵘《诗品序》写“四候之感诸诗者”，写到夏天时以“夏云暑雨”来作为季节的代表性景物，也是特地拈出“云”来的。

江淹的《四时赋》写到夏天则云：“至若炎云峰起，芳树未移；皋兰生坂，朱荷出池。”亦把“云”放到夏天景色之首。

李颙《悲四时赋》写夏天也说：“云郁律以泉涌，雨淋澡而方箍。”他没有忘记夏季“云”的魅力。

晋代清商曲辞《夏歌》二十首之九：“暑盛静无风，夏云薄暮起。”之十三：“昔别春风起，今还夏云浮。”（《先秦汉魏晋南北朝诗》晋诗卷十九）

我想这些材料已足以说明问题了。夏季天气多变，夏云变幻莫测，最有特色。那么对于“奇峰”般的“夏云”，使人产生“眇眇”即高远的感觉不是很自然的吗？

夏天的景物当然很多，而云也是四时皆有的。陆机之所以要用“云”来借代夏天，除了上述的因素之外，恐怕也有写作上的原因：上文已用了“坟”“纷”“春”数字，这里为了押韵，用了一个“云”字，不是很合适吗？

（1994年）

“拟盐”“咏絮”漫议

《世说新语·言语》篇中有一个人们耳熟能详的故事：

> 谢太傅寒雪日内集，与儿女讲论文义。俄而雪骤，公欣然曰：“白雪纷纷何所似？”兄子胡儿曰：“撒盐空中差可拟。”兄女曰：“未若柳絮因风起。”公大笑乐。

故事中有三位人物，谢安(太傅)、谢朗(胡儿)与谢道韫。六朝人是很喜欢比喻的，一个恰当而有文采的妙喻往往成为众口流传的佳话。在上述故事中，谢安便是以当时的纷纷白雪为题，让谢朗与谢道韫用比喻来描摹雪景的。这在当时，也许有点像测试智力与艺术才能的高雅游戏。虽然故事中并没有明确点明谁是优胜者，但答案似乎是不言而喻的，谢道韫的妙喻显然在这次竞赛中胜出。谢道韫明确提出“撒盐”的比喻“未若柳絮因风起”，而谢安的“大笑乐”，也是对谢道韫妙喻的欣赏。谢道韫因此为天下的女才子们争了一口气，为她们赢得“咏絮才”的美名。

“柳絮”之喻胜于“拟盐”，已是定论。至于两种比喻何以优劣的理由，古人似乎并无明确的解释。在我看来，这种高下之分大体有两种可能。一种是就当时所下的大雪性质而言，“白雪纷纷”可能是鹅毛大雪，所以，谢朗以盐来比喻在形态上不甚恰当。宋人陈善在《扪虱新话》中曾为谢朗抱不平说“‘撒盐空中’，此米雪也；‘柳絮因风’，此鹅毛雪也。然当时但以道韫之语为工。予谓诗云：‘如彼雨雪，先集维霰。’霰即今所谓米雪耳。乃知谢氏二句，当各有谓，固未可优劣论也。”他认为谢朗的“撒盐空中”是对于米雪的比喻；而谢道韫的“柳絮因风”则是对鹅毛雪的比喻，两个比喻都是恰当的，所以不能分高下。陈善的说法是合乎科学道理的。霰是雪珠，是当雨点下降遇冷凝结而成微小的冰粒，俗称米雪。宋陆佃《埤雅》十九《释天》：“《说文》曰：霰，稷雪也。’闽俗谓之‘米雪’，言其霰粒如米，所谓稷雪，义盖如此。”霰也叫“米粒雪”，明代谢肇淛《五杂组》一“天部”：“霰，雪之未成花者，今俗谓之‘米粒雪’，雨水初冻结成者也。”在古诗中也描写过米雪。如《诗经·小雅·頍弁》：“如彼雨雪，先集维霰。”笺曰：“将大雨雪，始必微温，雪自上下遇温气而搏，谓之霰。”不过，米雪与鹅毛雪形状是有差异的，当时谢安数人所见到的雪，只能是鹅毛雪或是米雪，二者必居其一。从文中所描写的纷纷白雪来看，他们所见到的似乎更有可能是鹅毛雪，所以柳絮之喻较拟盐更为真实和恰当。

另外从比喻的神韵来看，在人们的观念中，柳絮纷飞的形象比撒盐空中更美一些。余嘉锡先生在《世说新语笺疏》一书中针对陈善的说法提出自己的见解。他说：“二句虽各有谓，而风调自以道韫为优。”也就是说，虽然，“撒盐”与“柳絮”的比喻都是恰当的，但从艺术描写的角度来看，“柳絮”的比喻更有美感，风调更佳。

应该说余嘉锡先生的案语是很高明的，因为在中国传统美学观念中，对事物神韵的传达比对事物形态的真实描摹更为重要。我们还是以咏雪诗为例。清代诗论家沈德潜曾说：

> 汉人“前日风雪中，故人从此去”、谢康乐“明月照积雪”、王龙标“空山多雨雪，独立君始悟”，何天真绝俗也。郑都官“乱飘僧舍茶烟湿，密洒歌楼酒力微”已落坑堑矣，昌黎“凹中初盖底，凸处尽成堆”，张承吉之“战退玉龙三百万，败鳞残甲满天飞”是成底语？（《说诗晬语》）

同是咏雪，就描写自然形态而言，郑谷（都官）和张祜（承吉）无疑更为具体和逼真，但汉乐府、谢灵运和王昌龄的诗却在空灵的形象中含蕴着超妙的情韵，因此，也就更有审美价值。从这种理论去看“咏柳”与“拟盐”情韵的高下，是比较容易理解的。

可以说，柳絮与拟盐对于雪的比喻的优劣，就在于比拟形象的真实与风调高下两方面。不过，这么说也容易造成误会，似乎咏雪只适合用柳絮来比喻，而不能用盐来作比喻。其实，创作的实际是复杂纷纭的，难以用一种清规戒律要求作家去遵守。比如，尽管在典故中“拟盐”比不上“咏絮”，但是，还有许多诗人以盐入诗来描写雪景。举几个例子。梁简文帝《咏雪颠倒使韵》曰：“盐飞乱蝶舞，花落飘粉奁。”唐代大诗人白居易《对火玩雪》：“盈尺白盐寒，满炉红玉热。”李贺《马诗》二十三首之二：“腊月草根甜，天街雪似盐。”苏轼相当强调诗的格调，但他还是不避谢朗“拟盐”之嫌，如《雪夜书北堂壁》诗云：“黄昏犹作雨纤纤，夜静无风势转严。但觉衾裯如泼水，不知庭院已堆盐。”以“盐”拟雪，在词曲中也不少见。如宋代葛长庚《念奴娇·咏雪》说：“万里盐城，千家珠瓦。”他的另一首《贺新郎·咏雪二首》之一也说：“玉龙战罢，柳绵飞起。千古佳人诗句在，一任如盐似米。”在描写雪的各种比喻中，也不回避将盐写入词中。此外如元代王仲元《咏雪》也说：“玉絮轻挦、琼苞碎打。粉叶飘扬、盐花乱撒。”为什么这些诗人要以盐入诗呢，当然他们不会不知那个“未若柳絮因风起”的著名典故，也许正是因为这个著名的典故，启发他们追求一种以俗为雅别出心裁的艺术效果。更重要的是，以盐来比喻像米雪这样的雪景，是完全合乎客观真实的，这种比喻，本身也是“柳絮”所不能代替的。

“拟盐”和“咏絮”虽然只是小小的比喻，但故事背后所蕴含的意义以及文学创作的复杂情况，却是值得我们好好品味的。

（1997年）

古代文人并称的先后次序

今人对于排名次序是相当讲究的。排座次，是一门十分微妙的学问。谁先谁后，都要准确地反映出其社会地位高下差别。有人说，这种现象的根源由来已久，是中国古代“尊卑有序”的礼教传统。这种说法是有道理的，但是，古代对于排名有时又似乎要比现代人随意得多。

比如说中国古代文学史上的并称不少，虽说是“并称”，但真正“称”起来却总得有个前后的顺序。这个前后顺序有什么讲究呢？是不是谁地位高或者年龄大者就排前面呢？假如我们孤立地看个别例子，如“屈（原）宋（玉）”“陶（渊明）谢（灵运）”等，就很容易产生这种印象。但事实却不是如此简单。

宋人范正敏的《遁斋闲览》，其中一则杂记叫“编诗”，就记录了王安石对于古代文人并称先后次序的理解。王安石是持推崇杜甫、贬抑李白的态度的。有人便故意以“唐人呼何以李加杜先而语之‘李杜’”这个问题来非难王安石的观点。王安石回答说：

> 名姓先后之呼，岂足以优劣人哉？盖汉之时有李固、杜乔者，世号“李杜”；又有李膺、杜密，亦谓之“李杜”，当时甫白复以能诗齐名，因亦谓“李杜”，取其称呼之便耳。

退之诗有曰“李杜文章在”，又曰“昔年尝读李白杜甫诗”，则李在杜先。若曰“远追甫白感至诚”，又曰“少陵无人谪仙死”，则李居杜后。如此则孰能优劣？

如今人呼其姓则谓之“班（固）马（司马迁）”，呼其名则谓之“迁固”。先时白居易与元稹同时唱和，人号“元白”；后与刘禹锡唱和，则谓之曰“刘白”。居易之才岂真下二子哉？若曰“王杨卢骆”，杨炯固尝自言“余愧在卢前，耻居王后”，益知称呼前后不足以优劣人也。（《说郛》第一百二十卷）

王安石认为不能以古人并称次序为依据来评价各自的地位，所举的例子都十分有力，他所得出的“名姓先后之呼，岂足以优劣人哉”的结论亦十分正确。但是，王安石的解释却不十分明确。他认为李杜并称是“取其称呼之便”，因为汉代亦有“李杜”之称，所以叫起来上口。人们要问为什么李固、杜乔和李膺、杜密都把姓李的放在前头呢？为什么司马迁早于班固，而称姓时却叫“班马”呢？为什么白居易年长于元稹，成就亦过之，人却称之“元白”呢？也就是说，王安石尚没有解释出并称“取其称呼之便”的“便”原因是什么。

其实同样的疑问在文学史上俯拾皆是。如嵇（康）阮（籍）、颜（延之）谢（灵运）、王（维）孟（浩然）、韩（愈）孟（郊）、温（庭筠）李（商隐）等并称，而后者都比前者岁数大，且地位和成就也并一定就比不上前者。为什么偏偏要这样排列呢？其中有什么规律呢？

其实，答案就在王安石那句“取其称呼之便”的话里。王安石指出如此并称是因为称呼的便利，这是非常正确的。但他却把这种“称呼之便”说成是因为前人已有此称呼，所以说顺了口，这种解释就没有说到点子上了。因此他只能解释“李杜”却没能说明其他并称。其实这种“称呼之便”应该从古代语言习惯上找原因。我们不难发现，在上述的并称中，平声字的居于前面，而仄声字则置于下，这样读起来就显得顺口了。

《世说新语》第二十五《排调》有一段故事：

> 诸葛令（恢）、王丞相（导）共争姓族先后。王曰：“何不言‘葛王’，而云‘王葛’？”令曰：“譬言‘驴马’，不言‘马驴’，驴宁胜马邪？”

在这段有趣的故事中，诸葛恢机智的回答正好也说明名氏先后的排列不能以之作为彼此优劣的证据，只不过是一种语言习惯罢了。余嘉锡先生《世说新语笺疏》有一段案语，对于这个问题作了画龙点睛的解答：

> 凡以二名同言者，如其字平仄不同，而非有一定之先后如“夏商”“孔颜”之类，则必以平声居先，仄声居后，此乃顺乎声音之自然。在未有四声之前，固已如此。故言“王葛”“驴马”，不言“葛王”“马驴”，本不以先后为胜负也。如《公》《谷》、苏李、嵇阮、潘陆、邢魏、徐庾、燕许、王孟、韩柳、元白、温李之属，皆然。（792页）

这就是说，中国古代的文学并称多数是基于“称呼之便”

的惯例。当并称者的名姓有平仄不同的时候，则平声放在前头，而仄声居于后面。而像“李杜”一类并称，虽然不存在平仄之别，但仍有语言上“称呼之便”的原因。在这种情况下，前后次序是没有什么轩轾含义的。

（1994年）

补记：近读许学夷《诗源辩体》卷三：“汉称苏李，李岂让苏？魏称嵇阮，嵇宁胜阮？以至晋之潘陆，宋之颜谢，陈之徐庾，唐之高岑、钱刘、元白，皆顺声而呼，非以先后为优劣也。”许学夷已明确指出这种现象是“皆顺声而呼，非以先后为优劣也”。可见古人先获我心矣。读书未遍，往往自以为有得，做学问确是不易！

（1998年）

卢纶《塞下曲》释疑

唐代诗人卢纶《和张仆射塞下曲》之二：“月黑雁飞高，单于夜遁逃。欲将轻骑逐，大雪满弓刀。”这是一首边塞名篇，它描写一次边塞的夜间战斗，既刻划出边寒征战的艰苦生活，也透露出将士们的胜利豪情。

这首诗历代传诵而无人提出疑问，当代著名数学家华罗庚以科学家特有的敏感和严密的逻辑思维，发现了此诗的一些疑点，并写诗质疑。诗云：“北方大雪时，群雁早南归。月黑天高处，怎得见雁飞？”他认为，“大雪满弓刀”的季节，作为候鸟的大雁早已飞到南方了；再说漆黑的夜晚，怎么能看到“雁飞高”呢？

华罗庚先生独立思考的精神的确叫人景慕，他提出的疑问值得我们思考。

不错，大雁是一种候鸟，每年秋分后飞往南方，次年春分又北返，作为诗人的卢纶，不会没有这方面的常识。那么他为什么偏偏把“雁飞”与“大雪”这两种似乎矛盾的自然景观写到一块呢？难道这是诗人一种“为文而造情”的不真实的虚构吗？如果这样，此诗就谈不上有什么艺术价值了。

假如是在大雪纷飞的冬季，北方的大雁必定已绝迹了；问题是，在边塞这个特定的环境中，是否只有冬季才下雪？或者说在大雁生活的春天至秋天之间，边塞有没有可能下大雪？假如有，这个疑问就迎刃而解了。

答案是肯定的。因为边塞地域广阔，气候恶劣，异常多变，日夜之间温差很大。以西北边塞而论，一些地区四季都有下雪的可能。正如唐诗人刘驾《出塞》诗说："胡风不开花，四气多作雪。"边塞五月下雪也绝非天方夜谭，请听李白说："五月天山雪，无花只有寒。"（《塞下曲》之一）至于春秋下雪，更是常见。以亲身体验边塞生活的唐代大诗人岑参的诗为例。他说："秋雪春仍下，朝风夜不休。"（《北庭作》）而他的"胡天八月即飞雪"（《白雪歌送武判官归京》）的诗句，更是人们耳熟能详的。

在我国西北地区，甚至农历七月也可能下雪。据新华社兰州1993年9月12日电，是年9月6日，一场大雪普降甘肃榆中县。大雪从6日凌晨6时开始，纷纷扬扬持续了15个小时。而这一天是农历七月二十日，白露节气的前一天——南方还是炎炎夏日！

既然一年四季都可能下雪，在大雁生活的季节里，突然出现冰雪，就不是什么不可思议的事情。所以在唐诗中，出现大雁与冰雪共处的意象并不是绝无仅有的。如沈佺期《塞北》诗写秋天边塞景象说："冰壮飞狐冷，霜浓候雁哀。"王建《塞上》诗也说："断雁逢冰碛，回军占雪溪。"

综观唐人的诗歌，再看卢纶的《塞下曲》就不会觉得有什么不妥的。由此看来，卢纶诗中虽出现"大雪"，但并非写冬季；这"满弓刀"的大雪可能是由于气候突然变化而降临的，所以和"雁飞高"并没有什么矛盾。

至于华先生所问的“月黑天高处，怎得见雁飞”？这似乎更不成问题。诗中并没有明确说“雁飞高”是用眼睛“见”到的。其实，除了“见”，人们凭听觉也完全可以感受到“雁飞高”的情景。

孟子教人读诗要“知人论世”，看来所谓“论世”，除了了解诗歌内容所表现的时代环境之外，还要考察它的自然地理特点。

（1994年）

“不平则鸣”辨

“不平则鸣”这个成语出于唐代文学家韩愈《送孟东野序》一文。此文开宗明义说：“大凡物不得其平则鸣。”“不平则鸣”是什么意思呢？《现代汉语词典》说是“对不公平的事情表示愤慨”。《辞海》在解释“不平则鸣”时，先引用了韩愈的原话之后说：“后指遇到不平的事，发出不满的呼声。”《辞源》的解释也大同小异。这些辞书所解释的只能说是“不平则鸣”一词的后起意义。在文学批评研究中，人们也往往以“不平则鸣”来阐释诗人作家的不幸和痛苦生活遭遇对于创作的积极作用，并且把它与“发愤著书”“穷而后工”作为同一理论源流。这种阐释是有一定合理性的，但仍需略作辨析，以期比较全面准确地理解“不平则鸣”的原意。

“不平则鸣”一语的原意是什么呢？假如把“不平则鸣”单纯解释为对于不公平事情的愤慨，则《送孟东野序》中会出现大量难以解释甚至矛盾之处。宋代学者洪迈在《容斋随笔》卷四“送孟东野序”条说：

> 韩文公《送孟东野序》云：“物不得其平则鸣。”然其文云：“在唐、虞时，咎陶、禹其善鸣者，而假之以鸣。夔假于《韶》以鸣，伊尹鸣殷，周公鸣周。”又云：“天将和其声，而使鸣国家之盛。”然则非所谓“不得其平”也。

洪迈认为，韩愈既说“物不得其平则鸣”，而文中却以唐虞时代的皋陶和大禹、殷代的伊尹、周代的周公等等为“善鸣者”，这些人都是成功的政治家，似乎难和“不平”扯到一起；而且文中还说“天将和其声而使鸣国家之盛”等等，这就更谈不上“不平则鸣”了。洪迈认为韩愈所举之例与“不平则鸣”的说法不相符。

韩愈此文是否有矛盾，关键在于“不平”一词的内涵。钱锺书先生在《诗可以怨》一文中说：“韩愈的‘不平’和‘牢骚不平’并不相等，它不但指愤郁，也包括欢乐在内。”也就是说，“不平”是指人们的心灵处于不平静的状态，产生喜怒哀乐各种感情。钱先生这个解释是很有见地的，它纠正了以往一些对“不平”狭隘理解。不过韩愈所说的“不平”并不限于人的感情问题，所以我们可以在钱先生的基础上进一步辨析。

我以为，“平”，是指平常、平静、平衡、平凡等；“不平”则是指异乎寻常的状态，既可指事物受到压抑或推动，也可能事物处于发展变化，或充满矛盾的状态。总之“不平”所指甚广，并不指逆境。

“不平则鸣”应是指自然、社会与人生当处于不寻常的状况之中，一定会有所表现。

我们还是以《送孟东野序》为例。就自然界而言，草木在平静状况下是无声的，但“风挠之鸣”；平静的水是无声的，但“风荡之鸣”；大自然为什么会“以鸟鸣春，以雷鸣夏，以虫鸣秋，以风鸣冬”，是因为它处于一种推移变化之中。“四时之相推夺，其必有不得其平者乎！”“不得其平”就是由于自然界内部矛盾变化而形成的。

人类社会也一样，当处于变革动荡之时，总是会出现一些“善鸣”的人物。这可以是盛世，如唐虞的皋陶、大禹，殷商的伊尹，周代的周公。也可以是乱世衰世，如“周之衰，孔子之徒鸣之”；“其末也，庄周以其荒唐之辞鸣”；“楚，大国也，其亡也，以屈原鸣”。可以“以道鸣”，如孟子、荀子；可以“以术鸣”，如杨朱、老子、韩非、张仪、苏秦；也可以以诗文鸣，如司马迁、司马相如、扬雄、陈子昂、李白、杜甫。

韩愈认为孟郊是一个“善鸣”的诗人，但不知道老天爷是让他“鸣国家之盛”呢，还是“使自鸣其不幸”，不过不管哪种情况都不会影响孟郊的“善鸣”，所以劝他不必为处境顺逆而“喜”“悲”。在这里韩愈并不单纯强调“不幸”对于诗人的作用。为什么后来的读者理解“不平则鸣”往往偏重于不幸、愤懑这一方面的含义呢？这是因为孟郊本来就是一个穷苦的诗人，其诗多是贫寒之声，而韩愈对之也寄以深厚的同情。

“不平则鸣”说有一定的理论意义：对于文学创作来说，变革动荡的时代，容易产生伟大的作家作品；而作家的好作品，大都产生于不寻常（不仅仅是“不幸”）的生活际遇之中，毫无波澜的平凡或平庸生活，是难以产生激动人心的作品的。

赵翼说：“国家不幸诗家幸。”动荡的时代为诗人提供创作的题材和动力，故往往产生感荡心灵的作品，这固然是很有道理的，但是一个繁荣昌盛又比较自由的时代，也可以产生伟大的诗人作品来“鸣国家之盛”。中国古代的隆汉盛唐也是文学的黄金时代，就足以证明这一点。就诗人创作而言，“穷而后工”固然是比较普遍的现象（当然穷而后不工的也大有人在），但达者只要不是过着平庸的、碌碌无为的生活，如果能身在高处而敏锐地把握时代与生活的变化，表现自己的喜怒哀乐，也完全可以写出好作品。

（1998年）

不值与不遇

写作无定法，读书也无定法。有时，很熟悉的诗歌换个角度去读，就可能读出新的意蕴来。

南宋有位不太著名的诗人叶绍翁，写过一首著名的诗歌《游园不值》。诗云：

> 应怜屐齿印苍苔，小扣柴扉久不开。春色满园关不住，一枝红杏出墙来。

我已记不清最早是何时读过这首诗了，也记不清有多少次重复读过、听过这首诗了。传统的读书法当然是出于领略诗歌旨意的目的，所以是顺着诗人的引导，去体会诗人诗中之意或言外之意的。以前读此诗的时候，前面两句仅看成是铺垫，后面两句才是千古名句，那枝无意而悄然探出围墙的红杏，引起人们无限的遐想：那深深关闭的柴扉里，该是万紫千红的春色，而美好的事物是掩盖不住的。

最近乱翻书，忽然被此诗的诗题所吸引了："游园不值。"专程来游园，吃了闭门羹，此乃扫兴之事，却写成千古流传的佳作！现在我所关注的并不是诗人笔下那枝红杏，也不是诗人所要表达的旨意，而是诗人本身的行为以及其中透露出来的生活态度。我在设身处地想，要是自己专程来观赏小园，结果却吃了闭门羹，肯定是沮丧和郁闷的，也许还会对这位小园主人产生某种埋怨情绪。总之是兴致全无了，无精打采打道回府了。

这位诗人则不同，他原本也是兴冲冲赶到小园欣赏春色的，当他来到小园之后，“小扣柴扉”却久久无人应门。不知诗人与小园主人是否约好，主人是否在家，总之就是柴扉紧闭，诗人不得其门而入。他倒是不急不恼，只是轻轻一句“应怜屐齿印苍苔”，用一种风雅和宽厚的态度，推想主人大概是为了保护小园，怕客人屐齿踩踏苍苔，才闭门谢客的。诗人无法进入小园的内部观赏，但他全不像我辈的焦躁，心态相当平静，他站在柴门紧闭的小园前，平心静气地细细观赏园外的风光。忽然，他发现那一枝探出墙来的夺目的红杏：它在不经意间透露出小园里春天的消息。这给诗人以慰藉，他可以从这枝红杏，想象出小园里热闹的春光。也许，诗人由此又联想到一些人生道理。他应该庆幸，正是“游园不值”，他才有机会在小园之外意外发现从未经人道过的景色春光。

游园本是目的，“游园不值”，本是令人扫兴和失望的事，但在诗人那里，“游园不值”绝不意味着一无所获，“游”本身就是令人愉快的过程。在园内也是“游”，在园外何尝不可“游”。在园内可以观赏春色，园外又何尝不是别具一格的观赏之地。正是这种纯审美的不带功利目的之态度，给诗人带来闲逸之情与悠然心会。

叶绍翁《游园不值》所体现出来的逸致，在中国古代文学史上，绝非个别现象，而是古代诗人一种普遍的审美化的生活态度。自古以来，文人逸士都喜欢与朋友同道相聚相会的快乐，但是那时没有现代的通讯设备，不可能有即时的探访预约；那时也没有现代的交通工具，要去探访那些居住在远离人群的深山之中的隐逸之士，往往要跋山涉水走上数天，“不值”与“不遇”的事情不可避免地经常发生。奇怪的是，这种我们觉得郁闷的事，在古代诗人笔下倒成为雅事。实际上，描写“不值”与“不遇”这类诗歌自六朝以来就出现了，到了唐宋时代更成为诗歌中一种热门的题材。如果我们用“不遇”与“不值”为关键词去检索南北朝到唐代的诗题，可以发现此类诗歌的数量极多，至于唐代以后，更是不可胜数。为了说明问题，我们不妨当一下文抄公，从检索中抄录部分诗题：

吴均《诣周承不值因赠此诗》、许浑《访别韦隐居不值》、唐求《友人见访不值因寄》、李翔《谢梁尊师见访不遇》、陈子昂《酬田逸人游岩见寻不遇题隐居里壁》、魏知古《玄元观寻李先生不遇》、薛能《再游云门访僧不遇》、王维《酬严少尹徐舍人见过不遇》《春日与裴迪过新昌里访吕逸人不遇》、裴迪《春日与王右丞过新昌里访吕逸人不遇》、丘为《寻西山隐者不遇》、刘长卿《过白鹤观寻岑秀才不遇》《寻洪尊师不遇》《明月湾寻贺九不遇》、崔曙《嵩山寻冯炼师不遇》、孟浩然《洛中访袁拾遗不遇》《寻菊花潭主人不遇》、李白《寻山僧不遇作》《访戴天山道士不遇》、韦应物《休暇日访王侍御不遇》、岑参《草堂村寻罗生不遇》、李嘉佑《访韩司空不遇》……

我想以上题目足以说明所言之不虚。再举几首大家熟悉的诗为例：

访戴天山道士不遇（李　白）

犬吠水声中，桃花带雨浓。树深时见鹿，溪午不闻钟。野竹分青霭，飞泉挂碧峰。无人知所去，愁倚两三松。

这是李白访戴天山的道士不遇而作的。因为“不遇”，所以“愁倚两三松”，细细观察这个道士生活的环境。潺湲的流水夹杂着阵阵犬吠声，带露盛开的桃花显得更为美丽。由于主人不在，到了中午，还听不到钟声，在沉寂的山林里，时时可看到麋鹿。再往远看，青色的云气中冒出一片野生的竹林，远处的青山上倒挂着飞瀑。这么幽静的美景，正是由于“不遇”，诗人才有空暇来领略的。

休暇日访王侍御不遇（韦应物）

九日驰驱一日闲，寻君不遇又空还。怪来诗思清人骨，门对寒流雪满山。

这首访人不遇的小诗，写得非常别致。诗人因为不遇，所以才好好领略这位朋友所居住的环境：“怪来诗思清人骨，门对寒流雪满山。”他发出感慨，一直不理解朋友的诗为何写得如此好，现在意外发现原来他是得到“江山之助”：门对着寒流，远处是高洁的雪山，环境如此幽雅，怪不得诗写得如此清峻。这首“不遇”诗，通过对友人居住环境的描写，巧妙地赞扬了友人和友人的诗。

寻隐者不遇（贾　岛）

松下问童子，言师采药去。只在此山中，云深不知处。

这首著名的诗与一般“不遇”诗不同，它连隐者居住的环境描写都略去了，只剩一段简要的对话。其成功之处，就在于通过寻找隐者的“不遇”和隐者行踪之不可知，表现出这位隐者的精神来。

总而言之，“不值”“不遇”这种扫兴事，在古代诗人笔下，已转变成提供特别表现方式的美事。聪明的诗人往往利用这个机会给读者制造想象的空间。中国古代“不值”“不遇”诗大多是通过描写主人住处环境，表达出对主人的感情，或者侧面刻画主人之高洁不群，尤其是那些寻山人隐者而不遇的诗，也是往往由此而表现出主人遗世独立的品格。

在生活中，有遇，当然就有不遇；有值，自然就有不值。遇与不遇，值与不值，都是人们生活中必有的过程。遇与值固然令人欣喜，不遇与不值，也自有其价值和况味。只要淡化行为的目的性，对过程持一种品赏的态度，带着诗意的眼光，生活过程的每一瞬间都能发现诗意。中国古代有大量文人雅士相聚的诗歌，也有大量“不值”“不遇”的诗歌。从文化的角度来看，这些“不值”“不遇”的诗歌，可以说比较典型地表现出古人潇洒超脱和优雅从容的生活态度。值得注意的是，这种态度在古人那里，是自然而然的，绝没有矫情成分在内。

人们的行为总是带有目的性的，但是并非所有目的都能达到，也不是所有目的都必须达到。目的未达到，并不表明一无所获，有时过程比目的更有意思。《世说新语·任诞》有一则著名的“何必见戴”的小故事：

> 王子猷居山阴，夜大雪，眠觉，开室命酌酒，四望皎然。因起彷徨，咏左思《招隐诗》，忽忆戴安道。时戴在剡，即便夜乘小舟就之。经宿方至，造门不前而返。人问其故，王曰：“吾本乘兴而行，兴尽而返，何必见戴？”

这是一次出人意外的美好过程，目的倒变得可有可无了。在这个故事里，王子猷可值，可不值；可遇，可不遇，他却选择了不值、不遇，乘兴而来，兴尽而返，这正是耐人寻味之处。试想王子猷若果真见到了戴安道，无论结果是尽欢而散，还是不欢而散，都不过是发生过无数次的平平常常的事情，没有什么值得记下来，我们也可能因此失去这则魏晋风流人物任诞的故事了。

（2005年）

“换骨”“夺胎”二法本义辨识

前人与近人习惯上把黄庭坚所倡导的著名诗法“夺胎法”与“换骨法”合而为一，统而称之为“夺胎换骨法”。其例不胜枚举。然细考黄山谷原语语意，“换骨法”与“夺胎法”在本义上应有所区别，不可混淆。

山谷之语，就目前所见的最早文献资料，是出现在惠洪的《冷斋夜话》的引言中：

> 山谷言：诗意无穷而人才有限，以有限之才追无穷之意，虽渊明少陵不得工也。不易其意而造其语，谓之“换骨法”；规摹其意而形容之，谓之“夺胎法”。（《诗人玉屑》卷八）

其实我们只要对行文稍加留意，不难看出山谷明显把“夺胎法”与“换骨法”视为两种并存而且有差异的诗法。他对两者下的定义，其意正在说明其差异。如果“换骨法”与“夺胎法”只是同一种诗法，山谷分而举之，则此语诚为赘语浮词。按惠洪的理解，“换骨法”与“夺胎法”也应分为二，所以他在引用山谷的话之后，特意分别征引古今诗例辨明其中何者为“换骨法”，何者为“夺胎法”。

下面我们试图结合山谷的定义与惠洪及其他诗论家所举的具体诗例来看两者的差异。

先看“换骨法”。

“不易其意而造其语，谓之‘换骨法’。”“意”指创作中的构思、情思，也可指诗歌中的意象；语是诗中的语言形式。“换骨法”就是完全继承前人诗歌的构思和意象，不加改变，但要重新运用有创造性的语言形式把“其意”表现出来，由此产生新的诗味。

惠洪举例说明：

> 李翰林曰：“鸟飞不尽暮天碧。”又曰：“青天尽处没孤鸿。”其病（按：指诗味不长）如前谕。山谷《达观台》诗曰：“瘦藤拄到风烟上，乞与游人眼豁开。不知眼界阔多少，白鸟去尽青天回。”凡此之类，皆“换骨法”也。

山谷学习李白以苍天飞鸟为意象（不易其意），而自造其语：“不知眼界阔多少，白鸟去尽青天回。”意象虽不变，但格调却提高了。

葛立方《韵语阳秋》卷二也说：

> 诗家有换骨法，谓用古人意而点化之，使加工也。李白诗云：“白发三千丈，缘愁似个长。”荆公点化之，则云：“缫成白发三千丈。”刘禹锡云：“遥望洞庭山水翠，白银盘里一青螺。”山谷点化之，则云：“可惜不当湖水面，银山堆里看青山。”

王安石把李白诗意“白发三千丈”全搬进自己诗中，但缀上“缫成”二字，化虚为实，有点奇诡和峻峭之味，与李白诗之自然放逸显然不同。黄庭坚“银山堆里看青山”也纯然从刘禹锡“白银盘里一青螺”的构思而来，不过稍加点化，在意象上虽有点变化，但“银山”和“白银盘”，“青山”和“青螺”，形象差不多，只是比喻不同罢了。黄诗重在语言形式上出新意，诗味却比刘诗更为自然舒展。所以葛立方引叶少蕴之语：“诗人点化前作，正如李光弼将郭子仪之军，重经号令，精彩数倍。”这话可以说是“换骨法”形象的说法。

再看“夺胎法”。

黄庭坚说：“规摹其意而形容之，谓之夺胎法。”即摹仿前人诗意，创造新的形象来表达。“规摹其意”与“不易其意”在继承上程度是不同的。“夺胎法”在“规摹”之后，还要有所发展，并有新的形象。惠洪举例：

> 顾况诗曰：“一别二十年，人堪几回别。”其诗简缓而意精确。荆公与故人诗曰：“一日君家把酒杯，六年波浪与尘埃。不知乌石冈头路，到老相寻得几回。”
>
> 乐天诗：“临风杪秋树，对酒长年身。醉貌如霜叶，虽红不是春。”东坡诗：“儿童误喜朱颜在，一笑那知是酒红。”凡此之类，皆“夺胎法”也。

顾况诗意言人生短暂，朋友情重，不堪长别。王荆公诗前二句取顾况诗“一别二十年”之意；后二句取其“人堪几回别”之意，但王荆公只是“规摹其意”（而非“不易其意”），得其精神，又有增益。形象性增强了，意境更鲜明新颖，诗味曲折细致，用顾诗而无迹可寻。白居易诗言老人醉后脸红，如秋之霜叶，不是真正的青春，其诗意颓然不欢，而东坡只采用其醉红是假象这一构思，“规摹其意而形容之”，他不用“霜叶”了，却用“儿童误喜”的喜剧情景，诗意顿变风趣乐观，故虽从白诗而来，却得神遗貌，不落窠臼。

陈岩肖《庚溪诗话》卷下引“夺胎法”诗例：

> 晋宋间，沃州山帛道猷诗曰：“连峰数千里，修林带平津。茅茨隐不见，鸡鸣知有人。”后秦少游诗云：“菰蒲深处疑无地，忽有人家笑语声。”僧道潜号参寥，有云：“隔林仿佛闻机杼，知有人家在翠微。”其源乃出于道猷，而更加锻炼，亦可谓善夺胎者也。

以声音透露隐处人家的消息，是帛道猷诗构思之妙处。后人“规摹其意”但又自创意象：“菰蒲深处”的“笑语声”，“翠微”中的“机杼声”，这都是在帛诗构思基础上又重新创造而成的。

《诗人玉屑》卷八引《艺苑雌黄》，认为“夺胎”在继承前人基础上“当有别意”：

> 语意中的，其亲切过于本诗，兹不谓之“夺胎”可乎？不然，则徒用前人之语，殊不足贵。苏子美云：“峡束沧渊深贮月，岩排红树巧装秋。”非不佳也；然正用杜陵“峡束沧江起，岩排石树圆”之句耳。语虽工，而无别意。

像苏舜钦这首诗，若说是“换骨法”，似乎就可以了，但却不能称为“夺胎”，因为“语虽工，而无别意”。

在前人诗话中，似乎很少人专门论及“换骨法”与“夺胎法”

之差异，但宋诗话《诗宪》却保留了一段很有价值的议论：

> 夺胎者，因人之意，触类而长之，虽不尽为因袭，又能不尽至于转易，盖亦大同而小异耳。《冷斋夜话》云："规模其意而形容之，谓之夺胎。"
>
> 换骨者，意同而语异也，《冷斋》云，"不易其意而造其语，谓之换骨"。（《修辞鉴衡》卷一引）

这个材料虽极少有人注意或援引，但倒把两者的差异言简意赅地表达出来了。

综上所述，我们对"换骨法"与"夺胎法"的区别初步表述如下：

一、对前人诗意（包括构思和意象），"换骨法"基本上完全采纳了；而"夺胎法"则摹仿之后又有所发展，不能完全因袭。"因人之意，触类而长之"，"当有别意"。对前人诗意的模仿讲究得神遗貌，得意忘形，所以不像"换骨法"一眼就可看出其出处，"夺胎法"是更为复杂的诗法。

二、在创新方面，"换骨法"重在"造其语"，即创造新颖的语言形式来表现，对前人诗歌原有的材料重新组织；"夺胎法"则重在"形容之"，要构造新的有创造性的意象，故重在形象的创新。

这两点差异只是略而言之，而非把两者对立起来。

从南宋开始，古代许多诗论家往往将"换骨法"与"夺胎法"相提并论，不加区别（如《诗人玉屑》）。按约定俗成之惯例，我们现在说"夺胎换骨"为一法也未尝不可，但从学术研究的角度来看，本义和后人的理解是应该区别的。所以我们仍旧有必要将黄庭坚“换骨法”和“夺胎法”的本义和后人的习惯理解区别开来，从中可以看到一种理论的演化过程。

（1988年）

程羽文乱点鸳鸯谱

在中国古代漫长的封建社会里，绝大多数人在婚姻上是不能主宰自己命运的。在婚姻大事上，不但有父母之命，媒妁之言，而且还有传统势力的影响，所以每一代都产生许多婚姻悲剧或不理想的婚姻。

现实中的不自由，也激发人们追求自由的理想。文学艺术正是对于有缺陷的现实的补充，于是便有作家异想天开地按照自己的婚姻和爱情理想，给古人重新配偶。比如晚明的陆绍珩在《小窗幽记》中就曾说："李太白酒圣，蔡文姬书仙，置之一时，绝妙佳偶。"他设想如果把李白与蔡文姬这两位酒圣书仙放到同个时代，他们将成为"绝妙佳偶"，这里把不同时代的古人重新配偶，只是偶然的戏笔。而程羽文的《鸳鸯牒》则是一篇有意识创作的、完整的游戏奇作。《鸳鸯牒》篇首说：

> 谭友夏曰："古今多少才子佳人，被愚拗父母板住不能成对，赍情而死，乃悟文君奔相如是上上妙策。"不知世人阴阳之契，有缱绻司总统，其长官号氤氲大使，冥数当合者，须鸳鸯牒下乃成，如此，即咎有所归，正不必致怨高堂也。春风在手，抹杀月下老人，随举彰彰缺陷者，各下一牒，为千古九原吐气。

谭元春将古往今来才子佳人的婚姻悲剧归咎于父母的愚拗，故赞成卓文君私奔司马相如以反抗父母之命。程羽文不同意谭元春的说法，认为谭元春埋怨错人，因为在冥冥之中，总管人间婚姻的是“氤氲大使”，而起决定作用的是“鸳鸯牒”上的记录。因此，程羽文便自命为“氤氲大使”，自制一本“鸳鸯牒”。他按照自己的婚姻观、爱情观，将历史上那些婚姻有“缺陷”的才子佳人、英雄美人重新加以配对，结成“最佳组合”。《鸳鸯牒》如同给古人开列结婚证书，而作者似乎成为有无限权力的超越时空的“月下老人”，用红丝绳将一些历史名人的脚重新绑到一起。

作者的想象力相当丰富，考虑也非常周到，对于配偶双方的品格、才能、性格要求能“门当户对”。王昭君与苏武是两位爱国的“海外赤子”，王昭君为了和亲，独身异域，凄情婉调，青冢难埋，如杜甫诗说的：“千载琵琶作胡语，分明怨恨曲中论。”总之王昭君是历代文人同情吟咏的对象；而苏武独持汉节，北海牧羊，吞毛啮雪，保持高尚的气节和情操，是历代人们景仰歌颂的对象。但苏武在匈奴时，曾与胡妇生了孩子，名字叫“通国”，这件事在《汉书》中有记载。此事曾引起后人一些议论，比如苏轼在《东坡志林》卷一“养生难在去欲”条说：

> 昨日太守杨君采、通判张公规邀余出游安国寺，坐中论调气养生之事。余云：“皆不足道，难在去欲。”张云：“苏子卿啮雪啖毡，蹈背出血，无一语少屈，可谓了生死之际矣。然不免为胡妇生子，穷居海上，而况洞房绮疏之下乎？乃知此事不易消除。”众客皆大笑。余爱其语有理，故为记之。

他们认为，苏武能忍受其他常人不能忍受的痛苦，却还是与胡妇生子，可见人的性欲最不易忍。程羽文把王昭君配给苏武，“旄落毡残之余，啉琵琶一曲，并可了塞外生子之案”。王昭君配与苏武，可谓一举多得，彼此互慰寂寞，解决了苏武多方面的痛苦。

程羽文的《鸳鸯牒》是超越时空的，不受时间空间的限制。东汉史学家班昭是班固的妹妹，很有学问，班固死时，所撰《汉书》的八表及《天文志》未完成，班昭与马续共同续撰。《汉书》初出，读者多不通晓，她又教授马融等诵读。郑玄（字康成）为东汉经学家，以古文经说为主，兼采今文经说，遍注群经，是汉代经学的集大成者。郑玄比班昭小了差不多一百岁，但不要紧，程羽文还是把班昭配给郑玄，目的是让他们俩口子以“六经为庖厨，百家为异馔”，成为切磋学术的最佳组合。建安时代的杨修（字德祖）善解隐语，多次破了曹操出的难题，包括像“一合酥”“鸡肋”等，而且还为此误了卿卿性命。苏蕙（字若兰），苻秦时人，窦滔妻，窦滔为秦州刺史，被徒流沙，苏蕙思念丈夫，织锦为回文璇玑图诗以赠，纵横反复，都成诗篇。程羽文说：“苏若兰回文一锦，瞑截天孙，正索解人不可得，宜择杨德祖，共参曹娥碑阴、鸡肋话谜。”苏蕙与杨修时代不同，她比杨修小了二百岁左右，但这无关紧要，程羽文还是把苏若兰配与杨修，让他们两人可以一道探讨隐语谜语的技巧。

程羽文所点的“鸳鸯牒”，只有极个别以传说为依据，如把甄后配合曹植，“慰此洛神痴赋，蒲生怨诗”。因为曹植的《洛神赋》旧说为感念甄后之作。但程羽文的“鸳鸯牒”绝大多数是从心信手而“乱点”的。他把才女蔡文姬配与狂士祢正平，让蔡文姬的胡笳十八拍与祢衡的渔阳三挝鼓伴奏，“宫商迭奏，悲壮互陈”。程羽文介绍婚姻还考虑到双方性格的互补，如王韫秀“挺劲孤卓，惜其稍有炎心，故宜配寒郊瘦岛以消之，不然，亦直配李长源，十六年宰相妻，克善厥终”。

更奇特的是，程羽文往往把一位佳人许配给一批才子：“薛涛巧偷鹦鹉，色借凤凰，空作风尘染滥。宜远配张绪杨柳，魏收蝴蝶，举止轻儇，恣其佻达。”而最为吃香也最为幸运的是朱淑真，被程羽文许配给苏轼一类的人才。“朱淑真，圆音曲转，困此驽庸，宜任配苏子瞻、秦少游、晁无咎、陈季常、黄山谷、王晋卿、晏同叔、苏子美、柳耆卿辈，绮舌交酬，锦肠不断。”朱淑真，宋代的女作家，生于仕宦家庭，据说因对婚姻不满，抑郁而终。如今，被程羽文配给这些杰出人才，大概是可以感到满意吧。李清照与其丈夫赵明诚原是非常美满的一对，但有人说赵明诚死后，李清照又嫁给张汝舟，引起一些人的遗憾，于是程羽文把李清照重新配给王十朋、谢希孟、米芾、陆游一班懂艺术的才子，使他们“以金石剩录，乐此桑榆”。

程羽文同情历史上那些不幸女性的遭遇，但同时，也流露出男性中心的观念。他所配对的级别最高、名气最大的配偶是曹操与武则天：“武曌，英华鲜颢，诏可催花，宜借配魏武帝。锁之铜雀台上，无使播秽牝晨。”武则天在当时使天下须眉臣服，当然是找不到匹配的。只有“如幽燕老将，气韵沉雄”的曹操，才能与武则天旗鼓相当。不过程羽文把武则天“锁之铜雀台”，带有某种惩罚性。他认为武则天当女皇，就像母鸡司晨一样是一种异常现象；还认为武则天性格淫乱，其实，古代的男性皇帝都拥了后宫千万佳丽，武则天当然也就可以有男宠，有面首了。平等地说，武则天也只是与男性帝王一样，享受性方面的特权罢了，在当时并谈不上“播秽”。

如果程羽文的《鸳鸯牒》真是如此无上法力的话，它可能成就不少佳偶，说不定也制造一些怨偶。曹操与武则天，这对男女强人在一起，最终谁被锁到铜雀台中还难说呢！又如苏蕙与丈夫窦滔好好的一对，凭什么硬把他们拆开，而把苏蕙嫁给那位喜欢卖弄聪明的杨修呢？

程羽文的《鸳鸯牒》是表现晚明文人雅兴的涉笔成趣之作，对这种香艳小品自然不必过于认真，姑妄言之，姑妄听之可也，过于执着便成为痴人说梦了。但这些作品也并非全是无聊之作，它在一定程度上表现了晚明文人爱情理想和生活旨趣，颇有认识作用。从文学背景来看，晚明文坛有一种浪漫气息，尤其爱情作品，更是生可以死，死可以生。程羽文的《鸳鸯牒》同样也反映出晚明文人理想主义的浪漫色彩。这也许是古代文人一次最为淋漓尽致、最为胆大包天地“享受”“婚姻自由”的权力——尽管只是纸上谈兵。当我们读《牡丹亭》一类作品时，不妨把程羽文的《鸳鸯牒》作为辅助材料，对于当时人文背景的理解也许就更为深刻。

不过，《鸳鸯牒》一方面是同情历史上那些在婚姻上遭遇不幸的人们，希望他们重新获得幸福，就其理想而言，未尝不是出自一种浪漫而人道的精神；但无可讳言，作品的字里行间，又不知不觉地流露出晚明文人某种为文儇薄的本相。

（1995年）

用数学计量人生的诗歌

我们对于作家与作品的评价并不是一成不变的，它总是随着人生经验与阅读经验的增长而改变。阅历越广，读书越多，可参照的对象越多，对于作家作品的感受与评价也随着改变。

多年前，我曾读过明代唐寅的《唐伯虎全集》，最初对他的一首题为《七十词》的诗歌印象非常深刻。诗曰：

> 人年七十古稀，我年七十为奇。前十年幼小，后十年衰老，中间止有五十年，一半又在夜里过了。算来止有二十五岁在世，受尽多少奔波烦恼。

读后不禁称奇，诗中的意蕴谈不上有多深远，但其构思与修辞却是独具一格的。他用“精确”的数学计量方式演绎出人生苦短这种千古常谈，他似乎在为人生写出一道四则运算题，从而得出令人惆怅的结论。此词虽浅而巧，当时叹为妙作。

后来读了宋代词人王观的《红芍药》一词，感觉便截然不同了。王观《红芍药》词曰：

> 人生百岁，七十稀少。更除十年孩童小。十年昏老。都来五十载，一半被、睡魔分了。那二十五载之中，宁无些个烦恼。　　仔细思量，好追欢及早。遇酒追朋笑傲。任玉山摧倒。沉醉且沉醉，人生似、露垂芳草。幸新来、

有酒如渑，结千秋歌笑。

读者一眼就可以看出，唐寅的《七十词》其实便是“克隆”了王观《红芍药》一词上半阕构思的。不但构思相同，语词也多相类。读过之后，不禁改变了当初对唐寅《七十词》的上佳评价。

陆机《文赋》说写作当“谢朝华于已披，启夕秀于未振”，其意力主独创而避免沿袭。陆机还说，有时创作构思会出现与古人暗合的情况，即“暗合于曩篇”。所谓暗合，即有些诗人不是有意的摹拟，也未借鉴过前人的作品，但却出现与前人大致相同的构思。陆机主张在这种情况下，“虽杼轴于予怀，怵他人之我先。苟伤廉而愆义，亦虽爱而必捐”。暗合而至于雷同，虽然是自己的构思，但他人既已先于我而创作出来，这种暗合仍要割爱，而那种有意的沿袭就更不必说了。

但是，由于中国文学史之悠久，后来诗人作家，在广泛接受前人诗歌熏陶的情况下，有时在创作时便难以摆脱前人的影响。这种影响可能是消极的，也可能是积极的。唐代皎然《诗式》提到诗歌创作中对沿袭古人作品有“偷语”“偷意”“偷势”三种情况。其中“偷语最为钝贼”，也就是等而下之的，最不可原谅。其次则是“偷意”。而“偷势”则不同，“才巧意精，若无朕迹。盖诗人阃域之中偷狐白裘之手，吾亦赏俊，从其漏网”。“偷势”不但可以谅解，而且还受到赏识。

再看看王观与唐寅的诗歌，他们的高下正在“偷势”与“偷语”之别。

王观《红芍药》一词的渊源是比较复杂的。从思想与构思来看，是直接从《列子》来的：

> 杨朱曰：百年，寿之大齐。得百年者，千无一焉。设有一者，孩抱以逮昏老，几居其半矣。夜眠之所弭，昼觉之所遗，又几居其半矣。痛疾哀苦，亡失忧惧，又几居其半矣。量十数年之中，逌然而自得，亡介焉之虑者，亦亡一时之中尔。则人之生也，奚为哉？奚乐哉？（《列子》卷七）

杨朱为人生算了一笔账。人生极少能活百岁的，就算活到百岁，小孩与暮年时光，又占了一半，夜间的睡眠，白天的杂务，又占了一半，还有疾病痛苦、忧愁恐惧，又占了一半，这样折算下来，人生就只有十多年了！而这十几年时间中，真正无忧无虑、自由自在的时间也是很难遇到的。这么说来，人生的意义到底是什么？人生有什么快乐的呢？

诗歌中对于“人生几何”的咏叹，始自曹操的《短歌行》：“对酒当歌，人生几何？譬如朝露，去日苦多。慨当以慷，忧思难忘。何以解忧？唯有杜康。”而引人生算法的观念入诗词的，略早于王观的宋人范仲淹也有“人世都无百岁，少痴騃、老成尫悴。只有中间，些子少年，忍把浮名牵系？一品与千金，问白发，如何回避”（《剔银灯》）。曹操纯乎独创，其发自肺腑，深沉悲凉，可为无上妙品。范仲淹已略作发挥，把人生分为少年、中年、老年三个阶段，写人生之短促、窘迫与无奈。王观的《红芍药》，演绎曹操与范仲淹的诗意，进一步将直抒胸臆的“人生几何”之叹，落实为数目字的具体推演。在曹诗中，人生苦短只是抽象的表述，在范词中，数目的观念也含而未露，到了王观，则化虚为实，成为关于人生寿命的算术题，于是人生苦短，须及时行乐之观念给人以更深刻的印象。王观的构思虽来自曹诗范词，但“才巧意精，若无朕迹”，仍有夺胎换骨之创意，可称为“偷势”之佳品。

而唐寅则全取王观《红芍药》的构思，甚至连语气也没有变化，颇有“偷语”之嫌矣。

唐寅也许对此构思过于喜爱了，得意的话不免一说再说。在《唐伯虎全集》另有《一世歌》与《一年歌》：

> 人生七十古来少，前除幼年后除老。中间光景不多时，又有炎霜与烦恼。花前月下得高歌，急须痛把金尊倒。世人钱多赚不够，朝里官多做不了。官大钱多心转忧，落得自家头白早。春夏秋冬撚指间，钟送黄昏鸡报晓。请君细点眼前人，一年一度埋芳草。草里高低多少坟，一年一半无人扫。(《一世歌》)
>
> 一年三百六十日，春夏秋冬各九十。冬寒夏热最难当，寒则如刀热如炙。春三秋九号温和，天气温和风雨多。一年细算良辰少，况又难逢美景何？美景良辰傥遭遇，又有赏心并乐事。不烧高烛对芳尊，也是虚生在人世。古人有言亦达哉，劝人秉烛夜游来。春宵一刻千金价，我道千金买不回。(《一年歌》)

他用相近的构思方式不厌其烦地写了三首诗歌，令人不免有才尽之叹。不过，平心而论，唐寅的《一世歌》与《一年歌》与王观《红芍药》相比，并非全是抄袭，多少还有些新意与新词，演绎着新的人生感喟，如“世人钱多赚不够，朝里官多做不了。官大钱多心转忧，落得自家头白早”等句，颇能表达出明人的心态与口吻，似乎是《红楼梦》中《好了歌》的先声。唐寅的《一世歌》与《一年歌》构思虽源于王观的《红芍药》，但勉强尚可称为“偷意”。

《文心雕龙》在谈到文学批评时说：“凡操千曲而后晓声，观千剑而后识器；故圆照之象，务先博观。阅乔岳以形培塿，酌沧波以喻畎浍。无私于轻重，不偏于憎爱，然后能平理若衡，照辞如镜矣。”所言甚是。

（2003年）

从偈颂到童谣

有些很遥远的事，突然想起来，却恍如昨日。35年前，我们成为“文化大革命”后第一批考进大学的学生，对一切都感到很新奇，也很兴奋。开学后所有新生被编进不同的连队进行军训，单调与艰苦的军训生活，也有比较轻松的时刻。在各个连队集中开会之际，都有个飙歌的程序。飙歌有如喝酒，是需要“劝”的。各个连队都有人负责“拉歌”，在他的指挥下，全连队扯大嗓门，齐声向对手发出友好的挑战和热情的邀请：

一二三四五，我们等得很辛苦！

一二三四五六七，我们等得很着急！

一二三，快快快！不要像个老太太！

大家拼命喊着诙谐口号，同时还配合着有节奏的掌声。一时间，会场气氛热烈到极点，大家笑成一片。在那个年代，这些拉歌口号，就是最有趣最轻松的形式。当然，当时所唱的都是“红歌”了。

我们童年逢上革命岁月，没有唱过什么童谣。多年以后，我有了孩子，陪着孩子，才注意到童谣。有些童谣也是与数字相关的，近乎拉歌口号。比如：

一二三四五，上山打老虎。

老虎没打着，打着小松鼠。

松鼠有几只，让我数一数，

数来又数去，一二三四五。

一二三四五六七，我的朋友在哪里？

在这里，在这里，我的朋友在这里。

啦啦啦啦真欢喜，同唱歌来同游戏，

笑嘻嘻，多甜蜜，我的朋友就是你。

这些童谣朗朗上口，既是数目字启蒙，也训练儿童的语言能力，当然还有寓教于乐的目的。

后来，读了一些古书，才知道不要小看这“一二三四五六七”，以它入诗，可是古已有之的。看似简单，其实也不简单；看似通俗，也可以很高雅。

从现有文献看，最早以从一至七的数目字入诗的是唐代的罗隐。《甲乙集》卷9诗《京中正月七日立春》：

一二三四五六七，万木生涯是今日。

远天归雁拂云飞，近水游鱼迸冰出。

罗隐所描写的是二十四节气的立春。立春意味着春天的开始，“生涯”即生机，诗中描写的万木、归雁和游鱼，带来了春回大地、万物复苏的消息。这一天刚好是正月七日，所以诗人第一句写道“一二三四五六七”，具有真实的数字意义。

罗隐这首诗，因为造语独特而受到褒扬。清梁章钜《退庵随笔》卷二十列举历代排比修辞的杰句：

> “一二三四五六七”，固唐贤人日之著题，“枇杷橘栗桃李梅”，且汉代大官之本色。古乐府之《鱼戏》：“鱼戏莲叶东，鱼戏莲叶西。鱼戏莲叶南，鱼戏莲叶北。”《浣花集》之《杜鹃》：“西川有杜鹃，东川无杜鹃。涪万无杜鹃，云安有杜鹃。”元刘仁本之《蕨萁》：“东山有蕨萁，南山有蕨萁。西山有蕨萁，北山有蕨萁。”明袁中郎之《西湖》:“一日湖上行，一日湖上坐。一日湖上住，一日湖上卧。”同一排比也。

其中“一二三四五六七，固唐贤人日之著题”，就是指罗隐的《京中正月七日立春》。它的特点就是“排比”，也就是将数目字从一排列到七。梁章钜认为诗歌中这种排比事物的修辞方式，始于汉代七言《柏梁诗》中大官令“枇杷橘栗桃李梅”句，它排列了各种果实的名字。当然，排比的方式古已有之，但是同一排比方式，表现起来千差万别。以“一二三四五六七”直接入诗，和以果实名字入诗，确实有不同，果实本身是没有顺序的，而数目字是有顺序的，只能按既有的顺序排列。所以，以口语化的“一二三四五六七”直接入诗，确是胆子比较大，因为处理不好就显得笨拙，或者别扭。清刘廷玑《在园杂志》卷 2 举了古人大胆创辞的例子：

> 古人才深似海，胆大于天。故命意造句，咸出人意表。然亦有平中见奇，为今人不敢道亦不肯道者。如李德新之

> “东西南北人”，用夫子成语犹可也，若古诗“鱼游荷叶东，鱼游荷叶西，鱼游荷叶南，鱼游荷叶北”四句，止更四方，并不叶韵。杜少陵“西川有杜鹃，东川无杜鹃。涪万无杜鹃，云安有杜鹃”四句一韵。韩昌黎“鸦鸱雕鹰雉鹄鹍”连用七鸟名，罗昭谏“一二三四五六七”连用七数目，更有连用七“然”字、五“休”字成句者。又欲以极鄙极俗之语，化为出风入雅之句，为可怪也。然惟古人为之，今人则不可耳。

这里提道：罗昭谏（罗隐）“一二三四五六七”连用七数目，即是《京中正月七日立春》一诗。他从诗歌创作造语出新的角度来肯定罗隐诗，认为这是“古人才深似海，胆大于天。故命意造句，咸出人意表”的例子。以数目字入诗，古已有之，但罗隐此诗，以“一二三四五六七”铺陈开篇，敢于一口气连用七个数目字，从文体学角度看，可谓自创一格，确有其特色，这是其出名的原因。

罗隐排列“一二三四五六七”还是实在的数目，到了宋代，禅僧偈颂里大量采用“一二三四五”或“一二三四五六七”的句子，由于与禅悟结合起来，数目字有虚用，有实用，有实指，有象征，况味明显变得复杂。

在此前的佛教典籍中，也出现不少排列数目字的文献，但到了宋代才大量出现以数目字排列的偈颂。（为了方便阅读和节省篇幅，以下所引偈颂除了特别标明之外，皆引自《全宋诗》，只注明作者、卷数）偈颂中的“一二三四五”或

"一二三四五六七"有什么意义？数目字与其他词语相比，本身无疑具有独特的意义。

数目既是构成理性思维的最基本、最初始的元素之一，也是人们认识世界最早接触的内容，所以数目字的罗列可以表示极为简单、清晰、浅显、人人都懂的不容置疑之义。如：

一二三四五，五四三二一。
返覆数千回，总不出今日。
霜风刮地来，法身赤骨䯊。（释宗杲，第1720卷）

一二三四五，五四三二一。
从头点检来，笑杀维摩诘。
带累李胡子，喷水髭须湿。
洒净已周圆，次念波罗蜜。
蒋山恁么道，千古谁人识。
识不识，何处觅，堪与丛林为轨则。（释昙华，第1940卷）

这些禅偈中"一二三四五"与"一二三四五六七"具有一般数目意义。又如曹勋《新岁七十以人生七十古来稀为韵寄钱大参七首》之三："一二三四五六七，行年临之如电疾。只将香火对清闲，古井无波应委悉。"（第1883卷）从字面上看，"一二三四五六七"和七十岁是有关系，不过，它还含有时间流逝如数数之快的意义，故有"行年临之如电疾"之叹。

数目字可以表示自然而然、本来如此之义。由于它们是由小至大渐进的，因此也可以表示事物渐进，或者事物之间的逻辑顺序。老子《道德经》说："道生一，一生二，二生三，三生万物。"数目字是最简单、最基本的，又是一切的开始，所以"道"这样复杂的问题也可以用数目来表达。

一二三四五六七，数目分明谁委悉。
李淳风与袁天纲，推尽先天算不出。
算得出，昨日五月尽，今朝六月一。（释绍昙，第3428卷）

一二三四五六七，讽诵受持皆秘密。
如人亲入宝山中，一切珍奇从此出。（释清远，第1297卷）

一二三四五六七，
七六五四三二一。
循还逆顺数将来，
数到未来无尽日。
因七见一，因一亡七。
踏破太虚空，铁牛也汗出。
绝气息，无踪迹。（释子涓，第2063卷）

以上偈颂中的数目字与后面内容，尚可以看出前后意义上的逻辑关联。不过，在许多偈颂中，数目罗列与其他诗句之间，往往没有语言与逻辑的关联，从而呈现出更为复杂丰富的意义。先以宋代释普济《五灯会元》所载义怀禅师与子涓禅师为例：

越州天衣义怀禅师，永嘉乐清陈氏子也。……长游京师，依景德寺为童行。天圣中，试经得度。谒金銮善叶县省，皆蒙印可。遂由洛抵龙门，复至都下，欲继宗风。意有未决，忽遇言《法华》，拊师背曰："云门临济去！"及至姑苏，礼明觉于翠峰。觉问："汝名甚么？"曰："义怀。"觉曰："何不名怀义？"曰："当时致得。"觉曰："谁为汝立名？"曰："受戒来十年矣。"觉曰："汝行脚费却多少草鞋？"曰："和尚莫瞒人好！"觉曰："我也没量罪过，汝也没量罪过。你作么生？"师无语。觉打曰："脱空谩语汉，出去！"入室次，觉曰："恁么也不得，不恁么也不得，恁么不恁么总不得。"师拟议，觉又打出。如是者数四。寻为水头，因汲水折担，忽悟，作投机偈曰：

一二三四五六七，万仞峰头独足立。
骊龙颔下夺明珠，一言勘破维摩诘。

觉闻拊几称善。（《五灯会元》卷16）

"一二三四五六七"究竟什么意思？它与"万仞峰头独足立"之间，究竟构成什么逻辑关系？究竟能不能、要不要寻找其确实的意义，恐怕很难讲清楚。此类的偈颂甚多，再举数例：

一二三四五，升堂击法鼓。
蔟蔟齐上来，一一面相睹。
秋色满虚庭，秋风动寰宇。
更问祖师禅，雪峰到投子。（释仲易，第780卷）

一二三四五，梅雨炎蒸暑。

碓觜也生花，道芽知几许。

古佛与露柱交参，猫儿咬杀猛虎。（释绍隆，第1405卷）

一二三四五，虚空阙处补。

五四三二一，当门书大吉。

好手挥斤去鼻泥，衲僧机妙安能识。

蓦然识，百草头边露消息。（释宗杲，第1720卷）

一二三四五，禾山打鼓金牛舞。

劈面来时着眼看，全身放下休回互。（释正觉，第1778卷）

庭前柏树子，一二三四五。

窦八布衫穿，禾山解打鼓。（释玿，第2049卷）

一二三四五，金木水火土。

拾得语寒山，丰干骑老虎。

报君知，莫莽卤。

从来保福四谩人，不似禾山解打鼓。（释昙密，第2101卷）

从外行人的角度理解，这些数目字罗列可能显示禅宗语言的某些特点。禅宗语言形态往往口语化，质朴甚至鄙野，但语带机锋，看似通俗，实则高妙，与悟道方式、思辨方式之间关系密切。有时似乎答非所问，或者是跳跃性的，不着边际，让人无法猜透其内在的含义，以此来打破一切逻辑思维的关系，引发妙悟。偈颂中的数目字罗列是实指还是象征、隐喻，不好判断，它们在语言意义指向上有一定的随意性。因为这些话很难去逻辑推理，只有靠自己修证妙悟才能明白它的底蕴。

以上偈颂不少有“禾山打鼓”之语，如“禾山打鼓金牛舞”，“禾山解打鼓”，“不似禾山解打鼓”。“禾山打鼓”是著名的禅宗公案，又作禾山四打鼓、解打鼓、禾山打鼓等，即唐末五代禾山无殷禅师的故事：

> 问：“习学谓之闻，绝学谓之邻，过此二者，谓之真过。如何是真过？”师曰：“禾山解打鼓。”曰：“如何是真谛？”师曰：“禾山解打鼓。”问：“即心即佛则不问，如何是非心非佛？”师曰：“禾山解打鼓。”曰：“如何是向上事？”师曰：“禾山解打鼓。”问：“万法齐兴时如何？”师曰：“禾山解打鼓。”（《五灯会元》卷6）

无殷禅师对于学人数次完全不同的参问，均答以“禾山解打鼓”（懂得打鼓）。“解打鼓”究竟有什么深意？恐怕很难有标准答案。也许正是禾山故意以这种莫名其妙、答非所问的回答来截断一般人的思维和逻辑惯性，让人摆脱语言的桎梏，从而有所领悟。有些偈颂罗列数目，可能也有这方面的意义。

以上拉杂而谈，不着边际，现在到了“卒章显志”的时候：本文的主旨是提出古今文体之关联性问题。

古往今来，有些看似风马牛不相及的文体之间，却可能有某种关联性。古今文体关联性的研究并不是为了满足博学和考据的兴趣，其理论指向是古今文学的演化及其基因。我曾经说过，有些看起来完全是新创的当代文体，却可能与古代文体有某种千丝万缕的关系。比如，“文化大革命”时期，全国各省市成立革命委员会时给毛主席的“致敬电”，这是特定时期的特有文体。“致敬电”无所不用其极的赞扬谀美之辞，那种夸张、排比、铺张的修辞，就含有中国古代文体的某些文化基因。那些“致敬电”的写作者未必接触过古代的章奏、贺表、捷报等文体，但这些文体所具有的封建精神的文化基因却在标榜“革命”的“致敬电”中不知不觉地流露出来。（参见拙著《中国古代文体学研究》“绪论”部分）古今文体关联性的表现是多样化的，可能在功能上、思想观念上，也可能是在语言形式上。

古代佛偈与当代童谣属于完全不同的文体，并没有明显的影响和传承关系。但是，它们在文体形态上无疑有其相似性：这些迥然相异的文体不约而同地运用“一二三四五”与“一二三四五六七”这种数目字的排列。它们在文体形态上的关联性，正是由汉语数目字的特性而产生的。

“一二三四五”与“一二三四五六七”本身都带有某种顺口、通俗、老少皆晓的特性。佛偈、童谣与拉歌口号这些文体都是基于汉语的语音与节奏的特点，利用“一二三四五”与“一二三四五六七”熟悉与顺口的特点作为起兴，借势起韵；而且把数目字和根本无关系的事物牵扯到一起，又能产生某种出人意表的、陌生化的喜剧效果，而在偈颂中，则可能成为高深莫测的话头。

顺便说，在古代诗歌中，以“一二三四五”与“一二三四五六七”入诗的，在诗歌形态上，基本是古诗。这种文体选择的原因很简单：在“一二三四五”或者“一二三四五六七”之中，只有“三”字是平声，其余都是仄声。以古诗来处理这种声韵条件是比较方便的。

（2013年）

序跋

大学要有“养士”的气度

黄达人校长文集《大学的观念与实践》编成后，编者命我作序。我虽感荣幸，又颇惶恐：因为我既非领导，又是后辈，何敢言序？在中国古代，“序”又可称之为“引”。我就权作一引吧。引者，非引导也，引玉之谓也。我愿以一位在中山大学学习工作数十年的文科教师的身份谈谈个人先睹之快。

十二年前，黄达人校长受命从西子湖走进康乐园，执掌中山大学。转瞬之间，我们共同亲历的这一切，都已经成为历史的一页了。

在历史长河中，十二年只是弹指之间，而对于中大来说，却不可谓短暂。这本书让我们这些一路相伴走来的中大人油然而生一种亲切感，蓦然回首，十多年走过的路又仿佛重现眼前。这种感觉就像李白诗中所描写的：“却顾所来径，苍苍横翠微。”

现在，我们可以从容地站在今天所处的高度，回瞰这十多年盘旋而上的“所来之径”。这不是一条现成坦途，而是中大人自己开辟出来的道路，上面深深地留下了中大人的足迹。按照庄子的说法，事物有“迹”，有“所以迹”。“迹”，就是一般人所能见到的事物与现象。“所以迹”，就是事物、现象之形成发展的内在成因或者背后的精神与信念。这本书的珍贵之处，不仅在于记录了中山大学发展的“所来之径”，更有“所来之径”形成的背景、原因、动机与思路，为我们解读中山大学的发展与前景提供了可贵的文献。

这本书的核心是中山大学的制度设计与文化建构。大学的文化与制度是虚实相成的。制度是形而下的“器”，文化则是形而上的“道”。制度是“迹”，文化则是“所以迹”。有好的制度才能确保正常组织与运作的效率，才有规范可依。而在大学制度之上，还有大学文化。黄校长认为：文化是大学核心竞争力的最重要组成部分，对大学发展的影响是潜移默化、大道自然的，而且是更为深远的。所谓“大学文化”，是大学的一种精神状态与特有气质，它是在一所大学长期的办学过程中积淀而成，越是有着悠久历史传统的大学，其文化的影响力就越巨大，那些无形的、约定俗成的传统总是会随时随地展现在大学的运作过程之中。这种大学文化实际上就是一种核心价值观。

黄校长不断强调“大学是一个学术共同体”“教授就是大学”和“善待学生”三位一体的核心价值理念。这一治校理念，既是在中山大学发展过程中不断摸索出来的，也是借鉴国外数百年现代大学的经验而形成的，因此兼有现实性与超越性的品质。一方面，它直击当下中国大学行政化与社会化的要害，具有匡正时弊的现实意义，目的就是要使中山大学回归大学的本质、品格与使命。另一方面，它并不是只适应一时的权宜之计，也不是只适合一地一校的教育，它是对数百年逐步发展起来的现代大学基本理念的反思、提炼和总结，具有普适性与超越性，是一种可以超越国家与地域、制度与意识形态的价值观。在现行体制与条件下，这样的治校理念，最大程度地保障了对大学精神的追求与发挥。

如果说，黄校长的大学基本理念受到西方现代大学的启发，他的思想方法则显然受到本土传统思想的影响。黄校长常说：政策的制定过程，是一个不断地寻找平衡点的过程，而在寻找平衡点这个方面，儒家的终极理想“中庸之道”可以给我们以有益的启示。黄校长甚至把中庸之道的理念投射到对于中山大学文化精神的把握之中。他有一段妙论：

> 人们经常将中山大学简称为“中大”，细想其中似颇有深意，按我的理解，“中”的含义有平衡、均衡、中庸等意思，在这里主要体现为“度”。“大”的含义有包容、博大、深邃、宽厚、多样化、差异性等意思，在这里主要体现为多样性与差异性。

这虽属“望文生义”，却是独具会心的睿智。我们看到近年中山大学的许多制度与理念都体现出这种允执其中、不偏不倚的中庸之道：立规矩与留空间、学科规划与学术自由、科研创新团队与孤独的思想者、国际水平与国家需求、象牙塔与发动机、自律与他律、道义与利益、学术自由与社会责任、师道尊严与善待学生……这种中国式的智慧是一种哲学，也是一种艺术。

黄校长是数学教授，又长期在以理工科见长的浙江大学工作，对文科有个逐渐理解的过程。他曾说：“初来中大时，我就被中大文科教授们的风采所吸引，他们的博学让我敬畏，觉得就算不能与文科的教授们结成知音，也一定要做他们的朋友。但是过了一段时间，我发现，在文科的领域，也许我只能做他们的学生。”他又说，他从中大文科教授那里得到许多教益，所以更为大气，更有境界。我不认为这是故作自谦之语。一位领导有无“文化”，与其专业无关，主要在他对文化的态度与胸襟。黄校长来到人文学科传统积淀深厚和具有独立、自由与宽容风气的中山大学，以敬畏之心与谦逊态度，走进文化，领略文化，引领文化，成为有激情与想象、有人文情怀的管理者，有人格魅力、有思想深度的教育家。从这个角度来讲，他受中大文化与岭南文化沾溉甚多。

一位从事理科研究的领导而能热心地支持与呵护人文学科，已属不易，而这种支持与呵护是出于对人文学科的真切理解的，就更为难得。黄校长认为，人文科学是“无用”之“大用”。虽然它不能像科学技术那样直接产生经济效应，也不能为大学排名增加多少硬指标，但是它代表着大学的品位与境界，所以是一种软实力，一种极为重要的无形资产。它的作用可能要很久才看出来，却影响久远。鉴于此，中山大学非常强调正视学科的差异性，提倡学术的自由精神。黄校长说：对于基础学科，大学应该要有一种平和的心态，要有“养士”的气度。对于那些以学术为生存方式的学者，大学应该给他们良好宽松的学术环境和生活空间，而不应该以量化管理来制约其创造力。文科的评价有比较强的主观性，难以标准化。所以中大对于文科，相当重视“清议”。“清议”是一种纯学术的评价，是一种“共同体认同”，是一种可以经得起历史检验的“公论”，因为真正的学者心里自有“一杆秤”。“清议”只能出于“清流”，“清流”就是一批有学术水平与学术良知的精英学者，应该让这些学者拥有更大的话语权。

我与黄校长并无深交。回想起来，黄校长掌校十多年，我到校长办公室谈话只有两次。第一次是 2007 年 6 月份，黄校长约我到中山楼谈话。《中山大学学报》（社科版）原主编退休，学校领导希望我能接替此任。我说，我不是中共党员，恐怕不太合适。黄校长笑着说：我们知道，不过，我们信任你。主编是一个学术岗位，只要坚持严格审稿，按照学术发展的内在规律，坚持用高水平的论文就可以了。他又强调，不要有压力，学校不会以什么转载率、引用率指标来考核学报。临别，他补充说，有什么需要可直接找他。这样，《中山大学学报》（社科版）就成为中国高校文科学报第一份由长江学者任主编的学术期刊。

不久，我就请见黄校长。因为学报改版和扩版，需要在原有预算外增加经费投入。我向校长递交了扩版报告，黄校长批示道：“我认为，对学报的支持也是对文科支持的重要手段。”这两次谈话总共不到半小时，干净利索，就解决了问题。在主持学报工作中，我深深感受到学校所给予的充分信任与尊重。在一次长江学者座谈会上，我发言说：对于有责任感、有担当的学者来说，信任是一种压力，最大的压力就是没有给他们具体的压力。信任不是放任，而是为之提供一个更好的空间和宽松的环境。当时，黄校长在座，我见他频频点头，意颇然之。

黄校长刚到中大时，偶尔还与年轻教师打打篮球。他球艺精良，球风硬悍，对于胜负还颇为在意，那时他是多么的魁梧健壮啊。十年过去，虽乡音无改，笑容依旧，但头发逐渐斑白萧疏。2010年6月，我和彭玉平教授主编的《山高水长：中山大学文化研究》一书杀青，请黄校长赐序，他欣然俯允。在序中，他深情写道：

> 我与中大在一起，已经十二年了，对四个校区的一草一木，已产生了深深的眷恋，与中大在一起，我充满了激情。我知道，这种激情来源于中大的历史、现在和未来，来源于中山大学的每个人，更来源于中大的文化血脉，我朝夕浸淫其间，早已成为其中不可分离的一分子。

可谓情动于中，一唱三叹。个中况味，不难读解。半年后，黄校长卸任。2010年12月23日下午，怀士堂座无虚席。黄校长作卸任演讲时，一贯从容淡定的他竟不能自持，数度哽咽。他以校长身份说的最后一句话是：“我是中大人，中山大学是我永远的精神家园。”闻者无不动容。

卸任数天后，十多位文科教授请老校长到珠江边饮酒品茗。席间，互道多年来工作中之韵事和糗事，笑语不断，举座皆欢。临别，众教授赠老校长一纸，上以秦简字体书写一颂。颂曰：

> 亦长亦友，达己达人。
>
> 康园一纪，百卉争春。

前人有谓："秀才人情纸一张。"诚哉斯言。然纸薄，人情不薄。

愿康园春天永驻。

（黄达人《大学的观念与实践》，商务印书馆，2011年）

学人的名山事业

彭玉平教授新著《王国维词学与学缘研究》将付梓，问序于余。我对王国维与词学皆非专门之家，不敢轻置一辞，但我想谈谈与此书及作者的因缘际会、所闻所感，聊助读者之兴。

大约在十年前，我读了玉平一篇研究王国维《人间词话》的论文，我素知他倾心词学，以为这只是他研究晚清词学偶尔及之，不以为意。后来有次茶聚，他很郑重地跟我说，拟用若干年时间集中研究王国维词学，我听了依然不以为意。据我所知，对王国维《人间词话》的研究早已是近代文学批评中的显学，相关的研究成果可以说汗牛充栋了，此中还有叠床架屋或标新立异之作。他完全可以自开一境地，何必要在这个已经被过度开发的领域花费精力呢？

数年之后，许多重要学术刊物密集而持续地刊发了他的王国维研究论文。而每一论出，往往令人刮目，在王国维及词学研究界引起了不小的震动。我从而体会到，学术研究的推进未有止境，“显学”并非不可挑战，一旦有勤敏的学者沉潜其间，或可发现竟然有宝藏未被开掘过，甚至未受关注过。在外行人看来，王国维研究已到了山穷水尽的地步，而玉平从中竟能不断发现柳暗花明之境。十年过去了，他把这些论文整合为专著，我拜读一通，深有感慨：他在王国维研究上，可谓百尺竿头，更进一步，且有后出转精之妙。其中的功力与艰辛，岂容易道哉？

我总以为，学术研究必以文献为基础，或以新材料生发新问题，或从原有文献读出新问题来，这可以说是铁门槛。玉平之治学原先注意理论建构，新世纪以来，明显有所变化，这便是非常重视原始文献的发掘和整理。他对陈廷焯及《白雨斋词话》的研究就是在发现新文献基础上提出新看法的。当然，最集中反映其学术研究转向的还是王国维词学研究。他以文献的发现和梳理切入为研究起点：曾到王国维的故乡浙江海宁去寻访其留下的历史印迹；亦曾前往国家图书馆，借阅观摩王国维的诸种手稿，寻找一种与静安晤对的感觉，并将王国维遗留在手稿上的修订、圈点、标注都一一抄录下来。他曾在王国维的《壬癸集》中偶然见到王国维给清末大儒沈曾植的七封手札，而诸种《王国维全集》均未收录……这种种看似妙手偶得，其实是辛苦访书的合理回报，而此后的种种体悟发见，正是建立在此基础上的。

学术研究首要在识力，文献只是基础。对于原有史料的细心研读，从而得出新的见解，往往最见学者之功力。玉平之可贵，主要不在于他的功夫，而在于其识力和卓见。他善于发掘出一些常见文献所蕴含的学术价值，如《静庵藏书目》对王国维早期诗学观念的影响、《盛京时报》本《人间词话》在王国维词学中的终极意义等问题的发现，都是“好学深思，心知其意”的例子。《人间词话》的文本有手稿本、《国粹学报》本和《盛京时报》本三种版本。玉平指出，王国维1915年在《盛京时报》发表31则本《人间词话》，从时间来看，《盛京时报》本《人间词话》代表了王国维词学的终极形态。这个版本此前已为学术界所知，但基本没有引起注意，更无一篇专门研究的文章。而玉平发现，王国维不仅在这个版本中缩减了论词条目，更重要的是调整了理论指向：在《国粹学报》本中带有西学话语色彩的条目，基本上被删除。比如王国维这段话：

> 有有我之境，有无我之境。“泪眼问花花不语，乱红飞过秋千去”，“可堪孤馆闭春寒，杜鹃声里斜阳暮”，有我之境也；“采菊东篱下，悠然见南山”，“寒波澹澹起，白鸟悠悠下”，无我之境也。有我之境，以我观物，故物我皆着我之色彩；无我之境，以物观物，故不知何者为我，何者为物。

这段几乎所有的文学批评史研究者所赞赏引用的话，居然最后被王国维删弃不用；此外，还有优美与宏壮、理想家与写实家、主观与客观等条目也都被删略。这确是令人意外又引人深思的。按玉平的解释，这种删弃直接而且强烈地表现了王国维“去西方化”的理论意识。此前研究王国维词学的学者，多强调他受到西学的影响，玉平通过考察《人间词话》的版本变化，考察西学对王国维思想影响有一个历史演变过程，指出后期王国维出现了“去西方化”的转型。王国维作为最早将西学引入中国传统词论者，最终又将之删略，不欲存其痕迹，确是有一种丰富意味和启迪意义的。又如，学界多认为王国维早年钻研西方哲学、美学理论，喜欢康德、叔本华、尼采三位大哲，他正是以西学来反观中国的诗词批评，故而才有了古今独绝的《人间词话》。但在玉平看来，王国维的思想底蕴实际上并未跳脱中国古典美学的传统，《人间词话》纵使言及西方文学概念如主观诗、客观诗等，也只是一种借鉴和化用，王国维其实是停留在中西哲学美学的会通之处。玉平的结论是，中国古典诗学才是王国维词学的主要源头，西学只是以话语的方式点缀其中、佐证其说而已。玉平以实证的方式把王国维放在那个时代语境之中，由此入手，勾勒出王国维早期文学观念的形成过程，调整对王国维词学的认知格局，展现出一个更为丰富复杂而有变化的王国维。

读到这里，引发我的遐想：《人间词话》的手稿本、《国粹学报》本和《盛京时报》本三种版本代表王国维不同时期的词学思想。按理说，《盛京时报》本为王国维晚年所删定的版本，代表他最终定型的词学思想，但为什么反而没有引起足够的重视和阐释呢？这确是一种有趣的现象。我曾经提出过，中国文学批评上有一种集体认同，即集体对客观事实有选择性地接受。集体认同的结果与其说是一种事实，不如说是某时代与多数人的观念趋向。集体认同的力量极大，甚至超出作者本人的意愿。按我的理解，《盛京时报》本《人间词话》虽然是一种众所周知的客观存在，却不是多数读者与学者所接受所喜欢的“终极形态”。无论王国维如何删略，多数读者总是固执地把“意境”说与“有我之境与无我之境”“优美与宏壮”“理想家与写实家”“主观与客观”融为一体。王国维之所删，敌不过读者之所赏。这就是一种集体的认同。在我看来，读者激赏王国维的“意境”说正在玉平所说的“中西哲学美学的会通之处”，而不是“去西方化”回到纯粹的传统词论。王国维《人间词话》接受史正说明：近代以来，中国学术在本土理论与西方理论的关系上，存在非常复杂的关系。像王国维这种先知先觉者，先是引进西学，然后欲登岸舍筏、过河拆桥，消解西学痕迹，无奈桥就筏成，方便大众，遂广被接受而不可弃离。由此可见，“去西方化”并不是一厢情愿的事，这是令人深思的。

本书分为文学观念、词学本原、词学接受与学术因缘四部分，就我本人而言，对学缘部分更感兴趣。王国维的学缘研究，本身就是一个具有重要学术史意义的新命题。本书通过十个个案，比较全面地考察了王国维的学术因缘，对其文学、词学、学术思想的源流做了勘察分析。其中如龚自珍、沈曾植、罗振玉、罗振常、梁启超、陈寅恪、胡适与王国维的全面学缘关系分析，应是本书首次全面论及。陈寅恪虽然未涉词学，但他与王国维在文史互证的方法上、文体观念上颇有承传之迹，也同样值得关注。读到王国维与梁启超、胡适、陈寅恪等学者相知相敬相重相推的故事，竟令人深思久之，引发无限羡慕和向往之情。

说到学缘，我自然想起与玉平的同门之谊。我们先后在复旦大学求学，师从王运熙先生。1996 年他到中山大学工作，自此成为同事。在学生眼中，他是兼具风度和深度、魅力和实力的老师。在我看来，他是那种天分很高又很用功的学者。他对于学术研究可以说是痴迷的，写作时几乎将一切都置之度外，可以连续好几天不下楼。他书房里的桌上、地上堆满书，要踮着脚尖才能进得去，还不许家人收拾整齐。写论文时，却能乱中取胜，信手找到需要的书籍。我和玉平出于同门，但我比他痴长近十岁，性格也迥乎不同，不过，在对学术的敬畏与追求上可谓莫逆于心。师兄弟间切磋互补便成为生活中重要而有趣的部分。平时奇文共赏，相析疑义，读书有得，共享欢愉。每一文初成，则请对方挑剔摘瑕，持论甚严，出语甚直，彼此从不以为忤。读书之余，品茗饮酒，互相调侃笑谑。也常结伴山水之间，得浴沂咏归之乐。曾二度同游雪域，尼洋河畔的夭夭桃花，珠峰本营的皑皑白雪，留下几许欢言笑语。犹记布达拉宫广场，一群少年欢聚，我们也戏摹其狂态，两掌互抵，然后乘势一跃，双脚向后踢起。同行友人匐身抢拍，我们俩一起飞身跨越布宫的“雄姿”便成定格。

玉平到中山大学工作，转眼已近二十载。来时还是玉树临风的翩翩少俊，如今已知天命，而我已近耳顺之年了。我和他常感叹岁月流逝之速，惕然而惧。曹丕曾云：“盖文章，经国之大业，不朽之盛事。年寿有时而尽，荣乐止乎其身，二者必至之常期，未若文章之无穷。是以古之作者，寄身于翰墨，见意于篇籍，不假良史之辞，不托飞驰之势，而声名自传于后。”我们常互相砥砺，以为学术虽非经国之大业，然亦可为不朽之盛事。真正学人之所追求，非求田问舍之利，非予夺生杀之势，也不在一时之荣名，唯在于名山事业耳。这也是近二十年，我们常常议论的话题。

我以为，对于玉平而言，名山事业是可以期待的。经过多年的潜心努力，他的王国维研究已获得学界的普遍赞誉，被视为近年该领域的代表性成果。其《人间词话疏证》一书，先后被中华书局收入“中国文学研究典籍丛刊”和“中华国学文库”，可视为能“自传于后”之著作了。而他在这本新著中投注更多的心血，寄寓更多的思想，我对它自然有更高的期待。

（彭玉平《王国维词学与学缘研究》，中华书局，2015年）

学术史须与研究对象平等对话

20世纪出现过两次学术史的研究热潮，一次在清末民初，一次在90年代前后。这两次学术史热潮似乎都是面临着西方文化的挑战而作出本土学术的总结与回应。不过研究重点各有不同。清末民初重点是对整个中国传统学术的总结，而近一次学术史热潮重点却是对20世纪学术史的回顾。如果仅考虑其范围之大、作者之众与成果之多，则后者远远超出前者，已宛然成为20世纪末一门显学，几乎各个学科、各个专题都有20世纪的学术史，一时间，赶制各个学科的学术史成为一项浩大的“世纪工程”。

也许是因为中国古代文论的独特性，它的知识体系、言说方式和精神气质在当代西方文化传入所面临的特殊挑战，古代文论研究领域，有点“春江水暖鸭先知”的味道。关于20世纪古代文论研究的回顾工作，似乎来得比较早，80年代中期就陆续开始了。到90年代后期，达到高潮。前前后后已有二十年之久。成果的数量相当可观，假如把大量尚未发表的有关该专业研究的博士、硕士论文和相关的会议论文都算在内的话，数量之多就更为惊人了。

不过，我们再回头看看二十多年来这些古代文论“学术史”研究的成果，客观而不客气地说是“鱼龙混杂，泥沙俱下”。除了为数不多的学者所写的严谨的研究论文著作之外，可圈可点的不多，总体水平并不令人乐观。大量的论著与其说是“学术史”，不如说是对以往研究成果的介绍。平心而论，这些研究也有不可小看的价值，比如让研究者知道已有的研究历史和现状，避免因闭目塞听而造成床上架床的低水平的重复研究，这也是功不可没的。

王国维说：“诗人对宇宙人生，须入乎其内，又须出乎其外。入乎其内，故能写之。出乎其外，故能观之。入乎其内，故有生气。出乎其外，故有高致。”学术史研究也须能“入”能“出”：不但要对研究对象的学术领域有透彻的了解，而且还要站在学术史的高度，冷静地观察，科学地分析，理性地判断，并为后来者指出向上一路。如果说学术史重在“辨章学术，考镜源流”的话，现有许多“学术史”研究成果在“考镜源流”方面的工作，做得还属差强人意，而真正做到“入乎其内，出乎其外”的“辨章学术”却不多见。这种研究离真正有个性、有史识、敢论断、敢担当的学术史研究还有距离。我以为，学术史是专门之学，也是专家之学。学术史的研究者只有处于与研究对象平等对话的水平和心态，其研究才可能达到比较理想的境界。

古人说，文学批评需要“才、胆、识、力”，学术史的研究何尝不是这样？谈到中国文学批评学术史的研究，在我的记忆中，似乎以刘勰一段评论历代文学批评的话为最早：

> 详观近代之论文者多矣：至如魏文述典，陈思序书，应玚文论，陆机《文赋》，仲治《流别》，弘范《翰林》，各照隅隙，鲜观衢路，或臧否当时之才，或铨品前修之文，

> 或泛举雅俗之旨，或撮题篇章之意。魏典密而不周，陈书辩而无当，应论华而疏略，陆赋巧而碎乱，《流别》精而少功，《翰林》浅而寡要。又君山、公干之徒，吉甫、士龙之辈，泛议文意，往往间出，并未能振叶以寻根，观澜而索源。不述先哲之诰，无益后生之虑。(《文心雕龙·序志》)

而稍后的钟嵘《诗品序》也有一段颇有文学批评学术史意味的话：

> 陆机《文赋》，通而无贬；李充《翰林》，疏而不切；王微《鸿宝》，密而无裁；颜延论文，精而难晓；挚虞《文志》，详而博赡，颇曰知言：观斯数家，皆就谈文体，而不显优劣。至于谢客集诗，逢诗辄取；张骘《文士》，逢文即书：诸英志录，并义在文，曾无品第。

刘、钟之话主要立足于"破"，也许失之片面，但是其非凡胆识和理论个性千载之下仍跃然纸上。古人对作诗和论诗有不同要求：作诗要含蓄温柔，而论诗却要有胆有识，直截了当。比如严羽主张作诗要"羚羊挂角，无迹可求"，但其论诗却自称是"直取心肝刽子手"。古代这种重胆重识的批评风气也应该成为中国古代文论学术史的传统。

最近，蒋述卓先生嘱我为他与刘绍瑾、程国赋、魏中林几位教授合著的《二十世纪中国古代文论学术研究史》写序。说实话，当时我头脑中第一个反应就是——这本书是不是出得晚了一点了。他们的研究计划，实际上十年前就开始实施了，而迟至现在才写成，不知是因为从容还是由于拖延，总之是没有赶上世纪之交的热闹。现在“学术史”研究热潮已消退了，这部书的出版不免要落寞冷清些。不过，在冷清之时，用平静之心慢慢地来阅读，倒是饶有趣味的事。广州的春天，阴雨连绵，而四月份又是高校教师开始繁忙的季节，我便在淅淅沥沥的春雨中，断断续续地读完了这一大摞书稿。

本书诸位作者都是我多年的畏友。他们都是出于名校名师门下的博士，学有师承、术有专攻的教授。蒋述卓博士是王元化先生的高足，1989 年毕业到广州的暨南大学工作；次年苏州大学钱仲联先生的高足魏中林博士也来到暨南大学。程国赋博士晚些来，他是南京大学卞孝萱先生高足。刘绍瑾先生在武汉大学硕士毕业，分到暨大，后来随饶芃子教授攻读在职博士。我与他们几位同在广州，常有学术上的交流，我对他们几位在专业上的造诣和成就是很敬佩的。

对于这几位才华横溢的教授来说，要完成一部书稿并非难事。但要写得好，却又非易事。古人说：一部二十四史，从何说起。其实，便是一部 20 世纪古代文论学术史，也是千头万绪，难以把握的。本书分为上、中、下三编，上编、中编是纵向的历史研究，分别叙述 20 世纪上半叶与下半叶的中国古代文论学术史；下编则是对 20 世纪中国古代文论专题研究的回顾。本书不可能涉及 20 世纪古代文论研究的所有问题，甚至重要问题也未必能一一顾及。学术史研究者不但有理由研究他所认为重要的问题，也有理由不研究他所不熟悉或人们过于熟悉的问题，哪怕是重要的问题。而在研究具体问题时，也完全可以采用姜白石所说的“人所易言，我寡言之；人所难言，我易言之”的叙述策略。

本书的价值，不在于“全面”，而在于“特色”。作者高明之处是善于从大处着眼，把握历史发展的线索，在纷纭复杂的现象中抓住有本质意义的问题。全书构架安排颇显匠心，其编次章节的布置安排，潜藏着作者对于20世纪中国古代文论学术研究史的总结和论断。整个研究显得有章有法，有点有面。三编联系密切，互为补充。经纬交织，史论纵横。上、中编的研究以史为线，力图以历史的原貌为研究基础。它是在具体时间中进行的，但并非平铺直叙。作者在历史发展线索中以敏锐的眼光归纳出一系列重要的学术史问题来，并寓论断于叙述之中。下编是十二个专题研究，例如20世纪孔子文艺思想、庄子文艺思想，《文心雕龙》《诗品》等专题，这些专题研究又是在历史线索中展开的，以避免蹈于空疏之病。全书二十四章，其实就是二十四个专题研究，每章钻研一个问题。其研究尽可能做到在“考镜源流”中“辨章学术”，显示出相当的理论深度来。

对于这一部晚出的20世纪古代文论学术史，我们有理由期待它是在众多研究成果基础之上后出转精之作。蒋先生在“后记”中谦称该书为“铺路石”。我想，假若该书能够成为中国古代文论的学习者所需要的入门书，“铺路石”也就成为后来者向上攀登的必要的阶梯了。

（蒋述卓等《二十世纪中国古代文论学术研究史》，北京大学出版社，2005年。）

在原始语境中发现历史

研究当代社会科学与研究古典学的学者，心态、气度往往不同。前者俯视平辈，直击现实，容易产生“一览众山小”的豪迈。而古典学学者面对悠久的学术史，仰望一座座高峰，更多的是“高山仰止”的敬畏。前人汗牛充栋的成果容易让古典学学者产生一种“影响的焦虑”。

如何有所创新，一直就是困扰和挑战古典学学者的问题。陈寅恪先生曾提出：“一时代之学术，必有其新材料与新问题。取用此材料，以研求问题，则为此时代学术之新潮流。”（陈垣《敦煌劫余录序》）陈寅恪先生指出向上一路，陈义甚高。“新材料与新问题”确是极为重要的，两者结合自然是治学最上乘的境界。比如近代以来的敦煌学、古文字学、考古学都是有赖于新材料而兴起的。像敦煌石窟与甲骨文等这类“新材料”的发现而引发的“新问题”，实在是千载难逢的。如果古典学者一定要等“新材料与新问题”才进行研究，那就不免要守株待兔了。不过，我们也不必因此而悲观踌躇。回顾一下中国学术史，尤其是思想史，多数重要成果的取得并不是因为“新材料与新问题”的出现，而是由于新思想与新理念的引入。陈寅恪先生本人的成就也并不都是甚至主要不是来自“新材料与新问题”，他的高妙之处，是在常人熟见处发现新问题，即是在传统的学术领域中用新的眼光和见识发现和解决问题。这是更具魅力和挑战性的。

就古代文学而言，新的观念和见识固然可以借鉴外来的文学理论研究成果，但更应该从中国丰富的文学实践中提炼出来，将思想和研究的立足点回归到中国古代文学的原始语境，回归到中国传统典籍内部所呈现的自然脉络，在中国本身的历史丰富性之中去不断发现和创造。

在20世纪80年代，著名学者程千帆先生就提出："所谓古代文学理论，应该包括'古代的文学理论'和'古代文学的理论'这两层含义。因而古代文论的研究，也就应该采取两条腿走路的方法，既研究古代的文学理论，也研究古代文学的理论。前者是今人所着重从事的工作，其研究对象是古代理论家的研究成果；后者则是古人所着重从事的，主要是研究作品，从作品中抽象出文学规律和艺术方法来。……二者虽然都是重要的，但比较而言，后者是更困难，也是更有意义的工作。"（《古典诗歌结构与描写中的一与多》）程先生的高论为我们提供了拓展古代文学理论研究新领域的思路。如果要"从作品中抽象出文学规律和艺术方法来"，那就应该在现有的研究理论、概念之外，提出新的概念与范畴。

魏中林等先生所撰的《古典诗歌学问化研究》一书，最大的特点和亮点就是：它不是从外在的理论和现成的文学史框框出发，而是在中国古代文学的原始语境中，从中国传统及其原始典籍内部的脉络中，梳理了文学发展中一个长期存在却一直没有被充分关注的显见事实，然后把被隐没了的理论与被遮蔽了的事实再度揭示出来。这个问题就是"古典诗歌学问化"。"古典诗歌学问化”正是立足于现有的研究理论、概念和文学史框架之边缘，所提出来的符合中国古代文学事实的新命题。我们借用程千帆先生的说法，这本书就是“研究古代文学的理论”，具体来说，也就是“从作品中抽象出文学规律和艺术方法来”。这正是它的独到之处，也是其价值所在。

我曾经说：“在古代文论的原始语境中，理论的‘生态’往往是平衡的，每种理论常常是和它的对立面相反相成地存在的。”（《“诗能穷人”与“诗能达人”》，《中国社会科学》2010年第4期）在中国古代文学批评与文学创作中，以“性灵论”为中心的“意境化”与“学问化”实际上是相反相成地存在着。但是，长期以来，“意境化”问题占住了中国古典诗学的视野中心，而“学问化”的问题，虽然相关的如“学人之诗”等论题亦受到关注，但深度的系统研究整体上仍处于被忽视或被忽略状态。

作者所谓的“学问”并不仅是指书本知识，所谓“学问化”也并不就是掉书袋。“古典诗歌学问化”是指将诗歌创作与知识、学问、道理等修养联系起来看待，因此，本书的“学问化”的内涵是比较宽泛的。基于此，作者认为，“古典诗歌学问化”是自《诗》《骚》以来中国诗学文化的一种传统。“古典诗学学问化不仅是某一时期或流派所集中体现出来的片段性现象，而且是伴随着古典诗学历程强弱参差地形成一个持续性过程。”“这一过程的基本趋向是以踵事增华的方式由弱渐强，越来越明显。”（《绪论》）本书从理论的高度上提出这个问题，然后对中国古典诗歌创作与理论批评的“古典诗歌学问化”进行史的勾勒与探讨。全书共七章，上至中国诗歌发轫的先秦时代，下至新文化运动，原原本本，追源溯流，系统地梳理了“古典诗歌学问化”的问题。从某种意义上说，这是一本别出心裁的文学史。虽然，本书涉及问题面广而且历史悠久，观点或可商榷，文献容有未安，但是作为一部“问题发展史”，它必有其独特的理论价值。

我读完这本书，掩卷之余，不免思绪纷纭。

我们曾经以为文学产生于民间，产生于劳动，诗是一种纯粹感情的产物，而诗歌创作与知识学问没有什么关系。这些说法自然有其道理，但又不免片面。在许多人的观念中，民间就是天籁，到了文人手里，就往往折杀了诗的纯美。这就有些偏颇了。在文化史上，文人对于民间文艺雅化作用的积极意义要远远大于其消极意义。没有文人的记录、提升与传播，民间的性灵与智慧，可能很快就灰飞烟灭，无声无息。《诗经》中当然有些是采自民间的诗，但肯定是经过文人的选择、修饰、加工和提炼的。比如《诗经》首篇：“关关雎鸠，在河之洲。窈窕淑女，君子好逑。”这些诗句很难想象纯粹是那些目不识丁的百姓信口创作的、纯天然、原生态的民间诗歌。其实，有些我们所读到的以为很“民间”的文学，也是经过文人与民间一批有知识的“秀才”记录与加工的。这个道理看看明代冯梦龙辑录的民歌就明白了。民间与知识绝不是矛盾的，更不是对立的。就像现在网络和手机上流行的那些极为机智的段子、民谣，当然可以算是民间的智慧了。但这些绝对不可能是那些文盲或文化程度较低的人所能编造出来的，很可能是一批有“学问”的文艺青年在网上神思飞扬的集体结晶，也可能是一批文化和智商都很高的公务员在酒余饭后的凑趣逗乐。其实，民间社会也是可以“学问化”的。以今度古，想当然尔。

诗歌创作没有“性灵”不行，就像没有火种如何燃烧。光有“性灵”也不行，就像只有火种而没有充足燃料，如何能成燎原烈焰？性灵与学问都是诗歌创作不可或缺的要素。诗歌需要性灵，是不论自明的。诗歌需要学问的道理，则尚要饶舌几句。以李杜为例。杜甫自称“读书破万卷，下笔自有神”，他的学问自然不必多说了。李白天才飘逸，似乎与“学问”无关。但李白也不是光会饮酒大言，他也是喜欢读书，也有“学问”的。他自称：“五岁诵六甲，十岁观百家。轩辕以来，颇得闻矣。常横经籍书，制作不倦。”（《上安州裴长史书》）李白的话也许略有夸张，但如果翻翻《李太白全集》，看看他所写的赋、表、书、序等，可以发现，李白还是挺有“学问”的。就是在李白诗中，用典与点化几乎在在皆是。就以被人读后惊呼为“谪仙人”的《蜀道难》一诗为例，就用了许多典故，腹笥极富。我们可以说，中国古代著名诗人中，几乎没有一个是不读书、没“学问”的。如果没有浸淫于书林艺苑之中，传承悠久的历史文化，体味和领悟古往今来、人生社会的奥妙哲理，所谓的性灵，只能是浅薄而没有深度的。也许，灵光一闪，就转瞬即逝。所以，严羽在《沧浪诗话》说：“诗有别材，非关书也；诗有别趣，非关理也。”但紧接着又补充说：“然非多读书、多穷理，则不能极其至。”“学问化”的重点在于能“化”，学问是诗人的修养而不是诗歌的表现对象。“化”境就是自然而然地流露，而不是刻意展示。你可以感受到，却难以一一指出来。若能“化”，则知识、学问、义理都如水中着盐，无迹可寻了。若不“化”，哪怕学际天人，学问反成了眼中之金屑。

我在读此书时，有个问题一直萦绕心中：既然“意境化”与“学问化”在理论与创作上都是并存的，为什么最终会出现“意境化”占住了中国古典诗学的视野中心，而“学问化”则被边缘化？对这种现象，我们除了判断其合理还是不合理，合乎还是不合乎历史事实，更重要的是要理解这种现象产生的深刻原因。我曾说过，在古代文论的原始语境中，理论的“生态”往往是平衡的，“但是，经过人们的阐释与接受之后，‘平衡’就被打破了”。那么，这种有选择性的阐释与接受的背后，肯定含蕴着中国古人传统的诗歌理想与美学观念。我们发现了理论盲点，然后把这些曾被遮蔽的历史展示出来，这工作很重要，但我们仍然可继续追问：这种“盲点”的形成，是否是中国人自古以来集体的、有意的选择性“失明”？若是的话，那么，这种选择体现的是偏见和短视，还是智慧与深刻呢？这也许也是一个有趣的而且是深层次的问题。

我与魏中林教授相识已经二十多年。1990 年，中林从苏州大学博士毕业，分配到暨南大学，而我则从复旦大学分配到中山大学。中林师承国学大师钱仲联先生，专攻清代、近代文学。我与他专业相同，且年纪相仿。刚认识时，他还很年轻，但看起来成熟持重，气度不凡，性格豪爽而心思缜密，谈论则高屋建瓴而极富逻辑。当时，广东省古代文学的博士还相当少，我们一起组织了全省古代文学的博士联谊会，经常聚会，交流心得，讨论问题。后来，中林与我都任广东省古代文学研究会的负责人，也多次组织古代文学的年会。中林每年博士、硕士毕业，也经常让我去主持答辩。那时，我们在学术交流上是相当频繁的。

近十年来，中林因为政务繁重，我们之间交流渐稀。但是，我不时还能读到他发表的学术论文。在行政之余保持学术研究，可以想象是相当艰苦的。不过，也许可以获得一种追求真实与自由的人生快乐。本书稿是中林主持的教育部社科基金项目的结项成果，是他与高足共同完成的。当中林把书稿传给我，命我作序时，我就欣欣然应允了。我能成为此书稿的第一读者，感受其智慧，领略其精彩，也是一大乐事。

我读了这本书稿，深有感触，又回忆起二十多年来与中林交往诸事，浮想联翩，漫录于此。虽卑之无甚高论，然仿佛与故人对床夜语，絮絮叨叨，拉杂而谈，不亦快哉！

(魏中林等《古典诗歌学问化研究》，中国社会科学出版社，2012年)

文献考索与理论思辨

在中国文学学术史上，近代文学具有承前启后的重要地位，这是学界的共识。不过，在高校现有学科设置中，近代文学并不是一个独立的学科，地位颇为尴尬。在古代文学学科和课程中，近代文学像是壁虎的尾巴，说是很重要，但情急之下，即可自断其尾。从先秦文学一路讲下来，到了近代，授课老师往往点到为止。甚至，连“点到”的时间都没有，课程就结束了。而在现代文学学科和课程中，近代文学又像是一顶帽子。需要时即可戴上，不需要时便可摘下。于是，就出现一种奇怪现象：大家都知道近代文学的重要性，而实际上它仍然颇为边缘。

尽管如此，有一批优秀学者仍坚持在近代文学领域里辛勤耕耘，并取得引人瞩目的成果。这其中，左鹏军教授是 20 世纪 60 年代学者的代表性人物之一。

华南师范大学的近代文学研究有优良的学术传统，一直是中国近代文学研究重镇。左鹏军硕士阶段曾在华南师范大学中文系随管林、钟贤培教授研究近代文学，后考入中山大学中文系，随吴国钦教授攻读博士学位，研究近代戏曲。博士后期间，随复旦大学黄霖教授继续研究近代文学。

左鹏军的学缘和师承，决定了他具有两个特殊的学术基点，一个是近代文学，一个是戏曲史。近代文学，边缘也；戏曲，亦冷僻也。但是，他把两者结合起来，便发生一种奇妙的“化学反应”，自然而然地形成了“近代戏曲研究”研究方向。于是，这原本边缘冷僻之学，就成为左鹏军治学成功之通途，而且还成为他笑傲“学术江湖”的杀手锏。

大凡治学术者，如果选对了方向，只要坚持下去，十年、二十年，必能有所成就。左鹏军的成就，又一次证实这一规律。在我看来，目前学术界年轻学者中，在近代戏曲文学文献之整理与研究、近代戏曲作家作品考定等方面，就已有成就而言，似无出其右者。他在海内外出版的专著，有《文化转型中的中国近代戏剧》《近代传奇杂剧史论》《近代传奇杂剧研究》《晚清民国传奇杂剧考索》《晚清民国传奇杂剧史稿》《晚清民国传奇杂剧文献与史实研究》等多种。此外，还有大量相关的学术论文。其中，《晚清民国传奇杂剧文献与史实研究》一书，还入选 2010 年《国家哲学社会科学成果文库》。目前，他还承担了国家社科基金重大项目“近代戏曲文献考索类编”。这当然是一份漂亮的学术成绩单，但还不是他在这个领域的所有成果。

这本《近代戏曲与文学论衡》是鹏军多年来研究近代戏曲、近代文学理论的论文选辑。去年暑假期间，鹏军就把这本书稿给我看，希望我写一个序。我在暑假和寒假中，断断续续读了全书。读完之后，掩卷思考。此前，我一直认为，鹏军治学走的是文献整理与文献研究的路子，他最主要的成就，是在文献与史实考订之上。这是他之所长，也是其特色。读了这本书，我对他有了更为全面的认识。我以前对左鹏军的了解虽然没有错，却似乎有点片面。因为他的工作，并不仅限于文献与史实考订。事实上，他一直努力进行理论方面的思考，这本书就是这方面的成果。全书内容非常丰富，我只能举例而言。

比如，他对学术史上重大问题和学术传统的反思与考察，就颇有心得，也有价值。他认为，自二十世纪二三十年代以来，在近代文学研究中，长期存在一种从新文学立场出发的文学史研究立场。主要表现为持续进化、崇尚变革、向往西学、否定传统的单一化、主观化的文学史观念；与此密切相关，在具体的研究过程中，表现出与此相同的价值向度和思想特点，思想内涵不断强化，学术内涵明显减少，使文学史研究不适度地走向了过分逻辑化、简单化的道路。《近代文学研究中的新文学立场及其影响之省思》一文，对自胡适、周作人、吴文祺、陈子展、阿英等人以来，近代文学研究研究中长期存在、至今流行，甚至已经合法化的新文学、新文化立场提出反思，对这种立场下对传统文学的遮蔽、否定提出批评，并提出一种中西会通、古今兼顾的通达的近代文学研究立场。在近代文学研究中，提出这一重要的理论问题和实践问题，饶有意义。

20世纪80年代中期，黄子平、陈平原、钱理群曾提出“二十世纪中国文学”概念，至今近三十年了，在学术界产生了很大的影响。左鹏军《“二十世纪中国文学”研究中的一种普遍性缺失》一文，在充分肯定“二十世纪中国文学”理论贡献同时，对这个命题以及后来众多追随者，在对传统文学的现代价值及其最后遭际的体会、认识不足的思想缺陷和学术偏颇，进行反思并提出批评意见。这也是较早对“二十世纪中国文学”这一重要概念及相关问题进行的反思。这种反思，既具有深入思考的理论意义，又具一定的实践针对性和批判性。

近代以来，激烈的反传统主义、激进主义占据学术主导地位，在此文化背景下，这一时期一直存在的“传统主义”戏曲现象，一直被研究者普遍忽视。鉴于此，《论近代传奇杂剧中的传统主义》一文，对“传统主义”戏曲现象进行历史考察，提出对这种戏曲创作及相关文化现象应保持理解之同情，认识其现代文化价值和思想意义。

总体而言，读了这本著作，我以为，左鹏军对近代文学总体变革趋势的勾勒，对近代文学研究的学术观念、立场与方法，以及学术史经验的反思与重估，这些高屋建瓴的宏观研究，是建立在坚实的文献整理与研究之上的。这些成果，不仅给读者带来理论思辨的快乐，而且对于认识和推进近代文学研究发展，也是颇有借鉴和建设意义的。

鹏军的研究，引发我的感想。古代文学的研究现状，有一种思想退位、理论淡出、文献收集与考据成主角的倾向。大量论著不必说，在备受瞩目的国家社会科学基金项目申报中，大量课题都喜欢冠以“文献”“考论”。尤其是重大项目，如果题目是“文献”或“集成”的话，申请的成功率就比较高。现在大学生写论文都喜欢堆砌大量的文献史料，题目动辄也冠以“某某考”了。许多人不喜欢甚至瞧不起理论研究，他们认为，只有文献才有学术生命力，只有考据才是真功夫。这种风气是对长期以来中国学术研究理论空疏之风的反拨，所以是可以理解的，也有一定意义。确实，游言无根的理论是毫无意义的。一座摇摇欲坠的大楼，实在不如一堆结实的砖瓦栋梁。文献学是人文学科的基础，其重要性是不言而喻的。但是，我以为，学科是有其特殊性的。文献学专业自然是以文献为主，这不必多说。在文学史与文学批评史方面，我们固然欣赏纯文献的研究，但并不欣赏一哄而起搞文献、史料之学。就我本人而言，更欣赏的是在文献基础上的理论探讨，我以为这是一种坚实而灵动的学术。我们的时代，毕竟需要有高度的理论建设。

回到左鹏军的研究来。他的所长确在文献之整理考索上，这方面的成果已卓然成家，但他并不满足于此、止步于此，他有更高远的目标，他有意识地追求在文献整理研究的基础之上，进一步的理论与思辨的研究。其实，这也是一些前辈学者所倡导的治学方法。程千帆先生曾说："我们工作的目的、研究的最高希望，就是文艺学和文献学两者的精密结合。"文献学导向坚实，文艺学导向高妙。不坚实即为空疏，乏高妙容易板滞。程先生的话很朴实，但为我们揭示很高的学术境界。我服膺程先生的教导，也赞赏左鹏军这种文献与理论兼重的学术追求。这或许是他以后能够不断超越自我的重要途径。我以为，人文学科的研究就像画圆圈，文献与理论就如同圆规两脚，圆圈大小取决于这两脚的长短。我期待而且相信，鹏军能以文献学与文艺学作为双脚，把学术之圆画得越来越大。

（左鹏军《近代戏曲与文学论衡》，上海古籍出版社，2017年）

以“旧式”为“新声”

在中国著名的综合性大学中，中国古代文学这个传统学科都堪称历史悠久、积淀深厚。中山大学的古代文学学科也不例外——她的历史与孙中山先生所创立的中山大学（初名广东大学）同样悠久。鲁迅、郭沫若、陈中凡、方孝岳、容庚、商承祚、詹安泰、董每戡、王起等名字让我们回忆起来充满着自豪感。

然而，对后人来说，学科辉煌的历史与丰富的遗产同时也是压力。我们站在前人的肩膀上，固然占了“便宜”，但也像是站在海拔极高之处，每一步攀升都异常艰难。仰望前辈，如何既继承学术传统又有所发展，是我们一直思考的问题。

当今，“独创”二字已经成为各个社会阶层的流行语。不过，各个领域不同，不同学科有异：有些贵在创造发明，有些偏重发掘发现。有些可能是“独创”，有些则只能是“独特”。对于人文学者来说，我们似乎很难以创造发明自诩；形态上的“新”与“旧”也难以用来判断学术价值的高下。所谓“创新”，未必意味着对于传统的抛弃。按照清代学者纪昀评点《文心雕龙》的说法，在历代文坛上，“新声”可能成为“滥调”，“旧式”也可能成为“新声”。新与旧不是绝对的，是会互相转化的。在传统断裂的时代，挖掘与发现传统文化资源，也是颇有价值的事。

在中国文学批评史中，文体学就是传统的学术资源。“以文体为先”是中国古代文学批评与文学创作的传统与原则。中国文体学成熟相当早，《文心雕龙》在文体学方面已经相当精深而自有体系，此后的文体学可谓久盛不衰。但近代以来，西学东渐，中国文体学日益式微，甚至被人所淡忘。从 20 世纪 80 年代起，在新的学术观念推动下，文体学研究成为古代文学研究的新视角之一。近年来，文体学研究更是越来越受到中国文学学术界的重视，成为一个极具研究价值的前沿学术领域和备受关注的学术热点。

尊重古代文学的历史事实，回到文体的历史语境，将文学观念和理论建筑在具体文学史实之上，以中国“文章学”的观念来“发现”、诠释和演绎中国文学自己的历史，尽可能消解自新文化运动以来套用西方文学分类法研究中国传统文学造成的流弊——这是近年来中国文学研究源于自身需要与反思所形成的重要发展趋势，也是中国文体学兴盛的背景。这一兴盛具有丰富的学术史意义，它标志着古代文学学术界的两个回归：一个是对中国本土文学理论传统的回归；一个是对古代文学本体的回归。

回归本土与本体，并不意味着满足于回归到“旧式”那里去。我们强调回归到中国文化与文学的原始语境与内在脉络，同时又不能也不可能排除现代意识。西哲曾云：“人不可能两次踏进同一条河流。”虽然，中国文体学之复兴，为“古人之旧式，转属新声”，但可以肯定的是，这种作为“新声”的“旧式”已经完全不可能与古代的文体学相同。我们要站在 21 世纪的学术高度来研究中国文体学，回到中国文体的历史语境，但又不仅仅是要回到刘勰等古人的理论，同时必须具有当代的学术意识，反映出当代的学术眼光、学术水平与境界。

作为国家级重点学科，中山大学古代文学学科必须有自己鲜明的特色，有受到学界认可的学科方向。中国古代文体学研究就是近年来我们凝聚力量、重点建设的研究方向。经过多年的努力，它已经成为本学科影响最大的方向之一。同仁们在古代文体学研究方面成果丰硕，除了发表了大量论文之外，还撰写了不少专著。同时，也承担了一系列国家级和省部级科研项目，尤其是国家社科基金重大项目“中国古代文体学发展史”，为了及时反映这些研究成果，我们组织出版这套“中国古代文体与文体学研究”丛书。

本丛书是开放与持续的。作者除了中山大学古代文学学科的教师，还有其他高校教师与学界同仁。所收成果以中国文体学研究为重点，兼及相关领域的研究。我们希望能不断地吸收中国文体学研究成果到本丛书中来，共同推进中国古代文体学研究的发展。

（“中国古代文体学研究丛书”，北京大学出版社，2011年）

选堂之气象

韩山师范学院赵松元教授寄来研究饶宗颐先生的著作《选堂气象》书稿，索序于余。拿到书稿，我马上就被书名吸引了，由此引发许多感触。昔者论古文，有“韩潮苏海”之称，令人过目难忘。饶宗颐，字选堂，今者以“选堂气象”论饶公，既不落俗套，又颇为贴切，庶几近之。

用“气象”一词品评人物、赏诗论文的风气，大概始于宋代，因宋儒大力推崇而形成。程朱理学家提倡养浩然之气，成圣贤气象。士人可以通过涵养气质、变化气质而进入圣贤境界。宋人也多以气象论诗，严羽《沧浪诗话》是其代表。严羽倡导诗学上的“盛唐气象”。他认为，宋代的诗歌尚格力，而乏浑厚之风，故只能称为“雄健”，远不如盛唐诗的“雄浑”。这种雄浑，就是所谓“盛唐气象”。两相比较，气象比仅有格力要更好些，它包含格力又兼有蕴藉之妙。“雄浑”也是雄壮又兼有虚浑之美，所谓“积健为雄，返虚入浑”。严羽说唐诗“既笔力雄壮，又气象浑厚”，两方面的美兼而有之。包括他说李杜诸公之诗“如金鳷擘海，香象渡河”，说盛唐之诗“如羚羊挂角，无迹可求”，都是对唐诗含蓄蕴藉雄壮浑厚之风的赞誉。盛唐气象，的确代表了中国诗学的理想境界。

饶宗颐先生来自潮州。潮州人心灵手巧，有悟性，有灵性。潮州文化也有场面壮阔的一面。比如，潮州大锣鼓、英歌舞（民间集体舞蹈）、“营大老爷”（传统大型民俗祭祀游行盛典），都很有气魄。但是，就总体特色而言，潮州文化以精工细致著称于世，如潮州菜、工夫茶、陶瓷、刺绣、木雕，皆能体现出精诚敬业的工匠精神。精致灵动，大概就是潮州文化给人的印象。换言之，潮州文化的传统在于“工夫”而不是“气象”。饶公得益于潮州文化熏陶，却又超越其局限，创造并向世界展示了一种新的壮阔的文化精神。其壮阔惟“气象”二字方可涵盖之。

选堂气象之特色，在于能“大”，就是能够在传统人文领域里展示出罕见的大气魄、大气势、大格局和大胸襟，并获得大成就。饶公的学问与艺术就像大海般浩瀚无涯，我们实在无法测量他的博大。饶公的学术师承不主一家，古今中外，兼收并蓄，又出以己意。他研究学术，完全凭着本性与兴趣去做，永远保持好奇的童心，兴之所至，任情随性，如夏云之千态万状，变幻莫测。所以饶公能达古通今、学贯东西，古今中外一切的文化精华都为其所用，涵盖宇内而融成一炉。在人文学科里，饶公几乎是无所不能，他集学术、艺术于一身，涉及领域之广，水平之高，几乎让人瞠乎其后，奔走骇汗。

饶公来自潮州文化，又超越潮州文化，就像韩江之水，滔滔汩汩，最终奔向大海。《庄子》有曰：“天下之水，莫大于海，万川归之，不知何时止而不盈；尾闾泄之，不知何时已而不虚；春秋不变，水旱不知。此其过江河之流，不可为量数。”描写的正是大海有别于江河的壮阔。饶公从精致走向浩瀚，从功夫走向气象，同时，也就从潮州走向了世界。这也正是以“气象”概括饶公之妙处。

我们无须讳言，就现代学科而言，在相关专题的学术研究上，会有不少专家可以超过饶公，饶公在所涉及的各个专业各个领域中，其研究也不一定都很精审。但是，这就如同涵茫万状、汪洋恣肆的大海，不可能像一泓小溪那么清澈见底，然而小溪终究无法与大海相提并论。尤其是在按学科考核人才、选拔人才的当下，举目皆专家，惟饶公这样的通人实在难再得矣！何况中国传统文化并不像现代学科分科那样边界分明，甚至文史哲都无法清晰分开，本来就是浑然一体的存在，所以，才更加特别需要具有通才通识者来研究。这也是“选堂气象”在当下显得独特和重要之处。

与许多地方相比，潮州文化既谈不上历史悠久，也谈不上积淀深厚。或者缘于此，潮州人自古就极为敬重传统，尊崇文明、信仰文化，百姓甚至对文化有一种近乎宗教式的崇拜。唐代韩愈被贬潮州只有半年多，因其对这片蛮荒之地有教化之功，千百年来一直受到潮人念兹在兹的崇拜，成为潮州代代相传的神话。韩愈平生南北迁移，寓居之地不少，惟潮州人似乎与他有特别的缘分，对他有特别的眷念。潮人把山称为韩山，宋代就有了韩山书院、韩文公祠。把江称为韩江，把韩愈祭鳄鱼的地方叫作“韩埔”，渡口叫“韩渡”，路则有昌黎路，桥则有湘子桥。对于前贤的文化崇拜，大约莫过于此了。

饶公自幼生长在韩江边，从小深受潮州尊重文化传统的影响，对于中国乃至世界古典文化一直持敬畏与喜欢之心，但是又不囿于此，而是独辟蹊径，拓展了文化创造的新境界。他做学问敢为天下先，俨然开疆辟土的大将，而非安营屯垦的戍客，一辈子都生活在学术与艺术的不断创造与开拓之中，到了耄耋之年，仍不断有新想法，时时想常人所不能想。饶公既尊崇传统，又敢于创造，“选堂气象”由此蔚然而成。

饶公给故乡留下了巍巍文化高峰。高山仰止，潮州人对饶公充满崇敬之情。潮州市有饶宗颐学术馆，韩山师范学院有饶宗颐研究院，所办《饶学研究》杂志也已出版多期。遥想古代韩愈给潮州留下诸多“地标”，展望今日饶学在潮州之初具规模，身为来自潮州的读书人，我感慨家乡古往今来对文化传统的尊重与崇敬，同时益发感到，我们今天纪念饶公，研究饶公，多么迫切需要领略饶公在学术、艺术上的不懈创造和不凡气象。倘能于领略其气象中领悟其精髓，对吾土吾乡乃至吾国文化事业的创造和发展必有大裨益。

是为序。

（赵松元《选堂气象》，中国社会科学出版社，2020年）

樟树的象征

中山大学建校将近百年了。1924 年，孙中山先生在万方多难之际，手创国立广东大学。先生逝世后，学校于 1926 年定名为国立中山大学。虽然中山大学并不是国内建校历史最长的大学，且僻于岭南一地，但是，她的建立与中国现代政治、文化、教育关系之密切，却罕有其匹。缘于此，也成就了独具一格的中山大学人文学科。

人文学科传承着人类的精神与文化，其重要性已超越学术本身。在中国大学的人文学科中，中国语言文学学科的设置更具普遍性。一所没有中文系的综合性大学是不完整的，也几乎是不可想象的。在文、理、医、工诸多学科中，中文学科特色非常显著，它集中表现出中国本土语言文化、文学艺术之精神。著名学者饶宗颐先生曾认为，语言、文学是所有学术研究的重要基础，“一切之学必以文学植基，否则难以致弘深而通要眇”。文学当然强调思维的逻辑性，但更强调感受力、想象力、创造力和语言表达能力，有了文学基础，才可能做好其他学问，并达到“致弘深而通要眇”境界。而中文学科更是中国人治学的基础。它既是中国文化根基的重要组成部分，也是中国文明与世界文明的一个关键交集点。

中文系与中山大学同时诞生，是中山大学历史最悠久的学科之一。近百年中，中文系随中山大学走过艰辛困顿、辗转迁徙之途。始驻广州文明路，不久即迁广州石牌地区，抗战中历经三迁：初迁云南澄江，再迁粤北坪石，又迁粤东梅州等地。1952年全国高校院系调整，始定址于珠江之畔的康乐园。古人说：艰难困苦，玉汝于成。对于中山大学中文系来说，亦是如此。百年来，多番流播迁徙，其间学科的离合，人物的散聚，中文系之发展跌宕起伏，曲折逶迤，终如珠江之水，浩浩荡荡，奔流到海。

康乐园与康乐村相邻。南朝大诗人谢灵运，世称“康乐公”，曾流寓广州，并终于此。有人认为，康乐园、康乐村或与谢灵运（康乐）有关。这也许只是一种美丽的传说，不过，康乐园的确洋溢着浓郁的人文气息与诗情画意。但对于人文学科而言，光有诗情是远远不够的，更重要的是必须具有严谨的学术研究精神与深厚的学术积淀。一个好的学科当然应该有优秀的学术传统。那么，中山大学中文系的学术传统是什么？一两句话显然难以概括。若勉强要一言以蔽之，则非中大校训莫属。1924年，孙中山先生在国立广东大学成立典礼上亲笔题写“博学、审问、慎思、明辨、笃行”十字校训。校训至今不但巍然矗立在中山大学校园，而且深深镌刻于中山大学师生的心中。“博学、审问、慎思、明辨、笃行”是孙中山先生对中大师生的期许，也是中文系百年来孜孜以求、代代传承的学术传统。

一个传承百年的中文学科，必有其深厚的学术积淀，有学殖深厚、个性突出的著名教授令人仰望，有数不清的名人逸事口耳相传。百年来，中大中文学科名师荟萃，他们的优秀品格和学术造诣熏陶了无数学者与学子。先后在此任教的杰出学者，早年有傅斯年、鲁迅、郭沫若、郁达夫、顾颉刚、钟敬文、赵元任、罗常培、黄际遇、俞平伯、陆侃如、冯沅君、王力、岑麒祥等，晚近有容庚、商承祚、詹安泰、方孝岳、董每戡、王季思、冼玉清、黄海章、楼栖、高华年、叶启芳、潘允中、黄家教、卢叔度、邱世友、陈则光、吴宏聪、陆一帆、李新魁等。此外，还有一批仍然健在的著名学者。每当我们提到中山大学中文学科，首先想到的就是这些著名学者的精神风采及其学术成就。他们既给我们带来光荣，也是一座座令人仰止的高山。

学者的精神风采与生命价值，主要是通过其著述来体现的。正如司马迁在《史记·孔子世家》中谈到孔子时所说的："余读孔氏书，想见其为人。"真正的学者都有名山事业的追求。曹丕《典论·论文》说："盖文章，经国之大业，不朽之盛事。年寿有时而尽，荣乐止乎其身，二者必至之常期，未若文章之无穷。是以古之作者，寄身于翰墨，见意于篇籍，不假良史之辞，不托飞驰之势，而声名自传于后。"真正的学者所追求是不朽之事业，而非一时之功名利禄。一个优秀学者的学术生命远远超越其自然生命，而一个优秀学科学术传统的积聚传承，更具有"声名自传于后"的强大生命力。

为了传承和弘扬本学科的优秀学术传统，从2017年开始，中文系特别设立"中山大学中国语言文学文库"丛书，共分三个系列："中山大学中国语言文学典藏文库""中山大学中国语言文学学人文库"和"中山大学中国语言文学荣休文库"。"典藏文库"主要再版有较高学术水平并已产生较大影响的著作，或者重新辑录整理已故名家的论著。"学人文库"出版有较高学术水平的原创性著作。“荣休文库”出版近年退休教师的自选集。在这三个系列丛书中，“学人文库”“荣休文库”的撰述，均遵现行的学术规范与出版规范，而“典藏文库”以尊重历史和作者为原则，已故作者的著作，除了改正明显错误之外，尽量保持原貌。

一年四季满目苍翠的康乐园，芳草迷离，群木竞秀。其中尤以百年樟树最为引人注目。放眼望去，巨大树干褐黑纵裂，长满绿茸茸的附生植物。树冠蔽日，浓荫满地。冬去春来，墨绿色的叶子飘落了，又代之郁葱青翠的新叶。铁黑树干衬托着嫩绿枝叶，古老沧桑与蓬勃生机兼容一体。在我们的心目中，这似乎也是中山大学这所百年老校和中文这个百年学科的象征。

我们希望以这套文库致敬前辈。

我们希望以这套文库激励当下。

我们希望以这套文库寄望未来。

（“中国语言文学文库”，中山大学出版社，2018年）

灵魂的居所

为《红楼叠影》作序，俨如一次穿越时空的旅行——翻开书稿，按图索骥，寻访分布在羊城多地的中大旧址和校园建筑，伫立百年屋檐之下，回望母校前世今生，别有一番感怀。

2014 年适逢中山大学建校 90 周年，我主编《中山大学与现代中国学术》一书，书稿重点研究中山大学早期学术发展的历史。无独有偶，《红楼叠影》也是对中大早期建筑的完整解读和呈现。把发生在同一历史时段的两个不同侧面相互映照，不由想起教育家梅贻琦的名言："所谓大学者，非谓有大楼之谓也，有大师之谓也。"对于这句话，此时却有了不同以往的感受和理解。

中山大学近百年学术发展的历程固然在在证明：必先有大师，方可成大学。中大校园建筑的历史变迁又何尝不在昭示：不一样的大学建筑，折射不一样的大学气度。一所大学，能够拥有让大师安身立命的居所，不亦是大学之幸乎？在漫长岁月中，那些古老的校园建筑沉淀历史记忆，浓缩人文气息，随着时间推移，其文化遗存的珍贵价值也越发显现。

作为国内屈指可数的老牌大学，中大建筑的历史可以上溯到 1866 年的博济医学堂，可以旁及至 1888 年的格致书院。前者派生出后来的孙逸仙医学院，更有后来的中山医学院。后者则成为岭南大学的开端，其后更坐拥康乐园之地利。故有人言，中大人实在，尽管与"博济"与"格致"都搭界，建校日期却老老实实定格在1924年。

我以为，中山大学的出生日当然和孙中山先生手创有关。不过透过校园建筑的变迁，中大前世今生的脉络依然有迹可循。一个不争的事实是：早在中山大学正式诞生前，在广州，就有了文明路的钟楼，就有了越秀中路的明远楼，就有了康乐园的马丁堂……随着时势移易，钟楼、明远楼、马丁堂等大批建筑群先后用于中山大学建校、办学和发展，在广州，也就有了多个中大旧址。

一所大学和一座城市有如此多交集，有如此深渊源，实属少见。《红楼叠影》编撰者以还原历史的笔触，勾勒老建筑背后的人物和故事，殊为难得。特别是冯原教授在书中所撰，透彻阐述中大近代建筑与所处时代、所在城市之间的关系，红墙绿瓦间，中西合璧其外，相互兼容其内。曲径通幽处，既得风气之先，也开风气之先。读来耳目一新。

我的大学时代和教书生涯都在康乐园度过，日复一日年复一年，倏忽近四十载，对周围景物俨然已熟视无睹。翻阅《红楼叠影》才发现，那些原本以为一览无余的老屋，其实还有着鲜为人知的故事；那些早已远逝的先哲，他们的灵魂从来不曾离开；而一代又一代学人苦苦求索的大学精神，其来有自汇聚于此……想想真有一种"蓦然回首，那人却在灯火阑珊处"的意外之喜。

相信《红楼叠影》会唤起很多人的记忆。至少在我看来，这本书里就有我的"私人收藏"。譬如1982年我读研究生时的寝室竟然是"新女学"（New Girl's Dormitory）——当时全校的男研究生被安排入住历来为女生专属的“广寒宫”（即“新女学”），如此待遇在中大历届男生中恐怕绝无仅有。譬如刚当上教师时，我和我本科的老师吴国钦教授曾在爪哇堂“同居”，一起听着此起彼伏的蛙声入睡——这是校方给家住校外的老师安排的午休房间，如此福利现在已无法想象。

在中大老建筑中，我最难忘的还是恩师黄海章的寓所——康乐园那幢门牌号为“中大西北区 522”的小红楼。1982 年我考取研究生时海老已近九十高龄，师从海老让我明白了，治学先做人，牵于名缰利锁见风使舵的人不可能有真正的学术成就。1989 年海老仙逝，我在一篇悼念文章中写道：

> 第一次拜访海老，记得是一个融和的春日。我穿过康乐园绿竹繁荫的小路，来到一幢寂静的旧式楼房。上楼，又穿过摆满书架的过道，便是海老的卧室。卧室约莫八九平方米，又兼书房，十分简陋逼仄。室内弥漫着浓烈的旧书气味。卧室三面开窗，窗外绿竹绕屋，含风萧萧。室内竹影参差，海老用浓重的客家口音和我交谈。他虽然形容枯瘦清癯，齿豁头童，耳聋目眊，着一身旧的黑布衣服，但却隐然透露出一种少见的脱俗超迈的气质。这使我突然想起苏东坡的诗句：“布衫漆黑手如龟，未害冰壶贮秋月。”

不揣浅陋重录这段文字，皆因海老去世后，他的家人循例搬离这片有“中国教授住宅群”之称的居所，随着人去楼空，十余幢小红楼几近荒废，路过此地不免神伤。近年这片著名的住宅群得到重新修复，遗憾的是，原来的通幽曲径已代之通衢大道，而周围灌木竹林也被尽数去除，再也不复“窗外绿竹绕屋，含风萧萧，室内竹影参差”的神韵。

由此想到和“红楼叠影”相映成趣相得益彰的“康乐芳草”——古老屋舍掩映于苍翠草木，先哲足迹隐约留痕依稀可辨，后人的思念和追随也得以有所凭依有所附丽。这些都构成了康乐园的隽永之美，缺之则憾甚。应是鉴于此的缘故，中山大学出版社在校庆九十周年时出版了《康乐芳草》一书，该书不仅集成了中大校园植物的图谱，同时收录中大先哲吟诵校园草木的诗章，和现在出版的《红楼叠影》堪称姐妹篇。我因此存下一个念想：那些消失的景物，倘若能借助这两本有图有真相的书得到还原，该是何等幸事。

置身海老住过的小红楼，追念先师耳提面命的情形，犹闻当年萧萧竹声。驻足陈寅恪故居前，感悟躬行“脱心志于俗谛之桎梏，真理因得以发扬”的种种不易，愈体会其伟大。桃李不言，下自成蹊，这就是母校——是学识的殿堂，也是灵魂的居所。

不管身在何处，想念中大了，就翻翻《红楼叠影》吧。

（吕雅璐主编《红楼叠影》，商务印书馆，2016年）

让现实照亮历史

我与东江同是中大校友，都喜欢读文史书籍，他著述极为勤奋，经常赠我新著，而我笔拙思缓，无可回赠，常有亏欠之感。近日其大著《濯缨何必向沧浪》即将付梓，嘱我作序，对我来说，既是读书思考的机会，也是减少歉疚的方式。

此前，我拜读过东江的许多读史札记，此番结集，又欣赏了一遍。看完书稿，突然产生一个很奇怪的念头：这是一本史学书还是文学书呢？这种想法其实也不奇怪，文心史识，自古以来，都难以断然分清。

《濯缨何必向沧浪》每一篇都是微型的历史。历史的书写有多种方式，有很宏大的叙事，比如二十四史，但梁启超认为那只是帝王将相的家谱；也可以是对细微卑近事物的书写。孔子说，道不远人。庄子认为，道无所不在，蝼蚁、小草、砖瓦乃至屎溺都有道的存在。佛教认为翠竹黄花，尽具佛性。仿此，我们也可以说，史不远人，历史无所不在。任何事物，无论巨细，有形无形，都有其历史书写的意义。古人有诗云：“琴棋书画诗酒花，当年件件不离它。而今七字都变更，柴米油盐酱醋茶。”日常生活中，无论是“书画琴棋诗酒花”的雅事，还是“柴米油盐酱醋茶”的俗物，都可以书写成独具意义的历史。比如，糖是日常俗物，季羡林先生就写过著名的《糖史》。《濯缨何必向沧浪》书写的内容，雅俗兼备，但大多是琐屑细微的，主要是与日常生活密切相关的微型历史。这点只要翻看一下本书的目录就很清楚了。

从日常微细生活入手进入历史书写是此书的特点。古今的"读史札记"很多，史学家"读史札记"的题目主要是从史籍中来的，如赵翼《廿二史札记》、吕思勉《读史札记》，都是从读史料入手，所论是历史上的问题，或考据，或发覆，辨章学术，考镜源流。博闻强记，是中国读书人的传统，所谓"一事不知，以为深耻"。随着近代以来学术分科，学者各攻一个专业领域，专家多而通家少。东江作为报人，似乎更具博物学家的气质和兴趣，虽然他并不是某个学科的专家，但阅读面之广，令我惊佩。其读史札记所涉及的文献，有宗教、民俗、名物、地理、建筑、动植物、科技、衣食住行等等，内容包括帝王将相、下层民众、文人雅士，涵盖各个学科与日常生活的方方面面。每篇文章的起承转合，谋篇布局，皆用丰富的史料层层推进，自然成文，不以虚言点缀，不以套语敷衍。与传统史学家不同的是，其读史札记的话题与灵感主要来自亲历的现实生活，以现实生活为背景和触机，有很强随感性，更近乎文学创作的感兴思维。我们可以看看本书开头几篇文章。《大雁塔》是由法国总统马克龙首次访问西安景点起兴的。《老赖》以临近新年，各地打击赖账之徒的新闻为缘起。《腊肉，臘肉》则由网上一张照片引发。《公主》是到北京参加培训，住在公主坟附近引发的联想。《杜鹃》是由华南植物园看杜鹃花而说起的。他的读史札记往往也具有日记的性质，记录了作者生活轨迹。故其取材是开放式的，在日常生活中发现历史，如行于山阴道上，应接不暇，俯拾皆是，目击道存。

由日常生活而激发的感兴性思维这点颇值得注意。一些介绍东江读史札记的文章说其特点是“借古喻今”。我读东江的文章多年，总感觉到其读史札记主要特色并不在此。“借古喻今”与“借古讽今”虽有区别，方式上是类似的，都有一个古为今用的实用目的。作者先设一个观点，然后在历史文献中选择其所需的材料，为了达到目的，有些材料可能被遮蔽，被改写，甚至断章取义，为我所用。东江的历史书写，追求打通时间空间的隔阂，古今相通，四海相接。正如中国古人所形容写作之神思，“观古今于须臾，抚四海于一瞬”。“寂然凝虑，思接千载；悄然动容，视通万里”。这是文学创作的迁想妙得。西方学者李约瑟认为，中国人的关联式思考或联想式的概念结构，同欧洲因果式或法则式的思考方式在本质上根本不同（《中国古代科学思想史》）。我想借用“关联式”“联想式”概念来形容东江札记的写作范式。他的历史书写，重在寻找古今之间的关联，有意无意地消解实用的功利目的。举例而言，《公筷》由广州饭馆用公筷述及古代使用食具历史；《豆腐》由贵阳花溪的烤豆腐而述及古代与之种种相关文献，此类文章，如何借古喻今？就其书写的逻辑和主旨而言，都不是出于先行的政治、伦理目的，给读者贯注一种观念，其目的是追源溯流，寻觅真相；其方式是因今及古，让现实照亮历史。由当下触发记忆，激发古典的活性。他追求的是历史的启示，而非现实的影射。这正是此书通俗而能脱俗之处。

德国学者扬·阿斯曼在其经典著作中提出“文化记忆”的

概念。他认为，文化经过世代交替之后仍保持它的一致性，能够形成“历时的身份”，这种功能就是文化记忆。文化记忆使得我们保持自我，明天的我如同昨天和今天的我。文化记忆的概念超出了“传统”这个概念的范围，它还涉及遗忘和隐瞒，遗忘和隐瞒导致传统的消失和断裂。他说：“回忆文化建立在对过去的各种指涉形式的基础之上，我们的论点便是：‘过去’完全是在我们对它进行指涉时才得以产生的。”我对历史理论缺乏研究，也许，我的理解是断章取义、移花接木的，但喜欢“文化记忆”这个词。历史是因为我们对它进行指涉时才得以产生的。从这个意义看，东江所书写的历史，也是因为对它进行指涉而产生的。作为一个古老国土的中国人，内心深处都深藏着各种文化记忆，现实可能激活其文化记忆，而文化记忆又增强对于现实的理解。

2020年春节，新冠肺炎疫情汹涌。此时，一张来自日本的照片突然在网上热传，一时刷屏。日本友人在捐赠给湖北救助物资外包装上写着：“山川异域，风月同天。”这八个字深深地打动了众多中国人的心。为什么这八字赠语，会产生如此强烈的效果？此关文采，更关文化。这是盛唐时日本遣人来中国学习佛法，当时日本长屋亲王在赠送大唐高僧袈裟上所绣的偈语。鉴真和尚听闻此偈，遂东渡日本，弘扬佛法，这是中日关系史上极为感人的故事。这首诗被收《全唐诗》中，遂成为中日两国共同的文化记忆。此前除了少数专家外，很少人注意到此诗。在武汉疫情的现实语境中，“山川异域，风月同天”一语，突然激活了沉睡千年的文化记忆，触动亿万中国人心底的柔软之处，从而引发强烈的共鸣，瞬间拉近两个民族的心理距离，这是近二十年来少见的现象。有时候，文化记忆具有特殊的力量，千军万马也未必有其效应。

人世有代谢，往来成古今。古今多少事，都付笑谈中。岁月流转无情，人间怀抱依旧。《濯缨何必向沧浪》并不是严谨高深的高头讲章，它是一本有文化记忆又有人间烟火气的书。作者随兴而作，读者也可以率性而读，不必正襟危坐。晴窗雨巷，书房卧榻，或工作之暇，旅途之中，一壶茶，一卷书，随意翻看，闲散展读。也许，你能看到一些未尝经眼的逸闻趣事，可以增长见闻；也许，不经意间，它能唤起你内心的文化记忆，窥见历史长河的斑驳倒影，感受到古典人文传统的脉脉温情。

2020 年春旅次波士顿

（田东江《濯缨何必向沧浪》，中山大学出版社，2020年）

“考之以制度”的春秋文体学

今年寒假，韩高年教授来信，告知新著《礼乐制度变迁与春秋文体源流》（下简称“韩著”）即将由商务印书馆出版，嘱余写序。我虽然很早就读过韩高年教授的论文，神交已久，但没有打过交道。他名字的高古和文章的老到，竟然让我误以为他是一位老先生。前几年在北京《文学遗产》编辑部开会时，他自我介绍，我才知道他原是位帅气的年轻人。

韩著研究礼乐制度与春秋文体的关系，我对此甚感兴趣，也有共鸣。我曾在《中国古代文体学研究》的绪论中，提出早期的文体学研究，必须“考之以制度”：“在研究文体与文体学时，一定要注意到文体与中国古代礼乐与政治制度的关系。因为中国古代大量的文体，其实是实用文体，与礼乐和政治制度关系密切，研究时要考证和梳理其具体使用背景，还原其仪式、程序、文本形式等历史语境。”“中国古代文体学具有礼学的背景，这正是中国文体学固有特色之一。如果我们承认文体谱系与礼乐制度、政治制度密切相关。那么，一系列的问题也就相应而生。比如，先秦的礼乐制度与文体产生、秦汉政治制度的建立与文体谱系形成、历代政治制度的变迁与文体演化、举士制度与文体演化……这些都有待我们去探讨。”中国早期文体谱系的建构与制度设置有密切关系。中国早期文体谱系观念的发生是基于礼仪、政治及制度建构之上的，许多文体功能、文体类别是从文体使用者的身份与职责延伸而来的，与之共同构成文体谱系。韩著就是一部典型的“考之以制度”的论著，它以礼乐制度变迁与文体流变的互动关系作为出发点而进行综合研究，以“制度——文体”为核心展开论述，对春秋时代文体生成的礼制背景进行了全面而系统的勾勒，并对相关的文体加以勾连，对文体史料中的文献细节进行了细致观察，见微知著地揭示了先秦文体发展的内在动因。

传统的中国文体学主要遵循魏晋以来所形成的以集部为中心的范式。春秋时期的文体学语境与集部语境就完全不同。章太炎认为古今文体变化很大，古时有些常用文体，后来却隐没了。他举了“发”、“遣”、“造”、“说”诸种在后代未见之文体。这些主要是“仪式”或者是言辞行为，若按惯常的学术眼光来看，似乎“文体”形态不是很明显，难称为“文章”。章太炎恰恰把它们看成是那个时代独特的“文章”文体。他对早期文体的独特性与丰富性的揭示无疑富有启发性：研究早期文体，应别具只眼，绝不能套用魏晋以来的文体学标准。口头性、仪式性与实用性是早期文体的基本特点。从“辞命”到“文章”，两个文体系统之间既有传承关系又各具特性。韩著最具启发性之处是从早期文体的具体语境出发，寻求春秋时期文体研究的独特性。它认为，春秋时期是文学由“文章官守”向个体撰制创作形态的转变时期。如书中论述祭祀祝嘏与赋体源流，指出赋体“铺陈物类”的文体构成要素源于上古祭神仪式中铺陈祭品的言语活动，而“不歌而诵”的传播方式也是巫师在祭祀仪式上用以通神的主要手段之一。战国时代，随着新兴的“士”

阶层成为文化传承的主体，铺陈物类、不歌而诵的赋法，演变为外交燕享仪式中的赋诗言志，最终在战国之士的宣道活动中成为铺陈状物、恢廓声势的赋体。作者将文体的演变置于先秦整个礼乐大背景下，把握了赋体表述模式的生成与文体形态演变的内在规律。

春秋文体的口头性特点，是韩著关注的一个重点。在先秦时期的言语活动中，诉之口头的文辞占据较大的比例。作者指出，这些文辞中相当一部分已经形成了一定的撰制和表述模式，因此亦纳入研究范围。事实上，在相似的场合，某种言语模式被不断地重复运用，以表达类似内容，特殊形态的言语运用形成习惯，技巧日渐成熟，文体因此逐渐成型。这一文体生成与演进的规律也适用于口头的言语活动。韩著对口头言语活动有深入和独到的关注，扩充了先秦文体研究的视阈。如第五章将先秦的“预言”作为一种文类加以研究，这类文本存在于《左传》《国语》等典籍，大多数只是言辞活动，但从语体模式、作者、文例、传播等方面而言，其中相当一部分已经具备了文体的基本要素，具有文体研究的价值。对灾异型、筮占型、星占型、谣占型、梦占型、相术型、察言观礼型、逻辑推理型预言的礼仪背景、文体特征及文学意义加以论述，是作者在近年来对该文类研究的基础上的进一步细化和延展。

春秋时期也是文体的口头形式向书面形式转化的关键时期。书中对这一转变多有关涉，在描述文体形态的同时，亦关注文本的口头言说与书面化的问题。如对“问对”之文的研究，作者提出，“春秋时代的问对之文经由史官著录而由口传状态被写定成为书面的文本，从而也完成了其文体的‘定型’”，而且一些问对文互见于《左传》《国语》，“大体相同而细节有异，不大像是后出者因袭时代在前者，而更像是同一个文本的不同传本。这表明到春秋末期，一些论理深刻、引证丰富、且富于文采的问对文已经独立于史传而传播于士大夫君子之间”。作者认为问对之文从口传到书面的传写撰钞过程具有文体定型的作用，而且这些文本应是独立于史传的公共资源，被不断利用、改写。韩著论述春秋议政制度与政论文，指出“议政制度的核心仍然是以书面语言为媒介的信息的交换活动”。作者还观察到《左传》《国语》对政论文本的记载略同的现象（如《左传·庄公二十年》、《国语·周语上》对郑厉公评王政之辞的记载），推断这些文本已经成为书面文献被保存、传播。作者指出：

> 春秋时期出自卿大夫或士阶层的议政之辞虽然只是一种对政治事件和人物所发表的即兴的口头评论，但因为卿大夫及士阶层深厚的学养与娴雅的辞令，使得他们的评论在形式和内容两方面都具备了“立言”的高度而很快成为“嘉言善语”而经典化。在这些“嘉言善语”被不断传播、引证的过程中，它们的文本也很自然地被固定了下来，具备了文体的特征。

议政之辞因作为“嘉言善语”而成为人们经常引述、传播的对象，在这个过程中文本被固定，从而具备一定文体的特征。又如研究春秋讲史制度与“故志”“训语”，其中涉及“志”类的文本生成，作者认为可能最初只是通过口耳相传，其中一些特别有影响的“志”在传播过程中逐渐形成了比较固定的“文本”，并被写定下来，有专人对这些“志”加以辑录而最终成书。要之，作者对这一系列文体的研究，描述其从口头言语活动到书面文本的演化规律，即一开始口耳相传，在频繁称引、转述的过程中文本逐渐固定，最后再写定下来。这一论断实际上指向了一个更为深层的问题，即文本的频繁引证与流传，在某种意义上具有文体特征的“凝固”作用，而这背后正体现了对文本的称引者、传播者、撰钞者的文体观念。

近年来，学界越来越多地关注文本传抄和流传的复杂性和多系统性，这是新的研究视域。春秋时期文本传抄与流动也受到韩著的关注。比如它通过梳理、观察、对比《国语》《墨子》《荀子》《尸子》《吕氏春秋》等典籍文献所载商汤祷辞的文本形态，揭示对祷辞的称引与改编行为中所体现的不同时代的政治与文化需求。又如分析《左传》中的“史传式小说”时，指出由于《左传》采用郑国史料较多，通过将《左传》所记郑庄公的材料进行分类排比，分析其文本特征，并加以分类，从而析出三个文本层次，指出今本《左传》所载应来自一篇首尾完整的郑庄公传记文，而《左传》撰者又对这些材料进行了重新组合。对文本层次的剖析与文体学的研究方法相结合，令人耳目一新。

近年来，地下材料的不断出土给文体学研究带来了新的机遇和挑战。出土文献扩充了多个面向地认识文体文本的可能性，通过对出土文献与传世文献的文体文本加以对比，如同一文体的不同形态、甚至同一文本的异文研究等等，探究其背后的联系与规律，研究者由此可体察在文本流变过程中的文体发展之变、文体观念之变。韩著注意将出土文献与传世文献相互结合，相互印证，较为全面地展示了春秋文体的面貌。如对春秋婚礼礼辞的研究关注到青铜媵器铭文，并且指出春秋时期通过婚姻缔结政治联盟的时风对铭体功能演变的影响。论述祭祝文体，通过引入对睡虎地秦简《日书》中的“马禖祝辞”与《诗·鲁颂·駉》的对比研究，为认识《駉》的文体性质和文体来源提供了新的角度。对史传式小说的研究关注了新出土的清华简《尹至》《赤鹄之集于汤之屋》等材料。研究先秦铭体，由于文献所载文本有限，青铜器铭文是绕不过去的材料。特别是春秋时期的铜器铭文呈现出对西周铭体继承与新变共存的特点，值得关注。作者在研究春秋铭体时，选取了叔夷钟铭、子犯编钟铭、晋公盆铭等具有代表性的文本进行了详细分析，颇具识力。而且韩著还关注了春秋时人对铭体的引证与传播，这是这个时代突出的文体史现象，值得重视。

春秋战国时期的文体，有全篇记载的不多，它们大多以引述、抄撰、改写等方式散见于典籍及出土文献中，这一特点为先秦文体研究造成了相当的难度。作者曾写过《先秦文章文体研究的几个问题》一文（《复旦大学学报》2016年第6期），提出利用“裁篇别出之法”对先秦文体进行“还原式”的整理。本书采用这一方法，对这些文辞进行了细致的搜集、梳理，包括冠礼、婚礼、丧礼、祭礼、聘礼中的各种礼辞、占筮活动中的解兆之辞和说象之辞、预言、盟誓、书告、问对、谏语、政论文、史志文、铭文和册命等，并以礼仪制度为纲对这些系列文体进行了系统的研究，全面呈现了春秋时期礼仪文体的发展脉络和面貌。

先秦文体具有边界模糊、不同的文体文本之间相互借用甚至改编的特点。作者对此有相当敏锐和准确的把握，提出春秋时代文体的规定性与交叉性并存。如论述秦简“马禖祝辞”与《鲁颂·駉》的联系，通过对其礼俗背景、篇旨、文体特征对比，指出《鲁颂·駉》的仪式背景是祭祀马祖，其文体来源是祈祷马祖先牧的祝辞，是在鲁国重视马政以强兵，又以礼为邦本的历史背景下，由史官以祭祀马祖的祝辞为基础而创作的颂词。这一认识与传统诗说的观点有较大不同，颇具新意。又如就册命之辞对诗歌创作的影响进行了集中研究，指出册命文本在春秋时期被广泛传播并运用于其他文体的创作之中。

韩著从动笔到定稿，花了十年光景。虽然学术著作写作时间的长短和质量高下并没有必然的对应关系，但一般而言，优秀成果的确需要长时段的思考与磨砺。韩著以宏通视野与个案研究结合起来，将春秋文体作为有时空特性的独立研究对象，并从礼乐制度及其转型作为切入点对其作了全面深入研究；对春秋文体进行分类研究，深化了学术界对先秦文学与文体的认识；辑录出土文献中的春秋文章，并依先秦经、史、子多为文集的通例，析出其中的春秋之文，拓展了春秋文章的材料范围，展示了春秋文章的创作实绩；通过对春秋文体源流的研究，揭示出先秦文学主体由“官守”到“世族”再至“士”的转型及其文学史意义。这些努力都有独到甚至独创之处。总体而言，韩著是一部具有较重要的学术价值和意义的文体学著作，它对于研究中国早期文体的特点、早期文体谱系的建构以及相关的研究方式，都是有启发性的。

新世纪以来，中国文体学研究已形成强大的学术队伍。有一大批出生于二十世纪七八十年代的年轻学者已经成为文体学研究的主力，而韩高年就是其中的代表性人物之一。前几年，在一次青年学者会议上，我以《致新一代学人》为题致开幕辞，指出新一代学者完全具备超越吾辈的条件，我期待也相信，他们必能超越吾辈。韩高年教授在中国早期文体尤其是春秋文体研究方面取得的卓然成就，正是一个生动的例子。

（韩高年《礼乐制度变迁与春秋文体源流》，商务印书馆，2020年）

《水云轩集》序

燕云子，燕赵慷慨之士，寓居岭南。少年曾得志，心高气傲，睥睨众人。而立之后，方醉心古典，折节发愤，隐乎书林，而狂傲之风，渐变疏狂。君癖酒，逢酒必饮，期于一醉。亦癖诗，癖古人诗，亦癖己诗。讲席上，酒宴间，往往诵之，动情时，不能自抑，流涕拍案，旁若无人。

燕云子博闻强记，过目不忘；神思敏捷，洋洋千言，倚马可待。其精力过人，至今仍搏击球场。其为人也，直若砥矢，真率豪爽。然胸无城府，喜怒形于色，爱憎征于言。恃才傲物，卑视平庸，故或与世不谐。

君之诗文，记事抒怀，有为而作也。所谓诗可以兴，可以怨者乎？其古诗长篇，有初盛唐之风怀，其词作得北宋之雅韵。君之诗文，率性之作也，往往如江河奔涌，一气回旋，势不可遏而泥沙俱下。高妙之处，恍如天籁之音，令人叹赏。然其性不耐磨勘，不拘形下，故或有拙累处。

燕云子，有癖之士也；其诗，有疵之诗也。张岱云：“人无癖不可与交，以其无深情也；人无疵不可与交，以其无真气也。”吾赏其人与其诗，以其有深情与真气也。

乙酉中秋潮州吴承学敬题于康乐澹斋

（张海鸥《水云轩集》，华夏出版社有限公司，2005年）

《粤雅》序

《粤雅》者，岭南诗词研习社之社刊也。或难之曰：岭南地僻，溽暑蒸湿。古之来者，万里投荒；今之至者，摩肩趋利。此何雅之有耶？余对曰：粤地南临沧海，北倚群山。江山之助，化为人文，得江海烟云草木之气。自张曲江开风雅之先，复有南迁诸公，若昌黎、东坡者，倡道垂教，泽被百世。而吾粤诗家，代有宗擘，宋之余武溪、崔清献，明之五先生，清之三大家，皆洗涤绮靡，丕振诗风，海内谈艺者莫不推重焉。五四以还，诗道倾覆，气如游丝。然岭南之诗教，不绝如缕。康乐园者，人称谢公灵运南迁之旧地也。诗人骚客代有其人。乙酉之秋，诸子结社康园。周有其课，月有其考，声华神韵，赓续风雅。以无用为永味，处闹市如幽林。嗟虖岭南，地偏而守雅正之道，繁华而多素心之人。粤雅之称，不亦宜乎？丙戌初秋潮州吴承学谨序。

（中山大学中国文体学研究中心《粤雅》，岭南诗词研习社，2006年）

一位岭南人的江南情结

望南君于1999年随我攻读博士学位，由于在职之故，延期到2004年方参加答辩。他的论文在通信评议与答辩时，受到一些好评，并顺利获得博士学位。但是，我并不感到满意。我认为以望南之资质，本该写得更好，所以我没有主张出版这篇博士论文。

一个偶然的机会，让我改变了主意。在一次国际学术研讨会上，复旦大学谈蓓芳教授告诉我，她在写作一篇叫《〈玉台新咏〉版本补考》的论文，看到陈望南的博士论文《海虞二冯研究》，“很受教益”。发表论文时，她郑重地把此意写到论文的注释中（论文发表在《上海师范大学学报》2006年第1期）。谈蓓芳教授的话让我深受感动，她从一篇尚未出版的博士论文中得到某些研究线索，便特志不忘，学术界这种学风纯正的“老实人”似乎不多了。同时，谈蓓芳教授的客气话，让我重新考虑这本博士论文的出版问题。

望南君，江苏常熟人，即古之海虞人也。由于家乡与家庭的影响，他对人文学术有一种情愫。他身缠行政事务，却钟情于学术；长于岭南，却有强烈的江南文化情结——其博士论文选题即缘于此。最早他的选题是“海虞诗派研究”，为此花了不少工夫，到了2001年底才知道海外已有相关选题的博士论文，这种情况真像陆机所说的“虽杼轴于予怀，怵他人之我先”，不得不放弃。选题几经周折，最后决定在原来选题基础上，把研究的重点集中到“海虞二冯”。

“海虞二冯研究”选题不大，内涵却颇为丰富。江南历来是人文渊薮，明清时期更是文学艺术的中心地域。海虞冯班、冯舒兄弟都是失意的读书人，就其社会地位来说，是边缘的，但就其诗学地域而言，却处于当时的中心地区。二冯诗宗温、李，推崇《才调》，迥异于当时文坛的潮流，其中的意味相当复杂丰富。二冯所涉及的诗学问题，如盛唐诗与晚唐诗、宋诗、明代七子、竟陵、格调、音律、神韵以及文体等等命题，都是中国诗史与诗论的热点与焦点。所以，从二冯研究个案入手，可以了解当时江南诗学、明清诗学乃至中国诗学的许多问题，其理论重要性在此，魅力也在此。

在中国诗学史上，明末清初是一个流派复杂、争端不断的特殊时代。文坛上的诗派纷争虽然不像政坛上的党争那样残酷血腥，但激烈程度却是不相上下。这些争论，既有历史原因，也有现实原因；既有审美之争，也有意气之争。明清诗学的风气确有明显不同。清人往往比较严谨，多理智的持平之论；明人往往意气用事，理性不足，极端、激烈、粗疏、偏颇时时有之，但针锋相对，斩钉截铁，观点和立场都很清晰，绝不是四平八稳、模棱两可的。在那个众语喧哗的时代，不来点标新立异、惊世骇俗的声响就无法引人耳目以耸动天下。一种理论的策略竟演变成举世的风气。明代归有光曾讽刺他的同代人王世贞为“妄庸巨子”，王世贞坦然解嘲说：“妄则有之，庸则未也。”狂妄而不平庸，差不多就是明代诗坛风气的写照。二冯处明末清初，其学术风气主要是晚明式的。他们反江西，亦反严羽；轻七子，轻公安，亦轻竟陵；贬格调，亦贬神韵。正如冯舒在《放歌》中以旁人的眼光自我写照道：“李何王李文章伯，子视一钱亦不值。袁汤钟谭天下师，子独唾骂供笑嗤。”他们的趣味和主张差不多与当时流行之诗派相左相敌。二冯在当时诗坛上，非执牛耳，却自成一派。他们处于社会的边缘与下层，在诗学上自然要剑走偏锋，方能出奇制胜。对这种狂而不庸的学风，特别需要一种知人论世的态度与能力，得意忘言，以了解其真精神。

古今人情事态，虽不同而其理实有相通。如果说，“一切历史都是当代史”，那么，对当下世事的洞明，不但有益于对往事的理解，而且是无法避免的“前理解”。望南长期从事行政工作，与一般年轻的博士生相比，阅人阅世丰富，颇有知人论世之识力。现在不少研究生写论文，可以排列许多材料，有许多“考索”却无法“独断”，有时真是“读之反覆终篇，不知着到何处”（借严沧浪语）。我觉得陈望南之长处就在于有识力，有独断。他的研究是抱着与先贤“对话”的姿态来展开的，他对于二冯的理论与创作的优劣利弊，力图站在学术史高度上有所评判。尽管不一定准确，但实实在在有自己的思考。他尊重前辈学者的研究成果，但也不是一味遵从。比如，他对冯班《严氏纠谬》的一些批评就与郭绍虞、钱锺书先生完全不同。

望南对人情世态有比较深的体验，这于历史研究，也是有用的。我欣赏他对于古代文人心态的把握与理解。比如，他在谈到二冯性格时说，冯舒之“直”根源于他的学问根柢，还根源于他的正义之心。但又指出：由于举业连蹇，困窘的命运又使冯舒的“直”中难免带了些酸气。“冯舒四十岁方息心举业，如果说他不乐仕进而专意为文，不免欺人。于制举之业孜孜以求而不可得，就难免会恃才放旷，这种性格可以说是特立独行的骨气，当然也可以说是那个时代失败了的文人共有的酸气。”他既肯定冯班的“狂”在学术与道德方面的根源，又指出：“在表面的狂诞之下，冯班的内心还是十分苦闷的。……他的‘颠狂’实在是‘无计’之计，说到底，还是仕进报国无门后的偏执之举而已，他实在还是需要朋友的。”这是对“世故”与“人情”有所领悟者才能说出的话。谈古乎？论今乎？无迹可寻，一片空濛。当我读到这些话时，不免会心一笑。因为他评点的是古人，又似乎是我所“熟悉的陌生人”。

我终于支持望南出版这篇论文。我知道它仍存在一些问题，虽然望南已尽力修订。望南在修改论文时好几次给我电邮，邮件标明时间是凌晨三时、五时，而上午八点，他又要上班了。但是，我支持其出版绝无勉强之意，我认为它是一篇虽有缺陷却有个性有锋芒的论文，并非平庸之作——狂而不庸总比不狂而庸要好；本文对于二冯年谱的编纂以及二冯著作版本的考订，在文献方面也是有所贡献的。这篇论文将成为后来相关研究的基础和借鉴。这是可以肯定的。

在一段时期内，望南奔突于公务与学术之间，充满期待与焦虑。他把学术研究当作一个梦想，把博士论文的出版看成人生历程中的一次“了结”，看成是对自己人生理想的一个交代。而当论文即将出版时，他又似乎怅怅然若有所失。望南平日与我交谈，不经意间会流露出没能走上学术研究之路的遗憾。我理解他对于学术的敬畏与深爱，不过，人文学术成为不带功利色彩的业余爱好，比职业化的学术研究，也许更为纯粹，更为从容，更有诗意。像古诗里所写的，因为“访人不值”而“柴扉不开”，徘徊于门外，却意外观赏到“一枝红杏出墙来”的动人春色。这，未尝不是一件美事。

（陈望南《海虞二冯研究》，中山大学出版社，2011年）

文人唱和与并称

关于晚唐著名作家皮日休、陆龟蒙之研究，学术界时有论文，却未有全面深入之成果。李君福标的博士学位论文《皮陆研究》就皮陆总体风貌及其相关问题展开分析，全面铺开，而又重点突出，是一部结构周严，创见颇多，有学术价值的论文，可称为皮陆研究之功臣。

文人并称是文学批评史上的一种常见现象，体现某些审美趣味和批评理念。从某种意义上说，考察文人并称现象即是解释文学发展中之人际关系。而皮陆与文人交际的最重要方式就是“唱和”。“皮陆”合称，是因为二人在苏州刺史崔璞幕中有过一年多的诗歌唱和。他们在短时间内所创作了600多首唱和诗，结纂成《松陵集》，分为十卷，各体齐备，其长篇次韵和杂体的创作尤为有名。有唐一代唱和蕃盛，唱和诗歌的结集也不下数十种，但经过千数年时间的汰洗，许多唱和诗集慢慢地湮没无闻，唯一流存到今的唱和诗集便是皮陆的《松陵集》。皮陆的唱和诗风亦被称为“皮陆体”或“松陵体”，被后世批评界和创作家密切关注。

皮陆《文薮》和《丛书》中的散体文，在唐末亦独标高格，风貌独特，颇受历代选家和刻书家之重视。皮陆的并称当然也与他们的散文创作有关。但从散文创作角度的并称，是后起的意思，虽不能忽视，却不是问题的关键。福标君的这篇博士论文就以考察皮陆唱和为突破口展开论述。例如，对皮陆唱和的创作理念、唱和方式及其规则的描述，对皮陆唱和各阶段的进展及其原因的分析，对松陵体的“求全”“求变”的文体特征多角度的描述，对松陵体的文化品格的发明等，都用力很深。其中许多观点都细致入微，而且带有挑战性。如，认为在唐末文人团组意识较为浓烈的文化氛围中，皮陆的齐名是皮陆唱和圈内作家的吹嘘所致，甚至于就是他们二人的梦想。另，认为唱和诗与文人的个体创作分属于两个不同的创作系统，走着两条完全不同的创作道路，是两种品格完全不同的诗歌产品。唱和诗更强调“技”的含量，而对传统的言“志”抒“情”则不作要求。正因为甩掉了言志抒情的沉重包袱，而强调斗技逞能，所以文人在唱和中能以轻松游戏的心态创作，在文体的创新上极尽变态，许多新文体于斯诞生。皮陆唱和诗的“由古至律，由律至杂，诗之道尽乎此矣”（《松陵集序》）正体现了这样的创作理念。也正因此，福标君认为，批评界不能拿衡量文人个体创作的文学观念来衡量文人唱和诗，应该给唱和诗这种一直以来被贬为文字游戏的诗歌品种以确当的评价。《皮陆研究》还认为，与此前宫廷唱和、僚属唱和及幕府唱和不同，皮陆唱和虽然发生在幕府，却是以民间私家唱和面目出现的，这是唱和史上的一个转捩点。它的出现，在唐末边缘化的文学形势下，在众多的民间文学团体中，标志一种新颖的诗歌创作风气在社会上的张扬。私家唱和这种方式在皮陆之后也成为文化下移民间的一个重要渠道，愈来愈显示它的作用。

《皮陆研究》把皮陆散文与唱和诗的研究相发明。它认为，皮日休的散文多家国经济的大题目，即《四库全书总目》所谓的“伟论”，如《请韩文公配飨太学书》《请孟子为学科书》等。龟蒙文则“往往杂发”，以小题出之，有意回避大题目。但他们都强调自我，文中往往有“己”。皮日休对“己”标置太高，动辄与“圣贤”相系；而龟蒙则以“散人”自命，人散文亦散。标置太高，有一种悲壮的品格；而以“散人”自存，则是乱世中智慧的人格自卫。当然，乱世中的人格分裂又是不可避免的，陆龟蒙与皮日休在此一点上只不过是层次、程度不同而已。

皮陆的散体文与唱和诗是他们的交际方式、处世方式以及知识结构等人生际遇的文字表现，鲜明、深刻地展示了他们的个性风采。作为博学好问的士人，他们有强烈的切磋互补的愿望。这不仅是出于完善知识上的考虑，更在于他们把问学看作一件改善人生——即皮日休所谓的“豁平生之郁郁焉”、陆龟蒙所谓的“缓忧”的最好途径。鉴于此，《皮陆研究》为达“知人论世”之目的，在研究方法上采用了传统考据法，耐心地排比了皮陆生平行迹中籍贯、出身以及隐居、科举考试、干谒游幕等重要经历，以及这些经历对他们傲诞、慵散、焦虑性格的深刻影响。此外，还深入考察了他们与周边文人的关系，以及他们作为文人和书生的读书生活。在此基础上解释其知识结构、个性发展及其社会思想对诗文创作的影响。在阐发自己的观点时，作者动用了大量历史资料，并吸收、总结时贤的研究成果，从正面、反面、侧面作多层次的论证。例如，作者不仅考察皮陆本身，还对唐末特殊的政治文化形态下的下层寒士的生活状况作了一定程度的描述，突出这一时代存在于士人之间的边缘化心理，以及文人在科举竞争中的带有民俗性的博学风尚、作家团组化、创作程式化的文学趋势以及活跃的通俗化诗歌品评背景。无疑，把皮陆现象放在这样一个大坐标下观照，得到的结论将更准确而令人信服。论文最后还有“后世对皮陆的接受”一章，着重叙述了皮陆文集在历代的流传情况以及历代文集对皮陆作品的收录情况。在此基础上认为，历代对皮陆现象的接受过程中受到各种文化因素的影响和干扰，以至存在一些偏差。一般民间的读者热衷于对皮陆的效仿，而一些带正统观念的评论家则对皮陆颇多讥议。之所以这样，主要是因为他们没有认识到唐末通俗文化背景下的皮陆之变，也未能严格区别文人唱和诗和文人个体创作之间的区别。这也可谓“卒章显志”，收束和突出了前面已提出的论点。

福标君的博士论文《皮陆研究》，原先还有一个长达 7 万余言的《皮陆年谱合编》作为附录，是作者在硕士学位论文《皮日休诗文系年》的基础上改编增订而成的。它细致而准确地勾勒出了皮陆二人的生命轨迹与文学活动，为正文的各论点提供了坚实的基础，颇见功力。可惜在出版时因为编辑体例的限定，不能一并与读者见面。作者也有对《年谱》中某些细节再仔细斟酌的愿望，且待之异日。

总之，《皮陆研究》达到了较高的水准，对唐代文学研究及唱和文学研究来说，无疑有积极的促进作用。

福标君，湘人也。十年前求学长安，师从西北大学阎琦教授治唐诗。后南下岭表，问学于余。余观其为人，言讷而敏行，体弱而坚韧。其为文，好学深思，用志不纷。不为世风所左，不为外境所移。博士论文答辩之时，被一致评为优秀论文。毕业以来，披阅增删不辍。本书之选题，乃基于其硕士论文。今有所成就，当遥谢阎琦教授启蒙引导之功也。

（李福标《皮陆研究》，岳麓书社，2007年）

八股文的形态研究

1990年我从复旦大学博士毕业，分配到中山大学中文系工作，第一项工作就是协助邱世友先生给88级本科生上中国文学批评史课。李光摩就是这个年级的学生，后来他又选我当毕业论文指导教师，于是我们就有了双重的师生关系。当时他给我的印象就是一个纯静的读书种子，性喜读书，好学深思。按理他应该继续读硕士，不过，他1992年毕业后就到了南方航空公司飞行大队办公室工作。这是一份很好的工作，压力不大，待遇很高。当时他还是普通的工作人员，我是高校教授，而他的工资收入已远高于我。每天即目所见，都是年轻靓丽的空姐。在世俗眼中，这真是一个养心养眼的环境。按一般人的生活轨迹，接着便是恋爱、结婚、生孩子，过着平静幸福的生活。但光摩工作之余，还是购书、读书，无暇他顾。数年之后，他对我说要报考中大的研究生。当时，研究生找工作已相当困难了。我说，你可要想清楚，读了书可能找不到现在这么好的工作。光摩说，他只喜欢读书，本科毕业之所以没有继续读下去，是因为家里经济方面的原因。工作这几年，不但还清了家里和自己读书所欠的债，而且备足了往后读书的积蓄。至于毕业后的工作，他说现在不考虑，任其自然吧。1998年光摩考上中文系古代文学专业的硕士生，由陈永正先生和我共同指导。2001年硕士毕业，继续随我攻读博士学位。

光摩从本科到硕士，对明清至现代文学学术都有兴趣。他的硕士论文研究晚明文学思潮。博士论文选题时，我建议他可以研究八股文。这当然不是一个新题目。但是在我看来，八股文仍有其重要意义，而且有很大的研究空间。我不太相信那些在传统人文学科里动不动就说“填补空白”，也怀疑那些纯粹出于填补空白目的的“创新”的价值所在。我偏执地认为有思想、有个性、有新意的“重复”研究（这里指传统话题）要比纯粹为了“填补空白”的琐碎与生僻的“创新”重要。八股研究固然是个旧话题，但仍然可以做出新意、思想与个性。在中国古代，文体的地位是有高下之分的。科举考试文体因为带有强烈的功名色彩，颇受卑视，而八股文则承担了所有科举文体之恶名。晚清科举停考之后，社会上对于八股文，似乎形成了恶谥式的集体认同。自 20 世纪 30 年代周作人首倡八股文研究，这一文体才逐渐受到学理上的关注。就八股文发展而言，以前的文学史家如钱基博、宋佩韦和卢前等人对此也有过论述，但不少成果是基于《制艺丛话》而略加演绎的，总体上仍比较简略的。而在大学课堂、文学史乃至一般知识界，“对八股文更是情绪化的批判胜过理性的分析”（见《绪论》）。所以我以为，学界仍需要对八股文有切实的分析与理解。光摩接受了我的建议，以八股文作为博士论文研究对象。博士毕业后又持续研究，至今已有十多年了。现在这本书便是他在博士论文基础上修订而成的。

读了这本书，引发我有关学术研究的一些感想。在中国传统学术研究中，我们欣赏有思想的学术或者有学术的思想，但是无论何种研究，都离不开其特有的具体语境。就中国文章学而言，则是离不开中国传统的语言文字特殊形式。传统的特殊语言文字形式，便是中国文章的基础。从此基础出发，才能进入文体的内部。离开此基础，侈谈文化，容易为蹈空之论。前人研究八股文的特点，侧重于文化影响的多，深入文体内部的少；对于八股文与诗文、小说、戏曲以及思想文化的关系谈得较多，对于八股文文体自身形态的演变关注不够，许多研究是在外围打转，没有攻入其文体内部。虽然商衍鎏、启功、邓云乡等先生从文体内部清理八股文的源流演变已作了重要工作，但还留有很大的空间。君不见，许多学生乃至学者，谈起八股与文化批评来头头是道，一套一套的，但未必亲眼看过八股文。若让他具体分析一篇八股之作，则往往茫然不知所措。此书最有价值之处，就是在对八股文的文体学研究上。过去研究八股文，虽也涉及了文体问题，但基本上是一种文化研究，很大程度上是一种外部研究。本书中如八股文的源流、八股文的定型、八股文的基本体制、明代八股文的发展演变、八股文的语体、八股文与古文、截搭题和小题等等，几乎全是从文体角度着眼的，而其文体学研究皆是从汉语之语言形式入手，不尚空谈，一切从史实出发，一切从文本出发，力争使论点建立在可靠的史实和文本的基础上。

我想，学术研究的价值有多种形态，不是所有领域都有可能“原创”，也不是所有的“原创”都有意义。“前修未密，后出转精”式的研究也是很有价值的。本书以《明史・选举志》和顾炎武、吕留良、方苞等人的研究工作为基础，通过对明代八股文文本、文派的解读，对明代八股文的发展演变勾勒出较为清晰的线索，论证由“疏”而“密”，出“粗”转“精”，与前人相比，更为充分、细致和准确了。述而不作，我注六经，理论传承之中往往伴随理论阐释。在学术研究上，有信古，有疑古，有释古。光摩的学术路径，总体而言大抵近乎“释古”。在我看来，这是比较慎重的研究态度。比如顾炎武《日知录》有过关于“八股”成立的论述，但比较简要。本书通过疏通顾炎武的说法，结合八股文形成史的考察，认为明代四书文是在台阁文人如吴宽、王鏊和谢迁等人手里，通过借鉴律诗、律赋等作法才逐渐形成八股格式的。然后，又通过主考之程文、会元之墨卷，逐渐形成影响。成化十一年乙未科会试，不但在考生方面出现了会元王鏊成熟的八股文，主考丘濬的程文也是八股格式，加之王鏊、丘濬在八股文史上所享有的至尊地位，因此认定八股文在成化十一年乙未科会试定型，最为恰当。本书就其八股成立的论证而言，是对顾炎武说法的阐释，但又更丰富，也更为具体确实了。

当然，本书还有不少独到的见解，也有些把原先模糊不清的地方弄清楚了。如书中对八股的截搭题的考察，认为这不是明代才有的，其渊源可以追溯至宋代。又如八股文中大小题的划分，不少研究者都是从题目的长短、字数的多少来分类的，以为字数少的题目就是小题，多句或全章的题目就是大题。而实际上有些八股文题目字数很少，是大题。有些题目很长，却是小题。作者通过对大量题目的实证分析，认为仅从题目本身字数的多少来判断大小题是不尽可行的。大小题的区分主要是从文章本身来考虑，题目长短如何倒在其次。这些看法都是有见地、新人耳目的。

韩愈提倡古文，主要的目的是针对当时的“俗下文字”即科举考试文体而提出来的。但有讽刺意义的是，韩愈等唐宋大家古文后来却成为科举考试的追慕对象。所以八股文与古文的关系一直是明清文学史上的重要问题，但这个问题还是比较模糊的。本书认为，在当时语境里，古文有不同内涵：有台阁文人的古文，有前后七子的古文，又有唐宋派唐顺之、归有光的古文。而这些古文，在不同时期，又有不同地位。在明代前期以迄成嘉，是台阁文臣主导古文与八股文的走向。正嘉以后，唐宋派走到前台，提倡“以古文为时文”。后来，钱谦益、吕留良、艾南英诸人极力抬高归有光，成功改写了历史，台阁文臣在文坛的影响逐渐减弱，归有光遂成为明代古文和八股文的集大成者。作者以此说明，明代的古文有着不同的谱系，它们与八股文的关系也不尽相同，其中归有光一系的古文与八股的关系最为密切，后来又经过桐城派的渲染，古文与八股文相互影响，形成明清最为流行的古文——八股化的古文。我觉得，光摩的研究好处就是实实在在，言之有据，而不是天马行空，无迹可求。

光摩的八股文研究，是接受我的建议，也受到我的影响的，但现在已取得超越我的成就，而且对于前贤的成果也有许多阐发与补正。光摩在《绪言》中说：“我的工作就是在前人研究的基础上，争取把八股文研究稍微向前推进一步而已。”我欣赏光摩这种实事求是的态度。其实在传统学术研究领域中，哪怕只在前人研究基础上“稍微向前推进一步”，也是很不易的。这就像在传统的径赛项目中，若能把成绩提高 0.01 秒，便是很大的成功。其实，有不少自诩创新的成果只是把前人或时贤的观点换个说法、或加点水分，有些甚至无视前人的成果，不是推进，而是倒退了。中国的学术人口这么多，如果所有的学者都能真正地在现有研究基础上“稍微向前推进一步”，集腋成裘，那就很可观了。

在长期的教学生涯中，我与学生的关系也在变化。随着时光的推移，原先彼此之间年纪差距的比例越来越小，而在思想、见地、学术上他们往往有胜蓝之处，居高临下的传道解惑慢慢变成彼此平等的商量讨论。师生感情更为醇厚，还增添了一份朋友情谊。世间既有“亦师亦友”，也就有“亦徒亦友”。我喜欢这份情谊。2004 年光摩获得博士学位后，被聘为华南师范大学文学院教师。对他来讲，终于找一份自己真心喜欢又能称职的工作，确是一种幸运。他为人与其学术一样，纯和淡散，优游不迫，颇有古士之风，这是我所喜欢和欣赏的。我和他在明代诗文研究方面有过不少合作。有论文，如发表在《文学遗产》上的《晚明心态与晚明习气》《五四与晚明》，发表在《文学评论》上的《八股四题》。有编著，如湖北教育出版社的《晚明文学思潮研究》。有文献整理注释，如上海古籍出版社的笺注《呻吟语　菜根谈》。在我看来，我们的合作并不仅具有学术上的意义，更是师生情谊的一种永远纪念。

今天是马年正月初一，广州阳光灿烂，天空清澈。全国多地 PM2.5 爆表，而广州持续多日的空气污染之后，今天下午的空气质量指数竟然达到优良，让人格外喜悦。当灰霾与喧嚣已成为常态，清澈的天空与洁净的空气已经是可遇不可求了。噫！自然环境如是，人生与学术环境何尝不如是。在序文结束时，循例应该有勉勖之言，那么我愿与光摩和同学们共勉：无论环境如何变化，希望我们的内心与学术都能保持清澈洁净。

2014年

(李光摩《明代八股文形态研究》，北京大学出版社，2020年）

学术的“富矿”

这本著作是邓新跃博士的学位论文。新跃君原来在湖南一所大学任教，2001 年秋，到中山大学随我攻读博士学位，治中国古代诗文与诗文批评，这篇博士论文是我给他的“命题作文”。他原先的学术积累与学术兴趣主要是唐代文学，入学考试时所提交的博士论文研究计划是关于中唐文学的研究。开学后经过一段时间的尝试，他深感自己要在中唐文学研究方面获得创新性相当困难，而创新性正是博士学位论文选题的基本要求。他在博士论文选题上有些茫然。在这种情况下，我建议他以明代的诗歌辨体理论为题撰写博士学位论文。我明确地告诉他明代文体学研究是一个有创新性、有学术价值的研究领域。

其实，明代诗歌辨体也是我自己长期以来感兴趣的题目。我主要的学术研究领域是中国古代文体学，而明代正是文体学发达的时代。明代批评家受宋代严羽影响最大。严羽《沧浪诗话》标举“第一义之悟”，论辨各家体制，自负“辨家数如辨苍白”。而“辨体”也就成为明代诗文创作与批评的第一义，对诗文体制规范及其源流正变的探讨成了明代文学批评的中心议题。“辨体”的确是明人比较普遍的意识，格调派不必说，性灵派也同样讲辨体。袁宗道说：“吾姑置庖羲以前弗论，论章章较著者，则莫如《诗》《书》。乃骚、赋、乐府、古歌行、近体之类，则源于《诗》；诏、檄、笺、疏、状、志之类，则源于《书》。

源于《诗》者，不得类《书》；源于《书》者，不得类《诗》。此犹庙之异寝，寝之异堂，其体相离，尚易辨也。至于骚、赋不得类乐府，歌行不得类近体，诏不得类檄，笺不得类疏，状不得类志，此犹桷之异榱，棁之异节也。其体相离亦相近，不可不辨也。至若诸体之中，尊卑殊分，禧禔殊情，朝野殊态，遐迩殊用，疏数烦简异宜，此犹榱桷节棁之因时修短狭广也。其体最相近，最易失真，不可不辨也。”（《刻文章辨体序》，见《白苏斋类集》卷之七）虽然这是为人写序，不免有应酬之意在，但至少是赞同辨体的。可以说“辨体”是明代文学批评的一个“关键词”，也是普遍话题。明代许多诗文评与文学流派之争在本质上都与“辨体”相关。所以从文体学的角度去研究明代的文学批评，在某种程度上可起纲举目张之功。明代文体学是继南北朝之后的另一个文体学极盛的时代，而就研究规模之大与研究范围之广而言，明代文体学还远在南北朝文体学之上。明代诗学辨体的文献相当丰富，不仅有大量的诗文评、笔记，还有大量的诗文总集，如黄佐的《六艺流别》、吴讷的《文章辨体》、徐师曾的《文章明辨》、贺复徵的《文章辨体汇钞》都是兼选本和文体学著作于一身的总集。“正体”或“辨体”一词就是当时不少著作的时髦名称。除以上举例之外，又如杨慎有《绝句辨体》、许学夷《诗源辨体》、符观《唐宋元明诗正体诗集》等，可见时风之一斑。

明人所谓的诗学辨体内容是极为复杂的。在诗歌内部，古诗、乐府、律诗之间的差异，是辨体；在同一类诗体中，如五古、七古之间，五律、七律之间，七绝与五绝之间的差异，是辨体；

在诗歌与其他文体之间，诗与文、诗与词、诗与史之间的差异，是辨体；在时代方面，汉魏六朝诗与唐诗、宋诗、元诗之间的差异，是辨体；同时代的诗如唐诗，又分有初、盛、中、晚之分，也是辨体。各类辨体及其源流正变理论，相互纠结、难舍难分。明代这种文体明辨上的难辨而欲辨，欲辨而难辨的复杂纷纭的理论状态，恰恰大大丰富了人们对于诗歌形式、体制风味的认识。古人辨体目的从本质上是为了追求文体的个性，以形成文体的丰富性。在中国古代文学史上，作家的个性与文体的个性交织成千变万化的文苑波澜，历来对于强调作家个性，是没有争议的，而强调文体个性（文各有体）却是一个有争议性的论题。但是无论其本身的理论价值如何，它在明代是文学批评相当关键的问题，对明代文学产生深远的影响，这是可以无疑的。中国古代文体学研究是古代文学新近的学术热点之一。经过许多学者的共同努力，古代文体学逐渐从冷门成为热点。但明代的文体学研究整体上是比较薄弱的，也有许多空白点与盲点。从学术发展的趋势来看，可以预料明清的文体学研究将是中国古代文体学研究最有发展前景的领域。

对于新跃君来说，这也是一个具有挑战性的、难度相当大的题目。他以前对明代文学与文学批评没有深入研究过，他差不多是进入到另一陌生的学术领域。他此前虽然写过不少论文，但因为没有攻读过硕士学位，未受过严格与系统的学术训练。我当初建议他选用这个题目，已充分考虑到他将面临的困难。但我认为新跃君读书甚勤，善于学习，敏于写作。而且明代诗歌辨体理论与唐诗关系非常密切，新跃君在这方面是有优长之处的；新跃君平时喜爱古典诗歌创作，这种创作实践对于体会各种诗歌文体之体制特点也有裨益。我期待他能够以勤补拙，取长补短，在海内外的前辈与同行的研究基础上对明代诗歌辨体理论进行创新性的研究。

新跃君接受了我的建议，终于写出了这篇博士论文。现在看来，当时新跃君选定这个论文题目，是有勇气的，也是正确的。当然，选择创新性的题目与最终形成创新性成果毕竟是两回事。这本书既然已出版了，对于其学术质量与学术价值的裁断，自有严格而公正的读者来评价。作为指导教师，我对此不想多言。我想说的就是自己的一点感想：这些年来新跃君已非常努力了，我为他的进步感到高兴。新跃博士现在取得的成果仅是明代文体学研究的一小部分而已。他面对的是一座可供长期深进挖掘的学术“富矿”，我期待他不要把他的研究领域经营为小打小闹、乱挖乱采而事故频发的“小煤窑”，而是要用可持续发展的眼光，好好把它建构为规模宏大而安全生产的“大矿井”。新跃博士勉旃！

（邓新跃《明代前中期诗学辨体理论研究》，上海古籍出版社，2007年）

诗人之墓不是用砖石砌成的

公元2006年4月某日，两位南海郡人至广州天河区龙眼洞祥云岭，拜谒先贤陈恭尹先生墓。到了墓地，发现陈恭尹之墓已被夷为平地。墓址成一大坑，底部覆盖着枯黄落叶，显然已被毁多时。陈恭尹诗多亡国之音，而其墓保全于清代，民国战乱、日寇铁蹄、“文化大革命”浩劫，其墓仍存。但是，这座被列入广州市重点文物保护单位的古墓，竟然毁于一场莫名其妙的清理山坟活动中，岂不令人悲伤乎？

然亦无须悲伤。诗人之墓不是用砖石砌成的，而是用他的心血建构的。先贤之墓不仅竖立在山野之上，还竖立在世世代代的后人心中。

陈恭尹墓被毁之际，王君富鹏正日日夜夜端坐中山大学图书馆古籍部，为屈大均、陈恭尹、梁佩兰树碑立传，撰写博士论文《岭南三大家研究》。

我接触过一些岭南以北的才人，言谈之间，往往不经意地流露出对岭南文化的不屑之情，以为这是一块没有历史文化积淀，而且现实又是充满金钱气味的地域。我想，这是一种错觉与偏见。岭南古称蛮荒之区，与中原隔膜，偏于一隅。然明清以还，岭南文化迅速崛起，其重要性日趋显著，渐渐发展到对全局有举足轻重影响的程度。中国近代史、现代史乃至当代史，若没有岭南地区与岭南人的参与，真是不可思议了。

去年，在一次地域文化研究的学术会议上，我提出建立“岭南学”研究的倡议。这绝非概念游戏之举，也绝无哗众取宠之心。自20世纪80年代以来，以某一特定地区为研究对象的学科在学术界崭露头角，涌现出徽（州）学、泉州学、上海学、温州学乃至潮（州）学等等以地域命名的学科。“岭南学”所以成“学”，在于其独特的地域和在漫长的历史过程所孕育的独特文化。梁启超在《中国地理大势论》一文中指出，广东“其民族与他地绝异，言语异，风习异，性质异，故其人颇有独立之想、有进取之志。两面濒海，为五洲交通孔道”。这是从历史地理学的角度对岭南民风民俗以及特有文化思想的认识。岭南文化源远流长，漫长的海岸线，五岭的阻隔，形成了开放而又封闭的地理环境；各个时期移民的迁入，形成了中原文化在岭南文化中的核心地位，移民文化与当地文化的交流和融合形成了地域色彩浓厚的岭南文化；海洋文化与内陆文化交融的个性在岭南文化的每个方面都打上了烙印。

岭南三大家，应该是岭南学的重要部分。他们的创作，代表当时岭南诗歌成就。他们的际遇与怀抱，在清初文人当中，也是相当有代表性的。岭南三大家的影响超越地域，在当时与江左三大家（钱谦益、吴伟业、龚鼎孳）遥相呼应，其成就亦各有所胜。然而对“岭南三大家”的研究及其影响，则是不可与江左三大家相提并论的。

富鹏君，河南人氏，然潜心岭南学术。在校三年，我们师生差不多每天相聚三回，一起在中山大学图书馆四楼古籍部读书。晚上图书馆闭馆，我便和富鹏等几位同学一起回家。一路上，听富鹏侃侃而谈关于岭南三大家的读书心得。记得一夜，他谈到发现了屈大均一本无人知晓的著作《罗浮书》，并辑佚近万字。又一夜，他谈到，发现屈大均遗著案是导致清代统治者改变整理《四库全书》宗旨的重要原因。他认为，历来关于纂修《四库全书》目的是“寓禁于修”其实是不妥当的，准确地说，应该是“修中生禁”。路上静悄悄，只有富鹏的话语和风吹树叶的沙沙声。夜色苍茫，看不清他是否面有得色，但从声音，可听出那种在学术研究中偶有发现的亢奋之情。

富鹏北人南相，为人短小精悍。性豪爽任气，颇有古风，与世俗功利之习格格不入。喜诗词，偶有吟咏。又善饮，师生聚会，敬酒必曰：“我先干为敬，您随意！”一仰而尽，意态自若。诸生中白建忠、马将伟，内蒙古人也，亦善饮，并称酒中三杰。燕云张海鸥先生，康园倜傥人也，颇赏有酒趣之豪士。尝邀三杰饮酒，白酒若干斤，兴未尽，继之啤酒。四人扶醉而归，玉山将崩，路人为之辟易，校园传为佳话。

今三君皆已毕业，余欲与诸君馆中对读，踏月论诗，岂容易哉？

近日王富鹏的博士论文付梓，急电求序。灯下重读《岭南三大家研究》，看到一行行熟悉的文字，思绪如絮，纷纷扬扬，漫无边际，聊记于此，权以当序。

（王富鹏《岭南三大家研究》，人民文学出版社，2008年）

世间有一种执着与无奈

马将伟博士求序多时，我几番提笔，又几番搁笔，久久未能成文。

遗民，是一个沉重又复杂的话题。读此类文字，易生感伤。

明代覆灭之后，汉族的臣民们面临着各种选择，或者慷慨赴死，或者苟且偷生，或者退隐林下，或者迁居域外，或者逃禅，或者入道。最近，看了一篇文章，介绍朝鲜英祖时期文士张汉喆（1744—？）所写的《漂海录》，书中记述了他从济州渡海赴京（今首尔）会试，途中遭遇风浪，漂流海上的生活。当他们漂流到琉球的虎山岛，幸得到迁居安南（今越南）的明人后代林遵等人的帮助。书中这一段令人印象深刻。当时，离明朝覆灭已一百多年了，林遵等人仍“须发不剪，头戴圆巾”，以此表达对明王朝的忠心。当知道对方是朝鲜人，就急切地询问在朝鲜国的“中土流落者”情况。交谈间，“悲咽之意溢于辞色”。我读了此段文字，竟惆怅久之。

我想，明朝倾覆之后，一位侨居异国的明人后裔对于明王朝尚如此忠悃，表现得那么悲凉，那么，在明清易代之际，明遗民的感情就更可以理解了。

马将伟的博士论文《易堂九子研究》一书，比较全面地研究了清初隐居于江西宁都的一个遗民文士群体，即易堂九子。通过易堂文人的个案创作，考察其与明末清初文风的关系。

此书一开始就展示了刀光剑影中的清初环境，易堂诸子等清初遗民处于时代“夹缝”之中。他们心系皇明，然皇明已亡；身处大清，又视满人为寇仇。作者指出：

> 易堂文人群的形成及其行为方式由于特殊的历史背景而具有了丰富的文化意蕴，从他们的心灵世界可以折射出明清易代之时士人的真实处境及生存心态。他们以一种痛苦而又倔强的姿态审视着生命的意义，同时以坚韧的毅力追寻着自己的“理想”。

易堂诸子在隐居之前，也曾有过反抗，但不久希望就破灭了，只好隐居于翠微峰。在清初这个特定的历史语境中，易堂九子是介乎文学性和政治性二者之间的文人团体。群体意识是儒家传统推崇的观念，孔子说“诗可以群”，“群居相切磋”本来是文人间的雅事，也应是乐事，但是在清初那个具体背景里，易堂九子这个遗民文人群体的“群”，是在酷寒之中抱团取暖的“性命共保”，所以带有浓重的悲凉意味。

我总觉得，在学术研究上，所有的研究对象都应该成为独一无二的坐标，把握研究对象作为个案的特殊性是学术研究的一个基本出发点。本书作者力图从基本文献入手，原原本本，把隐居于翠微峰的易堂九子所处的独特地域自然与人文环境、文化传统，他们的师友、诗学与文化主张，以及他们与历代遗民、与明代其他地区的遗民群体的异同……这一切尽可能地展示出来，以还原这一段独特的历史。虽然历史是不可能还原的，我们也无法回到历史现场，但我们仍可以凭借文献与自己的体验去想象历史，尽可能地接近历史。本书最有价值之处，就是为我们提供了这种可能。它对于易堂九子这个学界尚未足够重视的文人群体的生活、心态、师友交际、学术与文风、诗学与诗风及其地位与影响，皆有比较全面深入的论述。我读了之后印象最深的是，该书对易堂九子“以生为寄，以死为归”的生存状态以及心态之考察，比如魏际瑞之游幕与慕隐心态、曾灿的“遁世”与“用世”的纠葛、易堂诸子之游历，他们对于“生”的焦虑以及“游”之选择。作者通过解读现存文本，力求体验他们的感受，把握其内心世界。

读完这本书，我不禁掩卷长思，为什么这些数百年前的遗民仍在不断地感动我们？

遗民问题固然关乎特定时期士人的政治立场与道义气节，但从更深层的角度看，遗民所面临的际遇与心态不仅具有政治上改朝换代的意义，也体现了普适性的文化与心理。在社会、文化转型之际，在新旧交替、理想与现实矛盾之际，这种心态就容易引发共鸣。

世间有一种执着：明知不可为而为之，眼看自己的理想成为梦想，梦想成为幻想，幻想最终破灭，还是不离不弃。这就是悲剧的坚守。

世间有一种无奈：眼看着你所不屑甚至憎恶的事物，滋生蔓延，蔚为大国，自己只好从反抗到抵制，从逃避到隐忍，从不共戴天到顺应世俗。这就是悲摧的现实。

固执理想至死不渝者表现出士人至大至刚之气节，宜为世代君子所敬仰。故韩愈称赞伯夷是“特立独行”、“穷天地亘万世而不顾者也”，“昭乎日月不足为明，崒乎泰山不足为高，巍乎天地不足为容也”！然古往今来，有多少仁人志士，随着岁月之流逝，当理想渐行渐远，现实无法改变，于是悲壮转为哀伤，执着化作无奈。环视人世间，对现实的无奈其实更是常态。对于有良知之士，无论是执着还是无奈皆为痛苦。然无奈者，则往往不易为世间人所同情、所理解。本书对于易堂九子之执着与无奈，皆致以了解之同情，此乃深契我心。

2005 年，马将伟考进中山大学从我攻读古代文学专业博士学位。博士毕业后，又进入暨南大学中文系博士后流动站，随蒋述卓先生学习。

将伟，安静内敛而心思缜密，恂恂如也，不似塞北慷慨之士。唯饮酒、放歌，偶露豪放本性耳。他来自内蒙古偏远之地，记得他读博士期间，其时家乡尚未通有线电话，也没有手机信号。每年寒假离校时他就先给我拜年——他大概是每年最早给我拜年的。我的学生多出身贫寒，寒士读书，当然遭遇诸多困虑。贫寒之出身，此乃无奈之现实，然其中亦不乏坚守学术理想者。将伟原为文艺学专业硕士，与古典文学颇有距离；而身为今之塞北人，研究江南某地数百年前之历史，也易生隔膜。在生活、学习和工作诸多方面的困难可以想见，但他淡定面对，从未退缩。将伟生活极清苦，读书则甚刻苦。在攻博期间，一年四季，白天晚上，差不多都是在图书馆古籍部兀尔枯坐。他对于学术一直怀有敬畏惕慄之心，专注易堂九子专题已八年矣，此间反复增删修订，为之殚思竭虑。回首八年，瞬间之事耳，然于人生而言，实不可谓之短也。记得博士生入学面试时，马将伟还是小青年模样。当年浓密青丝，如今已露零星白发，而我也年近耳顺了。

将伟以执着的坚守精神来研究遗民文化文学，现在，这部书稿即将付梓，这个沉重而复杂的话题终于有一个欣喜和完满的结局。而他也从边陲僻壤之民，成为大都市的大学教师。成为一位文史研究者，这是他当初的理想。

世间有一种平凡的执着和坚守，最终也可能改变命运。我所感到欣慰的在此，希望亦在此。

（马将伟《易堂九子研究》，社会科学文献出版社，2013年）

真了解者，必神游冥想

人们的态度与立场是评价事物的关键。同一事物，由于观察者的态度不同，便会有激赏者，亦会有贬抑者。比如对于中国历史上最早的遗民——商周之际的伯夷、叔齐，他们不食周粟，饿死首阳山——古人大体上是以之为崇尚气节的典范。司马迁《史记》载有《伯夷列传》，韩愈特地写了《伯夷颂》，而毛泽东则在《别了，司徒雷登》一文指出："唐朝的韩愈写过《伯夷颂》，颂的是一个对自己国家的人民不负责任、开小差逃跑、又反对武王领导的当时的人民解放战争、颇有些'民主个人主义'思想的伯夷，那是颂错了。"他以伯夷、叔齐为逆历史潮流而动的旧王朝的死硬派。同一伯夷、叔齐，誉之者谓之为坚贞守节的典范，贬之者嘲之为顽固迂腐的象征。可见迂腐和守节之间并没有绝对的界线，或者说，它们本是一个词，只是由于言说者立场不同，便各自读出褒义与贬义来。

由伯夷而想到对于遗民的研究。"遗民"是一个古老的话题。凡有朝代更替，便有遗民。在中国历史上，最大规模的遗民群体的出现，当以宋元之际的宋遗民与清初的明遗民最具代表性了。明清之际中国发生了惨烈的社会变故，汉族的明王朝政权被满族的清王朝所取代。清初乃至相当长时期内，民族矛盾成为当时主要的社会矛盾。晚明有一批臣民，在民族危亡之际，决不妥协，坚决抵抗，其惨烈悲壮与其规模宏大之程度，实在是史无前例的。清初在政治、思想、宗教、文学、艺术等方面形成一种规模宏大的遗民文化，但其中成就最高、最具代表性者，可能是清初的遗民诗。清初明遗民诗典型地写出历史的沧桑变幻与当时遗民的痛苦而复杂心态，表现和追忆抗清斗争，抒发故国之思与复国之志，批判清初的政治，赞美坚贞的操守，这就是清初明遗民诗歌的主题。

在传统文化中，“遗民”一词，本身包含有赞许的价值判断在内。把明王朝灭亡之后，这批在新朝里不出仕、不合作者称为“遗民”，本身就隐含着褒奖意味。“遗民”与“遗老”、“遗少”本是一回事，但褒贬却是明显的。所以历来对于明遗民的态度基本是褒扬的。不过，在21世纪中国的读书界或研究界，对于遗民的态度显然不容易一致了。这也难怪。随着儒学失去地位而代之以各种新主义新思潮以后，对于传统重新审视和评价是自然不过的。

在当今这个评价体系、价值判断多元化的社会里，任何事物都可能有截然相反的看法。比如：那些忠诚于旧朝的遗民，是气节高尚、义薄云天的忠臣还是不识权变、逆潮流而动的小忠小谅之匹夫匹妇？那些抗御清廷，或坚决不与清廷合作，至死不屈的明朝臣子是取义成仁的志士，还是狭隘的民族主义者？那些投顺新朝的官员，是可耻的“贰臣”还是一帮“良禽择木而栖”的识时务的俊杰？这些恐怕也是见仁见智的（在这方面，互联网上的争论要比在传统纸质媒体上热闹、尖锐、激烈得多，而且更真实、更快捷地反映出年轻人的想法）。而更复杂之处，还在于对于遗民的评价绝不是纯粹的学术问题，还杂缠着政治需要与民族政策，学术问题遂成为复杂而敏感的问题。比如某些教科书便认为历史上的所谓民族之争，不同于中华民族反对外来侵略的民族战争，是国内民族之间的战争，是“兄弟阋墙”，不宜有侵略和反侵略的提法。近来颇受海内外关注的所谓“岳飞是否民族英雄”之争便是对这种观念的争论。

除了当下的政治影响与道德评价之外，文化视野的影响也在起作用。20 世纪西学东渐，21 世纪据说更是全球化的时代，在这个背景下对于清初明遗民研究眼光和立场就更显多样了。

从“全球一体化”的角度看，或者从那些自以为已是或将是“世界公民”的人的“开阔”胸襟和“超然”眼光来看，所谓的民族传统与爱国主义是否有价值当然是有疑问的，而明遗民所耿耿于怀、痛心疾首的“亡国”也好，“亡天下”也好，恐怕也仅是“人亡弓，人得之而已”，不足大惊小怪。

同时，也有一种截然相反的态度。近年清初明遗民极受海内外学界的青睐，原因很多，其中有些学者是因为感受到西方文化的冲击和压迫，在心态上觉得就像中国文化的遗民。于是对于清初明遗民便产生共鸣，心有戚戚焉。有些学者尤其是海外学者明确表明自己是抱着反抗西方文化、保存传统文化的志向来研究清初遗民的。

这是两种绝不相同的价值观。我想，应该允许学术的自由与多元化。研究者想以“文化遗民”的心态去研究清初的明遗民，以表现保持民族文化的志向，当然可以；研究者想与时俱进，以全球化的眼光或世界公民的心态来审视和评价几百年前的事件与人物，那也无妨。

我想对待历史，大体上可以有两种不同的言说方式：一种是从当下语境的需要出发，重估一切价值；另一种是通过还原历史的语境，尽量接近和理解过去的人物与思想。前一种的目的在于从现实出发去评价历史，而后一种的目的则在于理解历史。当然评价离不开理解，理解亦非全无评价。我无法判断两种历史研究言说方式之高下。就我本人来说，则更倾向于对于历史理解和解释的方式。我以为了解应先于且高于价值判断，甚至以为学术研究可以先搁置价值判断。陈寅恪先生提出历史研究要达到对于古人的"真了解"："所谓真了解者，必神游冥想，与立说之古人，处于同一境界，而对于其持论所以不得不如是之苦心孤诣，表一种之同情，始能批评其学说之是非得失，而无隔阂肤廓之论。"《冯友兰〈中国哲学史上册〉审查报告》陈寅恪先生提出的原则早为学界所熟，甚至可以说是学术界的"老生常谈"了，但是，真正在研究中体现出这种精神尚不多见。

北京师范大学中文系潘承玉博士的学位论文就是研究清初遗民诗的，最近即将出版，索序于余。我读《清初诗坛：卓尔堪与〈遗民诗〉研究》，该书也非常强调弘扬古代知识分子爱国主义与民族传统。不过，我更欣赏的是作者在前言中强调的"文献考证获真知，是论文的基础，文本赏鉴求审美，是论文的归宿"。我以为全书自始至终都贯穿着作者这种学术追求，这也正是论文价值之所在。

从对一个诗人和一部选本的研究，在一定程度上反映出清初明遗民的士心与诗心，这是《清初诗坛：卓尔堪与〈遗民诗〉研究》的主要内容。

在现有的文学史研究中，卓尔堪不太为人所熟悉，研究相当薄弱。本文首次全面研究了卓尔堪的家世变迁、生平行履和交游情况，第一次系统地考辨与揭示了卓尔堪及其一批遗民友人的大量史实，这些史实，给我们提供“了解”清初明遗民生活状态与心态的真实背景，使我们比较容易进入当时的历史语境。

清初明遗民是一个庞大的诗人群体，卓尔堪所编《遗民诗》即收录四百余人。如顾炎武、吴嘉纪、阎尔梅、杜浚、黄宗羲、钱澄之、方以智、屈大均、归庄、陈恭尹等重要诗人，就是《遗民诗》重点收录的对象。卓尔堪的《遗民诗》是研究清初明遗民诗的最重要基本文献之一，惜历来研究者很少，学术界对它了解不多，其中亦多人云亦云、以讹传讹者。《清初诗坛：卓尔堪与〈遗民诗〉研究》依据大量的善本文献，梳理出《遗民诗》版本演变的轨迹，纠正了长期以来关于《遗民诗》版本的错误，而且恢复了原刻本即十二卷康熙本的原貌。它还全面论述了《遗民诗》的编辑背景，体例特点以及文本显示出来的心理审美特征。

从一个人看整个群体，从一部书考察一种思潮。作者在深研《遗民诗》《近青堂诗》和各种遗民诗人别集，通览以往各种当代总集，穷搜清初各种遗民事迹文献等基础上，考察《遗民诗》编辑的社会文化成因、特色和缺陷。比如为了说明清初文人强烈而自觉的遗民意识，作者特地研究了当时大量出现的历代“遗民录”的编撰与流传，广泛地论及清初明遗民的种种心态，说明卓尔堪《遗民诗》编辑的历史氛围。这对于读者“了解”在那个特殊时代里，卓尔堪的《遗民诗》“其持论所以不得不如是之苦心孤诣”，显然是有助的。

历史真相只有一个，而对于历史的评价，却是随着时过事迁，而言人人殊，如白云苍狗，变化莫测。对于研究者来说，首要的是追寻历史真相。这就要重建一种历史存在情境和社会生活情境，为我们全面准确理解历史真相与先人感情提供坚实的基础。当然历史的真实不可能绝对的还原，但是与先入为主或从某种需要出发去重构、重估肯定是有所不同的。潘承玉博士的《清初诗坛：卓尔堪与〈遗民诗〉研究》在一定程定上体现了还原历史语境，尽量接近和理解历史真相的方法：抛开成见，从文本与语境出发，去把握真相，去理解和体会古人的精神。它实实在在地研究一位诗人和一部选本，在大量文献考证的基础上，澄清一系列长期以来各种误知、误解和恍惚不明之处，揭示明遗民诗歌与士人心态的基本事实。正因为本书提供了这种真实的历史语境，所以我在读书时，常常掩卷而“神游冥想”，默默地体会着这些明遗民在当时的悲剧性心态，他们的痛苦和悲凉，他们的希冀与绝望。他们为了保持心中的理想和信念、尊严与情操，或在穷乡僻壤，或在喧嚣城市，无论面对着名利的诱惑，还是面对着斧钺的威胁，都不惜用自己整个的青春与生命，执着地坚守着。不管在当今这个时代聪明的人们会怎样看待和评价他们，我对此仍充满敬重钦佩之情。孔子评价宁武子说：“其知可及也，其愚不可及也。”宁武子的“愚”，实际上是明哲保身的策略；明遗民之“愚”是成仁取义的节概。相较而言，宁武子的“愚”，可及也，明遗民之愚，不可及也。

近年来，清代诗歌尤其是清初诗歌逐渐受到学界重视，已有不少的论文与专著出版，但是对于“遗民诗”的研究还是相当薄弱的。至于从诗史审美的角度研究遗民诗对清代诗歌发展的影响，更是空谷足音。潘承玉博士的研究表明，清初诗坛存在着宗唐、宗宋与性情三派，其中性情一派的主要作家就是遗民诗人。遗民诗人他们在政治上不愿向新朝低头，在艺术上也独立不阿。以清初遗民为代表的性情诗派，无论在精神上还是在规模上，事实上都成了清初诗坛的主流。在此背景下，卓尔堪与《遗民诗》的文学史地位也就自然明朗了。

潘承玉博士的研究是相当有特色的。在清初灿若群星的诗人群体中，卓尔堪仅仅是一个普通布衣诗人和选家，而在当代，卓尔堪是差不多已被学术界遗忘的历史人物。潘承玉博士慧眼独具，以这位似乎很不起眼的角色作为研究中心，从小见大，不但考察了清初遗民诗派整体特征，而且论述了从“遗民－性情”诗派到袁枚性灵派这一诗史运动的内在联系。这些研究以新观点和新视野展现了清初诗歌的新景观，勾勒出清诗发展的新线索，对于清初文学的研究具有开拓之功。我想，这正是本书在文学史研究方面的主要价值。

（潘承玉《清初诗坛：卓尔堪与〈遗民诗〉研究》，中华书局，2004年）

类书与文学批评

魏晋以还，因诗赋事类之需，类书日盛。经籍深富，浩如江海，类书包罗万象而分门别类，便于检寻征引，既有利作者用典，亦有助读者寻典与释典，故广受重视。

二十世纪以来，类书与文学的关系开始成为学者关注的话题。闻一多先生在《类书与诗》一文中，首次集中讨论了类书与初唐诗歌创作之间的相互关系。台湾学者方师铎先生的《传统文学与类书之关系》在此研究思路上进一步探讨类书与文学创作的相互影响。新时期以来，中国学者在闻一多先生开创的“类书与诗”基础上，不断深化与拓展对类书与文学关系的研究。

然学术界对类书与文学创作的关系关注较多，而对类书与文学观念、文学批评的关系似乎关注较少。类书在文学思想史研究中具有特殊的价值与意义，类书文献之排列与分类往往代表的是集体之意识，从文学研究的角度看，这些意识可能反映出文学与文体的思想观念。与一般的文学批评专论或专著不同，类书不主一家，其批评观念更能代表当时的集体意识与普遍知识。因此，通过类书来考察中国古代文学观念具有相当独特而且是无可代替的意义。

类书与文学批评的关系主要从类书的分类体系以及对前代文献的取舍标准两个方面得以体现。

类书之要，在其分类，分类可以反映出古人的知识体系观念。虽然，诗文评与文学总集更集中地体现编著者的文学观念，但综合性类书中文学部类的设立不仅能够反映出“文学”在古人心目中整个知识体系中的地位，而且，其编排次序与体例也体现出当时的文学与文体学观念。比如“文学”相关部类（文学、文章、儒学）的内容，自然反映出对“文学”内涵的理解，与今人视为文学文章学材料的归属都不尽相同。另外，这些部类中的文体归属与文体划分，更直接反映出当时人的文体分类学观念。不少类书会有意识地收入文学评论材料，这些资料的排列次序与门类归属也能够体现当时的批评标准。选择就暗含着一种价值评价，或者说就带有批评的成分在内。知识分类的背后是一个整体的知识体系，这个体系有传统与固有的框架，但在对知识类目的设置、具体文献的选择上，多少又反映出某些观念。古人也认为有些类书的文献取舍反映出编纂时代的文学风尚。如四库馆臣就认为，明代俞安期编纂《唐类函》一书只选唐以前的典故而不及唐代之后，反映出明人的文学风气：“明李梦阳倡复古之说，遂戒学者无读唐以后书……安期编次类书，以唐以前为断，盖明之季年，犹多持七子之余论也。”可见，类书对文献的取舍标准确能反映当时的文学观念。

类书作为资料汇编性质的书籍，其文学观念是隐在、潜藏、难以捉摸的。在诗文评中作者明确标举自己的文学主张，在选本中编者所选的作品代表其美学理想，而类书的内容或只是“题中应有之义”，是一种传统的固有框架中的人类知识而已，与编者的审美理想未必有直接的关系，毕竟类书是以“全”为标准的。因而对类书进行文学批评研究时，不能单纯就选入材料的内容衡量，应与文章选本的有意去取区别开来。

古代类书的编排体例、基本内容、程式分类有传统或承袭性，有大量的文献是必选的、经典的。所以困难的不是说明一种类书体现什么观念，而是体现什么新观念；如何判断这种观念是代表编者的新观念而不是出于类书的惯例。这就需要我们了解类书的承袭性，追溯体例的渊源，才能看出其新意。

多年以来，"类书与中国文学观念"问题一直萦绕吾心，我在一些论文中亦偶有涉及，限于时间与精力，一直未能形成比较系统深入之研究，故寄望于子弟。然不少学生对此或望而却步，或知难而退。我以为张澜君能膺此任，她曾醉心诗词，对类书已有相当的了解，又博闻强识，读书多有心得，故命她以此为博士论文之题。鉴于"类书与中国文学观念"过于宏大，博士期间无法完成，又建议缩小范围，选用一些有代表性的个案深入研究。于是，张澜选用宋元之际应用写作型的类书《事文类聚翰墨全书》与中国后期最大的综合型类书清代的《古今图书集成》为中心进行研究。此研究虽然范围有所局限，然相当深入，颇多创见，可以小见大，"类书与中国文学观念"于此可见一斑也。

张澜乃雅洁聪颖之人，自幼受文史熏陶，偏爱古文辞。酷喜读书，好学深思。尝从京城赴岭南求学，从本科至博士，皆从余问学，前后十年之久。博士毕业回京城就业，旋辗转欧洲、澳洲诸大学游学、工作，于今五年矣。她经常电邮驰书，叙游学之艰辛与快乐，不时寄来游历异国名胜照片，静谧高洁，绝似世外桃源，颇契其心境。最近，张澜来信谓博士论文即将付梓，求余作序。重读此文，不禁回想她负笈岭南的历历往事。此论文是她在中山大学的最后一份作业，学术上也许尚未臻至境，但对于我们师生来说，却是一份弥足珍重的纪念。

（张澜《中国古代类书的文学观念》，九州出版社，2013年）

学术上不可定于一尊

今年我在波士顿过春节。一边对着窗外皑皑白雪和美丽静谧的风光，一边读着李晓红《中国古代诗歌文体史料集释》书稿。书稿字数虽然不少，但很快就读完。这本书是我指导的博士论文，我非常熟悉。

2001年，李晓红考入中山大学中文系读本科，我刚好给2001级开了一门“中国诗学文献”课程，这个年级给我的印象甚好，觉得学生很向学，学术氛围甚为浓厚。晓红的毕业论文由我指导，本科毕业又免试攻读硕博连读研究生，仍由我指导。博士毕业后，在中山大学历史学系做博士后，出站后留校从讲师晋升为副教授。虽然晓红还年轻，但在中山大学已度过近二十年的时光了。

当我把中山大学二十年这个概念和李晓红联系起来时，不免对时光流逝之速感到吃惊，甚至觉得难以置信。不过，当我重温《中国古代诗歌文体史料集释》，读到一条条熟悉的文献和按语，二十年来晓红在中山大学求学生活又一幕幕真切地浮现在我的眼前。

我相信，人世间存在缘分，学术研究也是。晓红本科时选修了我的“中国诗学文献学”课程，埋下诗学文献研究的种子，她一直对这方面保持强烈的兴趣，并成为博士论文选题因缘。这本书从2005年开始准备，从写作到出版，已经十五年了。这期间，她对此书不断进行修订增补，和当年的博士论文相比，不但增加篇幅，质量也提高不少。

作为导师，我不宜对《中国古代诗歌文体史料集释》有太多具体评价，其他读者的批评应该更为真实而公允。但我毕竟比较了解此书的构思、写作和修改的整个过程，我希望能以第一读者的身份，谈谈它的一些特色和读后的感想。

21 世纪以来，中国古代文体学成为学术研究的热门领域，诗歌文体研究更是大热点。现存文献中保留着大量以"诗歌文体"为中心的史料，至今未有系统的整理与研究。《中国古代诗歌文体史料集释》较为全面深入地爬梳现存文献，汇编古人评论诗歌文体宗旨和古辞、乐府歌行杂言、齐言诗、绝句、近体诗、杂体诗等诗体形态源流、体制规范、文体互渗等方面史料，尽量回归古人评论诗歌文体时的语境，考察他们的诗歌文体观念与理论建构意图；并联系实际的诗歌创作情况及历代分体编纂的文集、总集的分类，来辨析文体名目的内涵与特色，较为系统全面呈现中国古代诗歌文体的发展面貌和理论存在。

史料在本书中占的分量最大。关于史料，傅斯年所说的"近代史学只是史料学"的话给人的印象最深，但也最容易被断章取义而曲解。他又说："我们反对疏通，我们只是要把材料整理好，则事实自然显明了。一分材料出一分货，十分材料出十分货，没有材料便不出货。"我以为傅斯年的说法，意在强调历史学的客观性，反对研究者主观的引导，以牺牲历史真实性去达到某些理念。史料整理是在收集和比较各种文献，以求不断接近历史真相过程，这就是一种史学。

文献辑录，能见匠心，如沙里淘金，其功不在创作之下。宋代魏庆之辑录诗学文献《诗人玉屑》，体现出自己对诗学、诗体、韵律、诗史等问题的看法。宽永本在《诗人玉屑》卷后题识云："古之论诗者多矣，精炼无如此编，是知一字一句皆发自锦心，散如玉屑，真学诗者之指南也。"文献的收集编纂，受一定观念的支配，能反映出一定的文学观念。晓红此书比较系统地汇集古代诗歌文体史料，排列出诗歌文体的谱系，力图呈现古代流行最广的诗歌文体理论，并据以表达研究古代诗歌文体的结论。

本书发掘出一些前人未注意到的新的重要诗学文献，如日本内阁文库藏李之用《诗家全体》类目与序题、李奇英《诗彀》有关文体史料等为首次披露，拓展了诗歌文体研究的文献基础。本书还对不少文献作出新考订。如明杨慎《升庵诗话》记载宋卢襄九言律《酴醾花诗》，在宋本《锦绣万花谷》中乃杂言体；又如清赵翼《陔余丛考》卷二三举"祥瑞不在凤凰麒麟，太平须得边将忠臣。但得百僚师长肝胆，不用三军罗绮金银"作为"通首八言"之诗例，事实上只是唐卢群《淮西席上醉歌》首尾二联，原作并非全篇八言。这些发覆将加深学界对古代诗体史的认识。

史料与按语有机结合的方式，前人已有成功例子，如刘师培《中国中古文学史》。晓红以这种著述体例，体现论从史出的学术逻辑。在广泛收集文献的基础上，对于文献的阐释就成为进一步研究的关键。文献阐释要把握文体具体语境中的复杂性、丰富性，揭示其原初意义，尽量避免因对材料和史实的过分抽象与概括而偏离其原貌原意的结果；同时，以古代文体学理论的具体语境及丰富细节为基础，对其所蕴涵的现代意义，进行既符合逻辑又不悖于历史的阐释。本书的按语是全书的重要部分。如回文体一章按语，从该体的主题性别特色入手，指出女性作者回文诗多写夫妇离居、盼夫回归，而男性作者回文诗则多写游园周回一圈景物，并推论谢灵运《回文诗集》与游园主题回文诗之关联；集句诗一章按语着重论证王安石集句是与韩愈联句之“朝代间的竞争”，皆为诗体史研究中较新之论。此外对学界仍存有争议的文体问题亦力求作出新探讨。如七言诗起源问题，目前学界“源于楚辞说”、“源自汉镜铭说”、“源自歌谣说”等主张者甲论乙驳，本书考察齐梁文人以《柏梁诗》为七言诗体始篇的说法，结合齐梁以来七言诗的创作状况，探讨古人选择以《柏梁诗》作为七言诗始篇用意，对七言诗怎样发展到七言律诗、七言诗与长短句诗的体式纠结作出较新颖的解释。

本文作为一篇书序，本来至此可以交卷了。但我仍有未尽之意，借此机会，谈谈因阅读此书而引发的感想。

我在考察现当代学术史时，发现一种现象。古人说：“君子之泽，五世而斩。”而学术上的名门望族，一世而斩有之，二世而斩亦有之，或有看似人多势众，实则徒有声势而已。真正在学术上承传有序，代代蕃繁者，几希矣。其原因很复杂，或因开宗立派之祖，其天赋之资后学难望其项背，或其幸获成功的历史机遇后学无法复制。或者因家法过于繁严，后学为之所困。或者因提供了方便法门，后学因而袭之，每况愈下。中国有一句俗话：大树底下好乘凉。又有一句俗话：大树底下无丰草。这是看似相反，其实相成的客观事实。

这道理也值得我辈普通教师深省。学术上可能一代超过一代，也有可能发生代际退化，一代不如一代。防止学术上的代际退化，是每位有学术责任感和学术史眼光的老师所警惕的。天下的父母无不期待孩子能比自己更有出息，好的老师也总是希望学生超越自己，而不愿意成为庇护后学的羽翼，希望自己成为学生攀升的垫脚石，而不愿意成为学生前进的绊脚石。而对于有志之后学，则需要有登岸舍筏的勇气和智慧。那种对老师尽力摹仿，惟恐失之并不是好学生。学生要越超老师，须知其所长，知其所短。得其所长，弃其所短。《人物志》说，多数人是各有所偏的，有其长，必有其短。长处同时包含着短处。比如，“刚者不厉，无以济其刚；既悦其刚，不可非其厉；厉也者，刚之征也”。“和者不懦，无以保其和；既悦其和，不可非其懦；懦也者，和之征也”。学者往往也是如此，在学术上都有其长处和短处。从学者因与老师距离过近，若无比较而超越，则知其短处者难，而得其所短者易。知其所长者易，而得其所长者难。所以，学术上必须转益多师，而不可定于一尊。生物杂交，可增强生命力。转益多师，就是不同学缘的多元杂交，包括海内外、前辈、平辈、后辈的学术交流，更开放地吸收各种学派、学说的长处，这是避免学术上代际退化的关键。

二十年来，晓红受到中山大学古代文学研究传统的熏陶，自然也受到我的影响。我希望晓红能拓宽学缘，转益多师。她在博士期间获得教育部的资助，成为日本早稻田大学联合培养博士生，由著名汉学家稻畑耕一郎先生指导，稻畑先生治学广博，在中国文献学、中国文学、考古学、历史学、戏剧学等方面都很有研究。晓红在日本期间，还注意了解和学习日本汉学的成就与研究方法。博士毕业后，她又随中山大学历史学系景蜀慧教授做博士后，景老师是缪钺先生高足，成果甚丰，其治学特点是文史兼治。博士后期间，晓红参加景老师主持的中华书局二十四史修订本《南齐书》的点校，是修订组主要成员。现在看来，晓红在拓宽学缘方面，益之史学，鉴之海外，是有明显收获的。在此过程中，她逐渐形成自己的治学理念和学术追求。

晓红学术研究的路数主要是文史结合，在古代史、学术史、文献学基础上，研究中国文体学。她对史学、文献学、目录学等，也有强烈的兴趣。读硕士的时候，我和学生一起读《四库全书总目》，此书认为现存《文章缘起》是后人假托的。我们经过反复讨论，从目录学和文献学的角度，回答了《四库全书总目》提出的几个疑问。我们的讨论成果形成了《任昉〈文章缘起〉考论》一文，刊发在《文学遗产》2007 年第 4 期上。在写作过程中，晓红已经表现出对于文献目录之学的兴趣与特长。

近十年来，晓红在史学方面下了一些功夫，并且接受了一些史学的研究观念。比如，她受到邓小南教授史学思想的影响，提出“走向‘活’的文体史”的主张。历史学家认为，制度的形成及运行本身是一个动态而非静止的历史过程，有“运作”和“过程”才有制度。中国文体与制度关系极为密切，如果说，制度是“活”的，那些依附于制度而发生的文体就不可能一成不变，也必然具有随着制度变化而变化的“活性”。文体同相关的制度一样，也具有其“运作”和“过程”。所以，研究所有与制度相关的文体，都必须有“活”的观念与眼光，考察文体实际的“运作”与“过程”。如果，仅从现成总集里所划定的文章文体出发，对于文体的阐释就可能出现“郢书燕说”的现象。晓红反思中国文体史研究，不少是沿用分体总集的分类，做孤立的、线性的文体史梳理。而古代的分体总集，多是为指导创作而编纂，如唐宋时期的让表，列于“表·让官”类；举自代状，列于“状·荐举”类，从学写让表和举自代状的角度看，这种分类当然必要。但若从考察举自代状之兴的角度看，则不能不将其与让官制度结合而论，呈现从让官到举自代之间的活的关联。她进一步认为，文体史研究应该更切实贴近文体生成语境、把文体放在历史文化脉络中展现其整体结构性的变化。如曹操的《观沧海》“东临碣石”一篇，教材常常取作文学史上第一首山水诗，而该篇现可见最早出于《宋书·乐志》中《步出夏门行》，是该套歌辞的四解之一。教材那样抽取、选段，脱离了歌辞的整体意蕴，难免有不合原意的阐发。我觉得晓红所提出的“走向‘活’的文体史”及其相关研究，无论是对文体学研究，还是对于我的治学方法，都是一种有意义的推进和开拓。我对此感到欣喜。

二十年来，晓红在学术研究路上不断推进，虽然有些波折，但总体上是顺畅的。她在读博士以后，连续七、八次获得学校、教育部、人事部与国家社科基金资助项目，她的博士论文获得广东省优秀博士论文奖，也获得国家社科基金后期资助出版项目。她在博士后期间所著《文体新变与南朝学术文化》一书，2017 年由中华书局出版，颇受学界的好评，曾获得广东省社会科学成果著作二等奖。对于一位生于20世纪80年代的学者，这是一份不错的成绩单。但是，这还远远不够。

2017年11月，何诗海、李晓红召集“文体、文本与文章经国”文体学青年学者研讨会，我做了题为《致新一代学人》的开幕辞。我所说的新一代学人，主要指80年代出生的学者，他们已经是中国学术研究的生力军。我认为，他们的各种条件比我们优越许多，而所面对的困难、诱惑和承受的压力，却比我们当年大得多，他们也有时代局限。但我认为，新一代学者中必有一批“非常之人”，他们具有崇高的思想境界，宏大的学术格局，开阔的学术胸襟，能超越此局限，抗御此压力，他们必能超越吾辈。这是我对“新一代学人”的期待，当然也是对弟子们的期待。晓红勉旃。

庚子正月于波士顿

（李晓红《中国古代诗歌文体史料集释》，北京大学出版社出版，2020年）

《晚明小品研究》跋

是书为余旧时之所作也。曩岁校理明人小品，沿波讨源，荟为斯编。屡承师友勖勉，然常惴惴不自安，唯恐贻讥学林。夫壮岁为文，每若宿构，御风而行，朝发暮至，淋漓快意，而不暇他顾。迩来搦翰，则如行舟于八节滩头，无复向时之轻灵。今此书重付剞劂，再理往篇。噫！落叶难扫，鬓侵易惊。鸿痕一一，如梦前尘。二十余年，俯仰之间耳。惟夫世重小品，以其旨永而神遥也。挹其胜者，恍若陟彼高冈，振衣长想。或见杏花疏雨，杨柳轻风，其妙处有不可形容者。时当长夏，烹茶独赏，书卷亲人，不啻暑热中之清凉散也。

丙申仲夏　潮州吴承学于康乐园

（吴承学《晚明小品研究》，北京大学出版社，2017年）

秋天是收获的季节

秋天是收获的季节。意外的收获，常常带来不期而遇的惊喜。就像这本小书，在这个秋天重新和读者见面一样。

不期而遇发端于春天。彼时的康乐园，木棉花谢了，凤凰花正开，我的手头也正忙着纷至沓来的稿约，故而当素未谋面的北京领读文化的编辑打来电话，提及《旨永神遥明小品》的重新出版时，我婉言谢绝了。已经是网络时代，网上有太多让人目不暇接的东西，再去翻开那些久远的文字，会有回响吗?

地处广州的康乐园，一年四季花事不断，尤以春天为胜。偏巧今年的凤凰花开得参差零落，远不及往年来得繁茂。倒是我读书时的中文系旧址旁边，有一株兀自独立的凤凰木，树冠如盖，花红似火，在一碧如洗的蓝天下格外摄人心魄，惹得过往路人纷纷停下脚步，注目良久，让人有一种不期而遇的欢喜。也就是在这凤凰花开时节，不期然而然地，我同意了《旨永神遥明小品》的重新出版。

把这本小书交给北京领读文化出版，是基于对这家年轻的文化公司的逐渐了解。他们一直在用心做事，包括请来陈平原、钱理群、黄子平选编出别具一格的“漫说文化”丛书，这套丛书不仅选作家独具只眼，编文章独出心裁，出版方还特意邀请了专业的播音团队录制有声书，读者只需扫描书中的二维码，就能闭目享受那些虽久远却隽永依旧的文字……网络时代的阅读，何不尝试一下呢？

暑假我去了美国探亲。这个夏天世界发生了许多事情，就连天气也比往年显得酷热。在美国，虽然远隔重洋，虽然昼夜颠倒，网络却弥合了时空的距离，网络也让书稿的校勘变得快捷便利。这本小书当初因条件所限，在注释和版本上曾留下一些疏漏和遗憾，这次一一得到弥补。也因为身处大洋彼岸，我更加感受到了时间沉淀的力量和网络传播的力量。

触发我这些感慨的，是在美国期间，出乎意料地看到，自己很久以前写下的文字，在网络上，被熟悉和不熟悉的微信公众号、被认识和不认识的朋友不断转发。其中转发最多的一篇《我们缺的不是学术规范，而是学术良知》，是我2006年在中大中文系研究生新生欢迎会上的发言。十多年过去了，区区几千字拙文，在网络上的反响比当时还要大许多。我心里明白，不是这些文字如何了得，而是当时说的实话非但没有过时，甚至更契合现状。这种反响，让人五味杂陈。

做了一辈子学问，写了一辈子文章，从来不敢轻慢笔下的文字。倘如这些文字能经得起时间考验，许多年以后还有存在的价值，夫复何求？

（吴承学《旨永神遥明小品》，天津人民出版社，2019年）

“慢慢走，思考啊！”

古人称六十岁为“杖乡”。《礼记·王制》云：“六十杖于乡。”谓六十岁可拄杖行于乡里。不知不觉，我已过了“杖乡”之年。“杖乡”的词义，对我来说，似乎有点隔膜。我既无须扶杖，又远离故乡。不过，古人手中的“杖”，含义颇为丰富。它不仅具有支撑人体的物理意义，还是士人尊严或风度的标志。苏轼曾写过一首著名的词：“莫听穿林打叶声，何妨吟啸且徐行。竹杖芒鞋轻胜马，谁怕？一蓑烟雨任平生。”东坡的“竹杖芒鞋”与“吟啸徐行”所透露的，是一种高逸潇洒的士人精神。这么一想，“杖乡”这个词对我又变得亲切起来。

在人生“杖乡”阶段，我也需要“扶杖”。我扶的“杖”，是精神上的“杖”，那就是对古典学术研究的兴致。对于一些人来说，这种研究显然是“百无一用”之事，但对我而言，却是精神上的支撑与寄托。它让我在虚幻的世界里获得实在，在喧嚣的现实中得以平静，在无趣的社会中感到快意。

人生六十，是一甲子。“徐行”多少是一种无奈。你既无需疾行，其实也无法疾行。但是，古往今来，一些文人学者，偏偏能把这种无奈转化为优雅，降低速度，却获得高度。还有少数学者，能以逝去的岁月，当作积淀之资，老而弥坚，文章更成，从而到达其学术巅峰。人之差异大矣！此乃关乎天赋时运，非人力所能致也。

年轻时，曾读过朱光潜先生的一篇文章，他提到，阿尔卑斯山谷中有一条大汽车路，两旁景物极美，路上插着一个标语劝告游人说：“慢慢走，欣赏啊！”这篇文章给我深刻的印象。事实上，人生的某个阶段，往往像是驱驰在高速路上，大家都被前后左右高速急驰的车辆所裹挟，明知美景在旁，却仍身不由己地随着高速飞驰，而无法慢慢走去欣赏美景。只有当你离开高速路段，你才可能“慢慢走，欣赏啊”。人生到了“杖乡”的阶段，与社会之间彼此的需求和期待迅速降低，功利心便可渐趋淡化，不必那么争分夺秒，不必再为那些外在的数目或者名目而焦虑。无法疾行，徐行也挺好，至少可以“慢慢走，欣赏啊”。不过，作为学者，毕竟和游客不同，所以，我把标语改动二字，自我戒勉：“慢慢走，思考啊！”虽然，我也许无法降低速度而获得新高度，但我思故我在，若思而不舍，便有所获。

我在古代文学研究路径上，已整整走了四十年。“却顾所来径，苍苍横翠微。”从 20 世纪 80 年代，我开始进入文体学研究领域，几十年一直坚守，不舍不离，自己戏称是这个领域的学术“钉子户”。我一直有个想法：研究中国文体学，必须回到中国本土文化的原始语境，真正地认识其本质和特色，获得独特的研究路径与方法。我们研究中国文体学的目的并不是要复古，也不仅为了释古，更不是为了抵抗外来文化，而是为了更完整地理解中国文学的文体话语、特点与价值，发现与开拓本土的学术传统与价值，推动现代中国的学术发展。我曾撰著《中国古代文体学研究》和《中国古代文体形态研究》二书，分别从中国古代文体学史与中国古代文体形态史两个角度去探讨。这两部书对于当代的中国文体学研究，起了推波助澜的作用，也得到学术界同仁的肯定和鼓励，它们曾先后获教育部人文社会科学优秀成果的一等奖与二等奖。但是，我仍感到不足。我曾在《中国古代文体学研究》一书的后记里写道：

> 二十多年前，当我进入中国古代文体学研究领域时，它还是一个相当边缘的冷僻地带，而现在已经成为一片学术热土。二十多年前，我对中国文体学茫无所知，却充满自信。现在虽然略有所得，却越来越感到其博大浩瀚，不见涯涘。

颇有望洋兴叹之感。转眼又过了十年，我对中国古代文体学又有更多的了解，但是，一直有一个问题萦绕在我脑海：中国古代的文体学及其特质是怎么形成？这个问题引发我的浓厚兴趣。

俗话说，“三岁看到老”。从一个人幼年时代的禀赋、个性、品格，大概就可以看出他的未来。反过来说，一个人之所以成为现在的模样，也可以追溯到其幼年时代。从某种角度看，了解理论的生成、演化与了解人类的成长或有相通之处。当我力图去把握中国文体学的本质与特色的成因时，许多问题都有同一指向，这就是“早期文体观念的发生”。

我这里所说的“观念”，是与“理论”相对而言的，特指那些尚未形成比较完整系统的理论形态和明确理论表述的意识或感觉。早期文体观念或意识可能表现在具体的文体文本的形式之中，也可能在文本之外，比如在文体分工、文体运用、制度设置、礼制约束等方面上，间接表现出文体观念来。

“早期文体观念的发生”恰恰是尚未开垦的学术领域。我们的文体学研究，往往只研究理论形态，而少虑及观念形态。从中国文体学学术史的角度看，到了魏晋南北朝才出现《文心雕龙》这样真正具有系统的理论形态的文体学著作，而此前大致都比较零碎，片言只语，这些材料，的确不适宜作为“理论”研究的对象。近二十年来，随着文体学研究的发展，从唐宋至明清、近代的文体学研究都呈迅速发展之势。大致在文体学史上，重要的理论家及其著作都被关注过，但“早期文体观念的发生”仍未被关注到。这不能不说是个欠缺。

鉴于此，近年来，我集中思考“早期文体观念的发生”问题。我认为，溯流穷源，才能更好地把握中国文体学的整体特性。研究早期文体观念发生的意义是比较丰富的。它不但是中国文体学研究首先要面对的问题，而且，对于研究中国文章学以及中国文学批评的起源同样具有重要意义。

谈到中国早期古代文体观念，人们总是信手拈来“诗言志”的例子，这当然是现成且省力的，但这种例子并不能说明文体观念是如何发生的。当代文体学者不能满足于引用几句古语来说明当时已“存在”文体观念，更重要的是，既要知其然，又知其所以然，必须说明文体观念发生的原因、途径、形态与标志等问题。不言而喻，对“文体观念发生”的研究是一个难题。我们必须用极其有限且复杂的传世文献与出土文献来证实这个抽象玄虚的问题，此中难以避免有一些想象与推测之辞。这是一种富有挑战性的学术冒险。陆机《文赋》描写在写作过程中，有一种状态是："课虚无以责有，叩寂寞而求音。"赋予抽象的事物以形状、无声的世界以声响。对文体观念发生的研究，大概就是处于这样的情状。我力求以具体实在的路径来解释玄虚的问题，不加虚构，减少推测。研究文体发生有许多路径，我所选择的研究路径主要是：从中国早期的语言文字、制度、诗乐、典籍归类、文献称引、命篇与命体等考察文体观念发生。通过文体观念发生的研究，可以看到，中国古代文体学的特性，是基于中国人独特的语言文字与独特的思维方式之上，其形成有早期社会制度、典籍归类的背景。中国文体学是层累形成的，而最深层的就是"早期文体观念的发生"。它是中国文体学理论及体系形成的基础，是中国文体学本质与特色形成的"基因"。

这本书就是我近年来"慢慢走，思考啊"的产物。走得慢，是客观的存在，但思考是不是有意义和深度，只能恭待同行与读者的批评了。

本书为近年专题系列论文之结集。结集时据著作的体例，对全书篇名与内文作了一些整合与改写。本书部分章节的撰写，得到李冠兰、张润中、陈赟几位博士的大力协助。他们都是我的学生，虽然相关论题、主要的观点和思路是我提出来的，但他们思维活跃，视野开放，在文献检索、收集以及追踪当下学术前沿的能力上，已远超于我了。与学生一起反复讨论、切磋，同尝探索的艰辛，共享学术的快乐，对我而言，其意义已超出学术本身。

书中涉及古文字与出土文献方面内容，承蒙中山大学曾宪通、陈伟武、陈斯鹏、田炜诸教授指教。秦汉职官部分内容，也曾请首都师大孙正军教授指瑕。

本书章节，分别曾发表在《中国社会科学》《文学评论》《文学遗产》《北京大学学报》《学术研究》《文艺理论研究》各刊上，李琳、李超、孙少华、郑园、王法敏、查正贤诸先生，是本书原发论文的责任编辑。还有一批审稿专家，他们对每篇稿件严格要求和合理建议，使我尽可能减少错误，为本书书稿打下良好的基础。

承蒙老同学陈平原教授把本书稿列入“三联人文书系”，香港三联书店责任编辑顾瑜博士和沈梦园女士为本书的出版花费许多时间和精力。

数十年的畏友胡晓明先生慨然赐序，为这本枯燥的著作，平添了几分光彩。

这本书虽然很小很薄，但承载的友情却很厚很重。古人谓“秀才人情纸半张”，而眼下，一切文字往来都通过电子通讯，连“纸半张”都给省掉了。对于友情，我难以找到表示感谢的合适形式。想起古人的一句话：“中心藏之，何日忘之。”这倒是适当而又真诚的方法。

〔吴承学《中国早期文体观念的发生》，三联书店（香港），2019年〕

“我与我周旋久，宁作我！”

本书是我在近古文章与文体学研究方面的部分成果。所谓“近古”，或称“近世”，指宋代以降至现代之前。学术界对于中国“近世”的政治、文化的特点，多有论述。本书比较集中地讨论近古的文章学与文体学。

中国文体学盛于南朝，近古又是一次极盛的时期，其研究规模之大、范围之广，远迈前代。“辨体”之风，自宋代而来，至明清而集其大成。对文章体制规范及其源流正变的探讨是近古文学批评的核心议题之一。宋代以后，古文取代了骈文的统治地位，文章学也遂之发生重要转向：从魏晋南北朝的骈文文章学转而形成古文文章学。从骈文中心时代到古文中心时代，文章学的评价标准发生明显的变化。近古以来的中国文体学、文章学对于现代中国人的影响更大，更为直接。本书从一些比较特殊、少人注意的理论形态切入研究中国古代的文体学与文章学。比如，近古以来的文章总集与文章学、文体学的新形态，评点之学的渊源流变，目录学与文学批评，类书与文学批评，近古以来文章学与文体学新形态，以及相关的经典学问题。

书中所收的论文，最早写于1982—1984年期间，是我的硕士论文的一部分，最近则写于2019年，是刊于《文学遗产》的文章。本书写作时间的跨度差不多贯穿了我已有的学术生涯。

回首匆匆六十年。许多经眼事物，转瞬之间，已成遥远的过去。

20世纪50年代，我出生于潮州古城一个教师家庭。我的祖父长期在海外当私塾先生，“文化大革命”中回国。父亲1949年前在重庆、上海从事考古、电影等文化工作，1949年后回到潮州任中学语文教师。我们从小学开始，就遇到史无前例的“文化大革命”。一夜之间，祖父成了“地主”，父亲变为“特务”。作为“可以教育好的子女”，我少年时代所承受的沮丧与压抑的阴影，至今在心理深处仍挥之不去。幸好，温馨的家庭与丰富的藏书给我以最大的慰藉与保护。善良而有主见的母亲总是勉励和支持孩子们读书向上，不因世乱而自弃。对我来说，这种印象是刻骨铭心的。

在那个动荡的年代，由于我身处人文氛围浓厚的家乡和家庭环境中，仍接触和学习了一些传统文化知识。所谓的学习，完全是出于纯粹的兴趣，没有任何功利目的，当然也相当粗浅和零碎。但这些无心插柳之举，居然为后来的专业研究打下某些终生难忘的“童子功”。更重要的是，我从小就明白自己的喜爱与特长，多年以后，以研究中国文化为志业便自然而然成了我的不二选择。

“文化大革命”结束，我便成为恢复高考制度后第一批大学生，后来又继续攻读了硕士、博士学位，圆了少年时代做读书人的梦想。在改革开放的时代，我们这一代进入学术领域。那是一个令人激动的年代，公平公正和宽松的学术环境，让年轻人尽情地绽放自由独立的思想之花。在前辈学者的引领下，我们很快便完成了从蹒跚学步到独立放飞的进程。从此便在教坛与学林从容漫步，至今不息。感恩这个时代，它成就了我们这一代人。

站在学术发展史的角度看，任何一代学者，都是承前启后的。承前，决定了一代学者的素质与水平；启后，标志着一代学者的地位与影响。如何评价我们这一代学者，这有待来哲。我们毕竟身在此中，自知者难。然而，作为其中一分子，则不妨有自己的认知。我们这代人，亲身经历了艰难困顿与纷纭多变的历史，这绝非值得炫耀之资本。事实上，这是品流复杂的一代人，一言难尽。从纯学术研究而言，我们与前辈和后代学人相比，无论先天还是后天，都有明显不足，这是一种时代的局限。但是这代人的确有比较独特的人生阅历与生活体验，对于人性的良善邪恶，世事之白云苍狗，所见甚多。这既是不幸，也是大幸。其中，确有一些杰出者，他们曾生活于社会底层，在磨难中成长，对中国社会有深刻认识，故具有家国情怀与经世致用的理想。他们在浑沌中觉醒，而具有独立的思考能力，有强烈的质疑精神。他们能在这纷纷扰扰的世界中，练就一双辨善恶真伪如辨苍素的慧眼。这种思考与慧眼用到学术研究上，便是具有高超的学术识力、敏锐的学术感觉和独到的学术判断。识力与见地，气魄与格局，正是这代学者中真正优秀者之所长。这些优势大概是因为特殊的际遇所养成的，并非仅仅从书本得来的。

一代学者所处的大环境相似，所以有一定共通之处；一代学者的个性与兴趣不同，所以又各有差异。在这一代人中，我就是一名教师和学者而已。曾有学生问我，在八九十年代的学者中，我个人的治学特点是什么。答曰：固执传统。“固执”

是研究态度，“传统”是研究领域。

我的主要工作，是赓续和阐释近代以来受外来学术影响而中断的传统学术，一直集中在传统领域里的传统话题：中国诗文批评、文章学与文体学等，意在立足本土文化，以实事求是的态度，回到中国本土理论传统与古代文章文体语境来“发现”中国文学自身的历史，重现中国本土文学与理论的特殊光辉。传统的人文学，主要是学术的积累与阐释，有些研究对象是亘古话题，并非无中生有的“创新”。要“开拓学术之区宇”，必先“承继先哲将坠之业”。不同时代的接受者由于视野不同，对传统话题有新的理解与阐释，用自己的思想与情怀和古人对话，从而获得渐次的推进。

我总认为，学术研究的目的，是为了提出有学术史意义的问题并期待解决，而不是为了填补空白。填补空白并不一定有意义，并非所有空白都需要学者去填补。文化创新的同时，需要文化保护。某些传统是需要有人保守，有人呵护的，就像茫茫大漠中的敦煌石窟需要一代代的守护者。

古人说，勤能补拙，其实，恒亦补拙。我别无所长，若有的话，便是固执。四十年来，固执于传统领域的研究。日于是，继之以夜；月于是，继之以年。坚守寂寞，远离喧嚣，以冀盈科而进，聚沙而成塔。

世上有许多伟大、荣耀的工作，我对之虽然佩服，但不羡慕。正如古人所说的：“我与我周旋久，宁作我！”我深爱自己的工作和职业。我并不认为它比其他职业更为神圣、崇高，只是最适合我罢了。小时曾读柳宗元《捕蛇者说》，印象极为深刻。

永州有三代从事捕蛇者，虽然“吾祖死于是，吾父死于是，今吾嗣为之十二年，几死者数矣”。但在赋敛制度下，捕蛇这种貌似最危险的职业，却能得到相对的安全与自由。不知为什么，我读这篇文章，常常会产生一种完全相反的怪诞联想。我们家世代以教师为业，我的爷爷是教师，我的父亲是教师，我十多岁就开始当教师，教过小学、中学、大学，至今已四十多年。捕蛇者世代从事此业，是由于一种无奈的消极选择。而我则是出于积极的快乐选择。虽然，教师的政治与经济地位曾非常低下，甚至被视为“臭老九”。现在当然不同了，但毕竟不是有权势或可发财的职业。不过，我真心喜欢教师与学者这个宁静而干净的职业，这纯粹是一种个人的爱好。说得俗一点，鞋合不合适，只有脚知道。说得雅一点，如鱼饮水，冷暖自知。

陶渊明《杂诗》云：“昔闻长者言，掩耳每不喜。奈何五十年，忽已亲此事。”长者之言，往往老生常谈，宜为年轻人所不喜。而一旦亲涉此境，怅触遂多。我以前读此诗，领略尚浅，如今已成“长者”，读之则相视一笑，莫逆于心矣。

以上詹詹之语，乃一时之感触耳，不知后生闻之掩耳不喜否？

（吴承学《近古的文章与文体学》，广东高教出版社，2020年）

余心有寄

2010年，《中国古代文体学研究》有幸列入首批《国家哲学社会科学成果文库》，并于2011年3月出版。出版后，颇受学界和读者的青睐，2013年这本书获广东省哲学社会科学优秀成果一等奖，2015年获第七届高等学校科学研究优秀成果奖（人文社会科学）一等奖，2020年获第四届“全球华人国学成果奖”。这本书出版不久，书就售空了。网上高价出售，甚至炒到一千多元一本。在学术专著车载斗量而往往旋生旋灭的时代，自己写的书还有人喜欢读，这让我的内心获得某种满足。

感谢中华书局将本书列入出版计划，使它得以再版。我原来只是计划核对全书，尽快再版，但在修订过程中，想法越来越多，逐渐变成规模较大的增订。就像本来只是打算简便装修一下旧房子，后来却变成改建的大工程。这个工程持续进行了近一年。除了核对全书之外，所有章节，或增补，或减简，或改写，或合并。全书增补九篇，删减五篇，新增部分超过全书的三分之一。

在修订中，我收集和细读全书各章的原始文本，也回忆起三十年来的书写过程。

书中最早的文章我是80年代在复旦大学读博士时所写的。那时，文章还是用钢笔一字一句手写的，如果想留底稿，就要用到复写纸。90年代初开始使用电脑写作。最早使用的是组装

286型的单显电脑，每次写完文件之后，要用5寸软盘小心翼翼地储存起来，万一软盘坏了，所有的劳作就前功尽弃了。后来是386、486、586……从组装机到品牌，不知使用过多少部电脑了。我使用的是当时最专业的五笔输入法，现在这种输入法已经过时了。我很早就使用网络，那时，住在广州大道中289号大院，在家里就可以用电话分机上网，由分机接总机，总机接外线，滴滴嘟嘟一阵时间之后，若听到“吱”一长声，就表示接通网络了，可以和外部世界联系。

回想起来，我算是较早使用电脑写作、五笔输入法和网络的一批学者，虽然起步很早，但现在电脑、文字处理与网络的使用水平都早已远逊年轻人了。这是一个隐喻。虽然人文学科更新换代不像电脑那么快，但后来者居上是一种必然。学术如登高，前行者是探路人，是后人攀升的垫脚石。学术如筑室，前辈的工作，是打地基，是为后人储备土石、砖瓦。现在学术的发展和年轻学者的进步一日千里，令人敬畏。抚今追昔，对我来说，这本书是对过去岁月的纪念。当然，若能充木屑竹头之用，则吾之幸矣。

2020年1月，我到美国探亲，不意碰上一场肆虐全球的新冠病毒，遂滞留此间多时。世事茫茫，令人不觉百端交集，惟读书著述差可遣怀寄心。这本书的修订，大致是在深夜。在温切斯特小镇里，白天忙着各种杂务，晚上万籁俱静，文思便如泉涌动，汩汩不止。年初来时，波士顿还是雪花纷飞，天寒地冻。历经春暖花开，夏云暑雨，现在，已是秋风萧瑟，秋意盎然了。书稿的增订，也终于完工。

遥想一千五百多年前，刘勰在定林寺如豆的灯光下，写下《文心雕龙》最后一句话："文果载心，余心有寄。"揣摩其意，似乎充满着激动和期待，隐约又有点忐忑。我想，刘勰所表达的，其实是古往今来用心写作者的普遍心态，无论他是伟大，还是卑微。

（吴承学《中国古代文体学研究》增订本，中华书局，2021年）

后 记

这些文字，是数十年间因人、因事、因书而作的，虽无意为文，皆有感而发。鸿爪雪泥，往事如水，纵时过境迁，而中心存之。

全书分为三类，文章编排大致如下："忆语"类是对家庭与家乡、老师和前辈的回忆，以及治学上的感想与寄语。"札记"类为读书心得，综论置于前，个案则以时代为次。"序跋"类以前辈、同行、后辈、本人之著作为先后。

我的妻子江艺平并非学术中人，只因长期从事编辑工作，对文字养成特别的感觉。她不但了解本书作者和所写的事与人，更是书中许多文章的第一读者。我一贯对文字颇为较真，但写出文章，经其过目，仍能发现可改之处。往往删一字即显简练，增一字顿见韵味。我们共同生活数十年，相濡以沫却甚少言谢。本书特意请她写序，只想借此机会，说出"谢谢"二字。

吴承学

庚子之秋于波士顿